U0073743

洗腦口訣 × 圖像記憶

快熟祕訣克服卡關
聽過看過就會記得
不再害怕學了就忘
金魚腦立刻變金頭腦

【 使用說明 】

攻頂第一步／KAKU老師快熟圖像記憶口訣

KAKU老師親錄口訣，一起開口唸口訣，加深記憶！

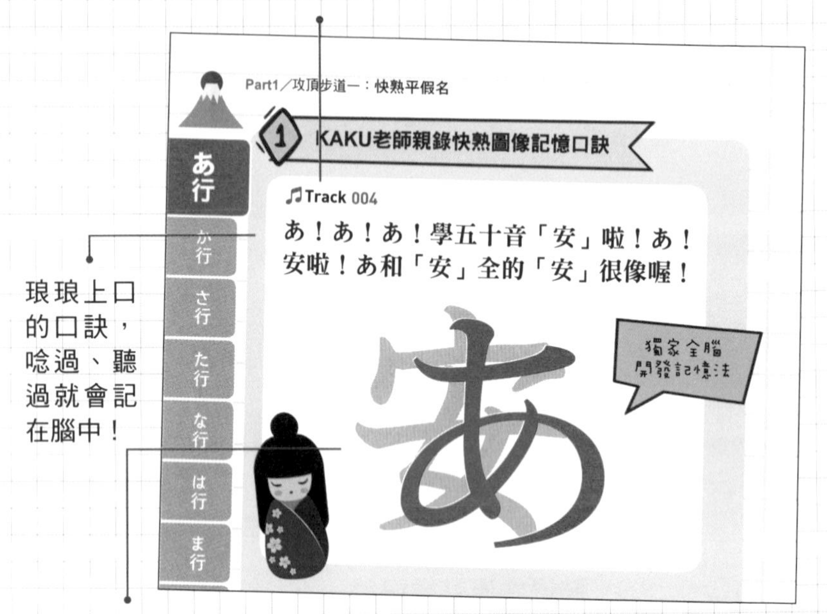

琅琅上口的口訣，唸過、聽過就會記在腦中！

圖像記憶法+字源聯想法，你沒有想過的右腦開發記憶法，熟記五十音原來那麼容易！

攻頂第二步／快熟聽音辨字

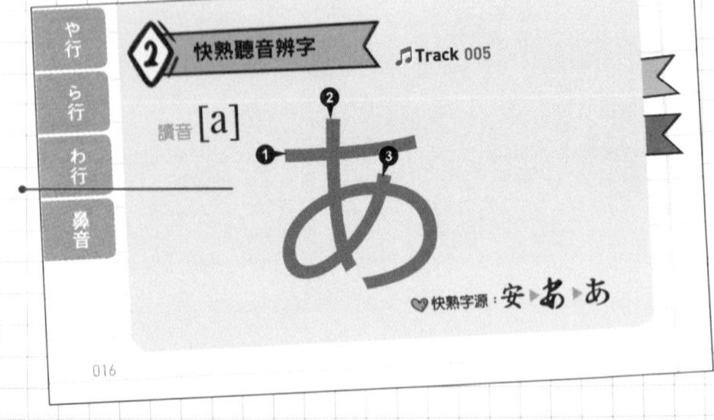

熟悉口訣後，會唸就能聽音辨字，忘記了也能透過口訣輕鬆回想，熟悉五十音更快速。

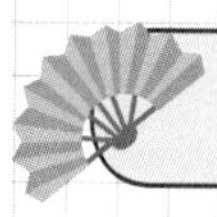

攻頂第三步／快熟手寫關鍵KAKU老師親自告訴你

KAKU老師從教過的萬名學生中，統計出最常見的錯誤，親自教你怎麼寫出最美、最正確的字，遠離寫錯的尷尬。

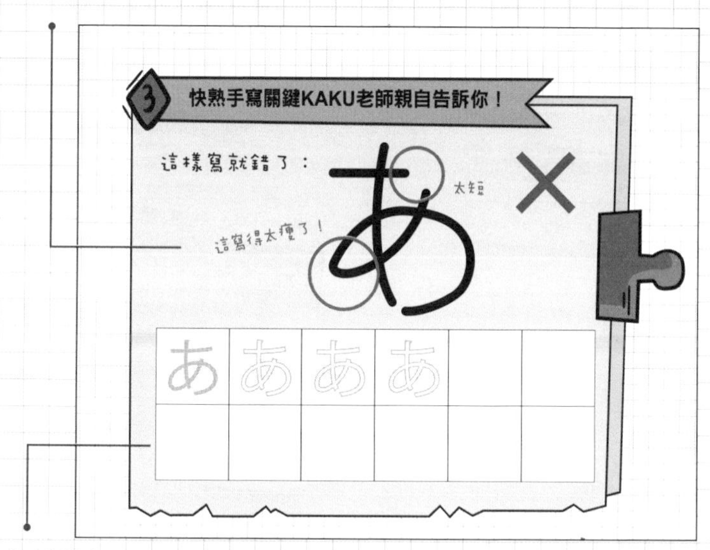

打鐵趁熱，在看過常見錯誤後，相信在寫字時會特別注意，趕快試著動手寫，練出一手好字吧！

攻頂第四步／學會五十音即將攻頂

4 我學會 あ 五十音即將攻頂

Track 006

❶ あし a shi 腳

あし あし あし

❷ あい a i 愛情

あい あい あい

❸ あう a u 見面

あう あう あう

017

學會五十音後，最重要的就是運用！日常簡單的單字，加深對假名的熟悉度，也學會怎麼運用假名！

邊聽音檔邊寫，手耳並用，再多一次的回顧和複習，五十音牢牢記在腦中，攻克山頂一點都不難。

攻頂補給站之一／快熟濁音、半濁音跟拗音

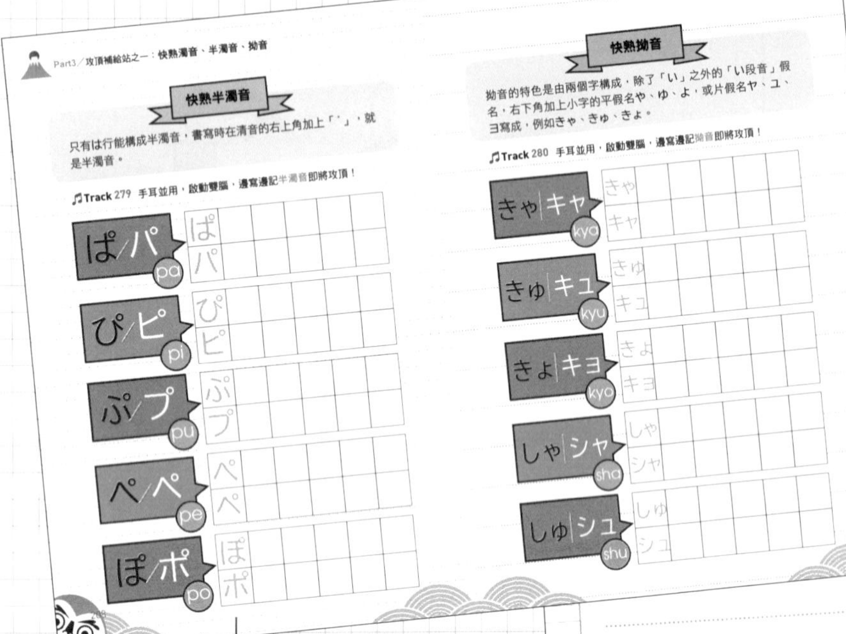

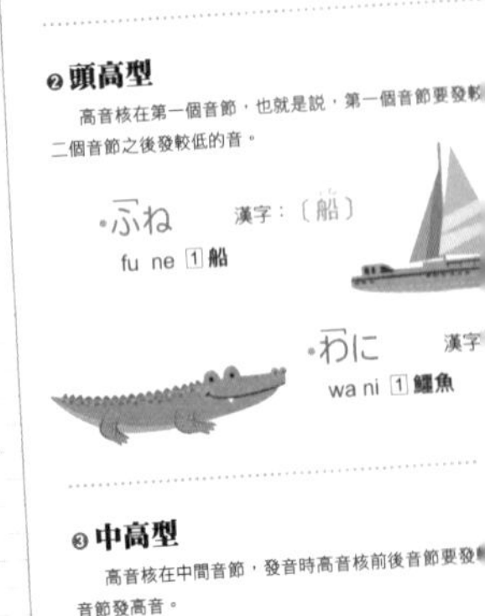

攻頂50音清音，就絕對不能不學濁音、半濁音跟拗音！學得更深，發音更標準，才能說出流利日文喔！手寫格的規劃搭配音檔，手耳並用，記熟濁音、半濁音跟拗音書寫關鍵，同時學會最道地的發音！

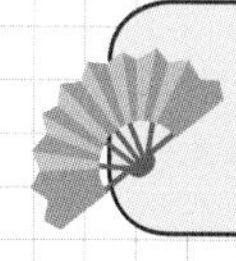

攻頂補給站之二／

要說出流利的日文，你不能不知道的發音規則！

要說出更標準、更道地的日文，發音規則就相當重要了！學會了片假名特殊發音、長音、重音和促音，一定可以全方面掌握日文。

發音規則詳細說明，一讀就懂。

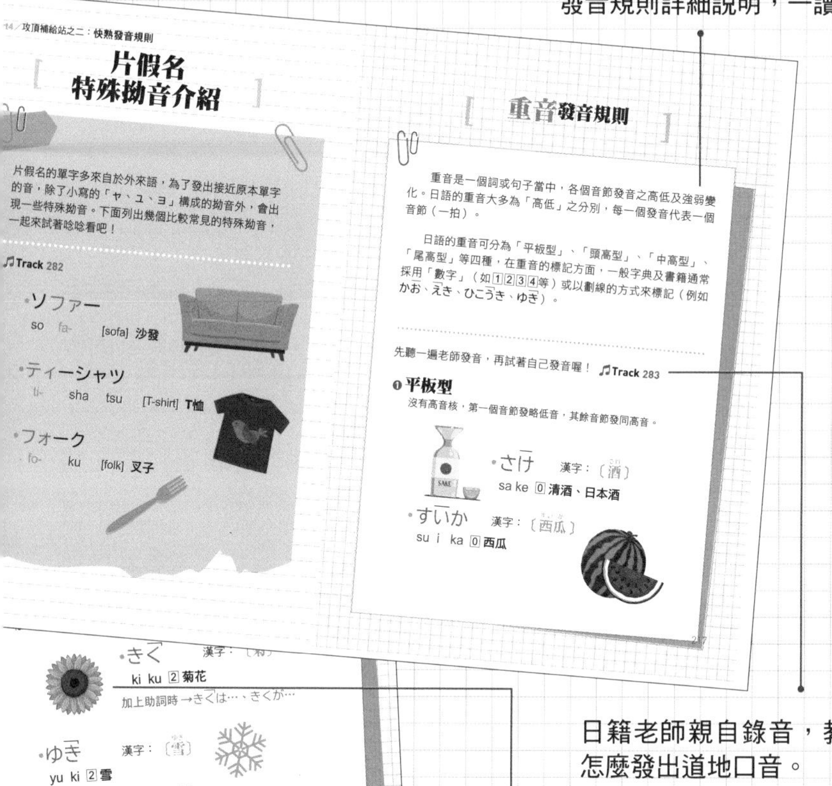

14／攻頂補給站之二：快熟發音規則

片假名特殊拗音介紹

片假名的單字多來自於外來語，為了發出接近原本單字的音，除了小寫的「ャ、ュ、ョ」構成的拗音外，會出現一些特殊拗音。下面列出幾個比較常見的特殊拗音，一起來試著唸唸看吧！

♫Track 282

•ソファー so fa- [sofa] 沙發

•ティーシャツ ti- sha tsu [T-shirt] T恤

•フォーク fo- ku [folk] 叉子

重音發音規則

重音是一個詞或句子當中，各個音節發音之高低及強弱變化。日語的重音大多為「高低」之分別，每一個發音代表一個音節（一拍）。

日語的重音可分為「平板型」、「頭高型」、「中高型」、「尾高型」等四種，在重音的標記方面，一般字典及書籍通常採用「數字」（如①②③④等）或以劃線的方式來標記（例如かお、えき、ひこうき、ゆき）。

先聽一遍老師發音，再試著自己發音喔！ ♫Track 283

❶平板型

沒有高音核，第一個音節發略低音，其餘音節發同高音。

•さけ 漢字：〔酒〕 sa ke ⓪ 清酒、日本酒

•すいか 漢字：〔西瓜〕 su i ka ⓪ 西瓜

•きく 漢字：〔菊〕 ki ku ② 菊花

加上助詞時→きくは…、きくが…

•ゆき 漢字：〔雪〕 yu ki ② 雪

加上助詞時→ゆきは…、ゆきが…

♫Track 284

「重音」是非常重要的喲！同樣的假名要是唸錯的話，單字的意思可就差了十萬八千里囉！

尾高型	頭高型
はし ②〔橋〕橋	はし ①〔箸〕筷子
頭高型	平板型
あめ ①〔雨〕下雨	あめ ⓪〔飴〕糖果

219

日籍老師親自錄音，教你怎麼發出道地口音。

從最常見的日常單字下手掌握發音，搭配可愛易懂的圖畫，學更多單字同時掌握道地發音規則，一舉兩得。

はじめに 作者序

各位學習者大家好！2003年時本人的拙作**《快熟五十音》**以首創的五十音記憶口訣獲得超過10萬名日語學習者的支持，對此十分感謝。

在第一本《快熟五十音》出版後的第19個年頭，將自己在教學過程中不斷思考、驗證而產出的全效率五十音記憶法集成了這本《KAKU老師的快熟50音》。本書同時提供了平假名與片假名的記憶口訣、學習法，希望能幫助各位更開心地學習！

「五十音」是帶領學習者進入日語學習世界的第一扇門。要說得一口流利的日語，只要能熟記五十音，學習日語的速度將日益倍增。但往往很多學習者在記憶五十音的過程中，因為不熟悉的字形、不習慣的發音規則、不同於中文的運用方式以及數量眾多的假名，記到一半便打退堂鼓。

那五十音到底該怎麼記起來呢？我們的第一件事很可能是翻開五十音表開始「背誦」，但大量的訊息同時進入腦中，大腦不僅沒辦法有效地吸收，還可能混淆已背好的內容。往往學習者在學習五十音感到挫折時，不是因為記不起五十音，而是缺乏了一個能快速**幫助你記憶五十音，及在你忘記五十音時幫助你想起來的五十音記憶法**。

這本書**首創的「富士山學習法」＋「口訣圖像記憶法」能夠成功幫同學打開進入日語學習世界的第一扇門，從基礎到精熟一步步累積實力**。跟著攻頂步驟，就能逐步掌握五十音，將基礎打得又快又穩，站穩富士山頂。

老師親錄口訣×圖像記憶，雙管齊下開發右腦記憶，用全腦學習吸收效率提升。口訣琅琅上口，只要會唸就能聽音辨字，忘記了也能透過口訣輕鬆回想，熟悉五十音更快速。

點出常見錯誤，破解書寫關鍵。記住五十音之後，就會擔心字有沒有寫錯、要怎麼寫才會好看的問題，而老師透過超過萬名學生的教學經驗，統整出常見的手寫錯誤，親自列出書寫關鍵，只要一本書就能帶著老師趴趴走，更寫出一手好字。

手耳並用加深記憶，牢記50音在腦中！熟記50音、會寫假名還不夠，會運用才是真正的學會！簡易日常單字、濁音、半濁音和拗音，運用口訣，邊聽邊讀邊寫，眼耳手全到位，大腦更活化，不只會寫還會造詞！攻頂就是那麼容易！

學習就像爬山，透過一步步的累積，最後得到的是登頂的美好滋味。趕快一起踏上登富士山之旅，從零開始學日語，基礎打得好，學習沒煩惱！

有夢最美，輕鬆學習日語不再是夢想！我的學生可以，您也可以！郭欣怡堅持只寫對學習者最有幫助的學習方法，堅持只給學習者最實在的學習法。跟著KAKU老師就能輕鬆又開心地學會日語！

最後要感謝王總編一直不斷地鼓勵，讓這本書能以全新面貌與大家分享！請多多指教！

もくじ

目錄

攻頂步道一：快熟平假名

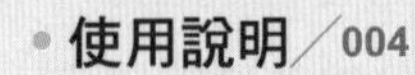

攻頂步道二：快熟片假名

攻頂補給站之一：快熟濁音、半濁音、拗音

攻頂補給站之二：快熟發音規則

五十音總表

50音有平假名和片假名兩種。平假名由漢字草書演化而來，日語中固有的詞彙、助詞等文法結構，一般會使用平假名來表示，漢字上標註的讀音，大多為平假名；片假名由漢字偏旁演變而來，多使用在外來語、擬聲詞上。一起來看看50音是什麼吧！

♫Track 001

	あ段	い段	う段	え段	お段
あ行	あア a	いイ i	うウ u	えエ e	おオ o
か行	かカ ka	きキ ki	くク ku	けケ ke	こコ ko
さ行	さサ sa	しシ shi	すス su	せセ se	そソ so
た行	たタ ta	ちチ chi	つツ tsu	てテ te	とト to
な行	なナ na	にニ ni	ぬヌ nu	ねネ ne	のノ no
は行	はハ ha	ひヒ hi	ふフ fu	へヘ he	ほホ ho
ま行	まマ ma	みミ mi	むム mu	めメ me	もモ mo
や行	やヤ ya		ゆユ yu		よヨ yo
ら行	らラ ra	りリ ri	るル ru	れレ re	ろロ ro
わ行	わワ wa				をヲ wo
鼻音	んン n				

【濁音】

♫Track 002

	平假	片假	平假	片假	平假	片假	平假	片假	平假	片假
が行	が ga	ガ ga	ぎ gi	ギ gi	ぐ gu	グ gu	げ ge	ゲ ge	ご go	ゴ go
ざ行	ざ za	ザ za	じ ji	ジ ji	ず zu	ズ zu	ぜ ze	ゼ ze	ぞ zo	ゾ zo
だ行	だ da	ダ da	ぢ ji	ヂ ji	づ zu	ヅ zu	で de	デ de	ど do	ド do
ば行	ば ba	バ ba	び bi	ビ bi	ぶ bu	ブ bu	べ be	ベ be	ぼ bo	ボ bo

【半濁音】

	平假	片假	平假	片假	平假	片假	平假	片假	平假	片假
ぱ行	ぱ pa	パ pa	ぴ pi	ピ pi	ぷ pu	プ pu	ぺ pe	ペ pe	ぽ po	ポ po

【拗音】

♫Track 003

きゃ キャ kya	きゅ キュ kyu	きょ キョ kyo
しゃ シャ sha	しゅ シュ shu	しょ ショ sho
ちゃ チャ cha	ちゅ チュ chu	ちょ チョ cho
にゃ ニャ nya	にゅ ニュ nyu	にょ ニョ nyo
ひゃ ヒャ hya	ひゅ ヒュ hyu	ひょ ヒョ hyo
みゃ ミャ mya	みゅ ミュ myu	みょ ミョ myo
りゃ リャ rya	りゅ リュ ryu	りょ リョ ryo
ぎゃ ギャ gya	ぎゅ ギュ gyu	ぎょ ギョ gyo
じゃ ジャ ja	じゅ ジュ ju	じょ ジョ jo
ぢゃ ヂャ ja	ぢゅ ヂュ ju	ぢょ ヂョ jo
びゃ ビャ bya	びゅ ビュ byu	びょ ビョ byo
ぴゃ ピャ pya	ぴゅ ピュ pyu	ぴょ ピョ pyo

Part1／攻頂步道一

快熟平假名

五・十・音・表

平假名清音

	あ段	い段	う段	え段	お段
あ行	あ a	い i	う u	え e	お o
か行	か ka	き ki	く ku	け ke	こ ko
さ行	さ sa	し shi	す su	せ se	そ so
た行	た ta	ち chi	つ tsu	て te	と to
な行	な na	に ni	ぬ nu	ね ne	の no
は行	は ha	ひ hi	ふ fu	へ he	ほ ho
ま行	ま ma	み mi	む mu	め me	も mo
や行	や ya		ゆ yu		よ yo
ら行	ら ra	り ri	る ru	れ re	ろ ro
わ行	わ wa				を wo
鼻音	ん n				

1 KAKU老師親錄快熟圖像記憶口訣

♫Track 004

あ！あ！あ！學五十音「安」啦！あ！安啦！あ和「安」全的「安」很像喔！

獨家全腦
開發記憶法

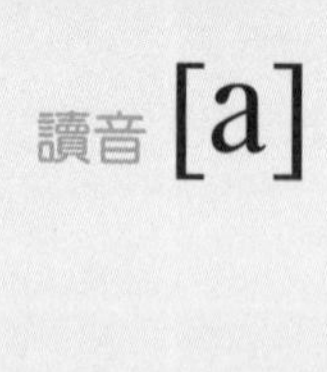

2 快熟聽音辨字

♫Track 005

讀音 [a]

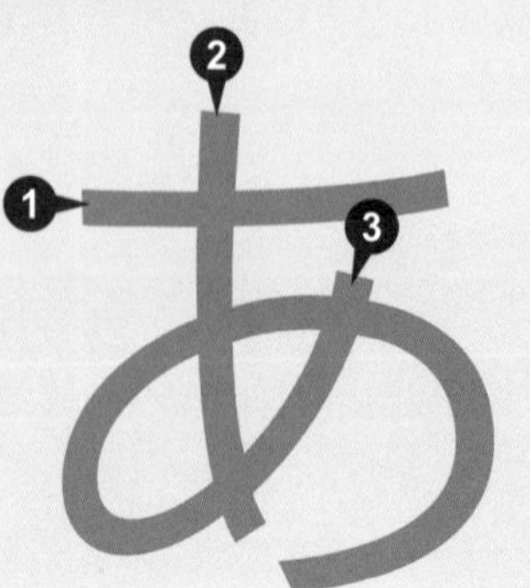

♡快熟字源：安▶あ▶あ

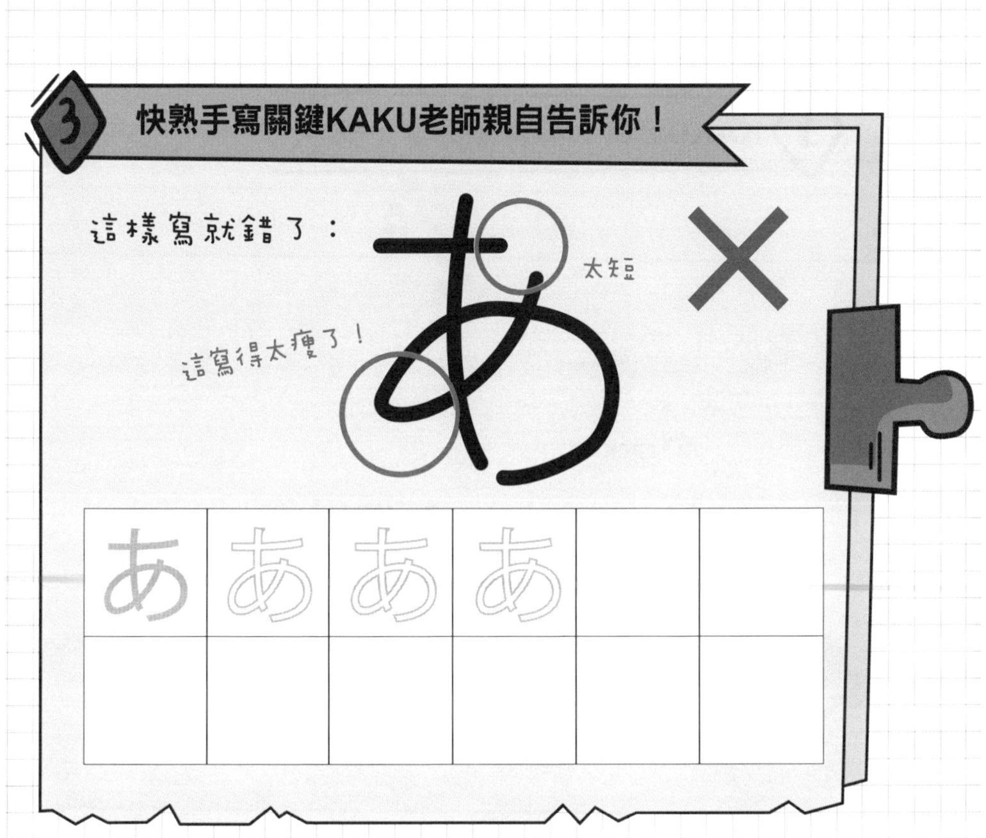

4 我學會あ五十音即將攻頂

♫Track 006

❶ あし a shi 腳

あし　あし　あし

❷ あい a i 愛情

あい　あい　あい

❸ あう a u 見面

あう　あう　あう

あ行
か行
さ行
た行
な行
は行
ま行
や行
ら行
わ行
鼻音

1 KAKU老師親錄快熟記憶口訣

♫Track 007

い！い！い！長得像國字的「以」，所「以」唸「い」喔！

2 快熟聽音辨字

♫Track 008

讀音 [i]

♡ 快熟字源：以▶い▶い

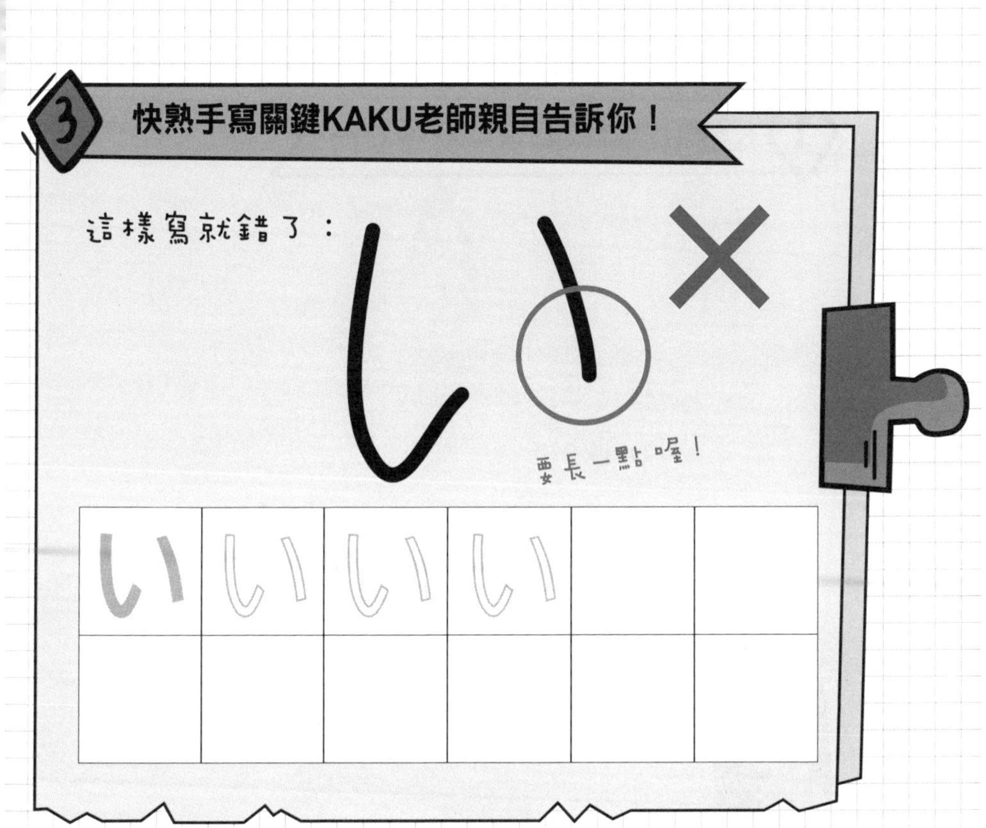

3
快熟手寫關鍵KAKU老師親自告訴你！
這樣寫就錯了：
い
要長一點喔！

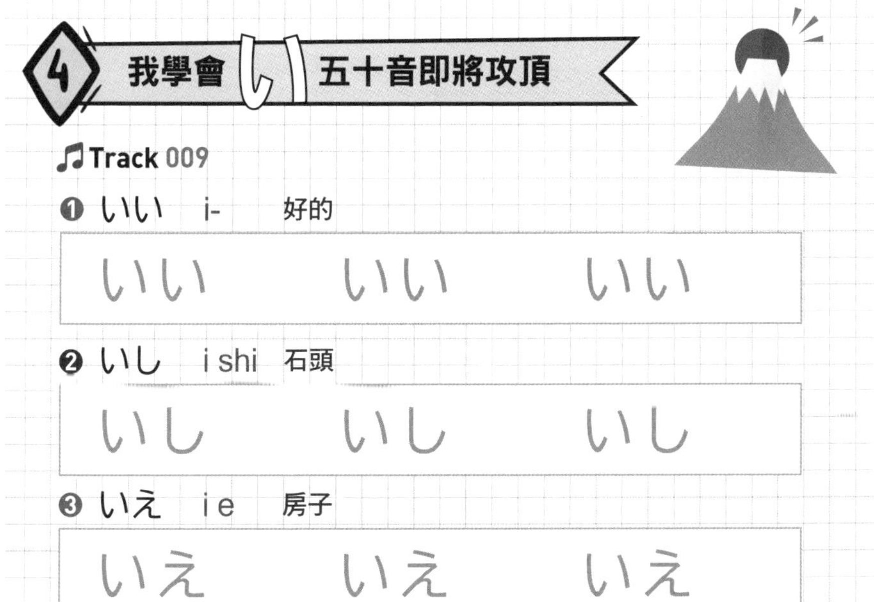

4
我學會い五十音即將攻頂
♫Track 009
❶ いい i- 好的
いい いい いい
❷ いし i shi 石頭
いし いし いし
❸ いえ i e 房子
いえ いえ いえ

1 KAKU老師親錄快熟記憶口訣

♫Track 010

う！宇！う！宇！
「う」（烏）魚
おいしい（o i shi-）喔！

2 快熟聽音辨字

♫Track 011

讀音 [u]

♡快熟字源：宇▸宇▸う

3 快熟手寫關鍵KAKU老師親自告訴你！

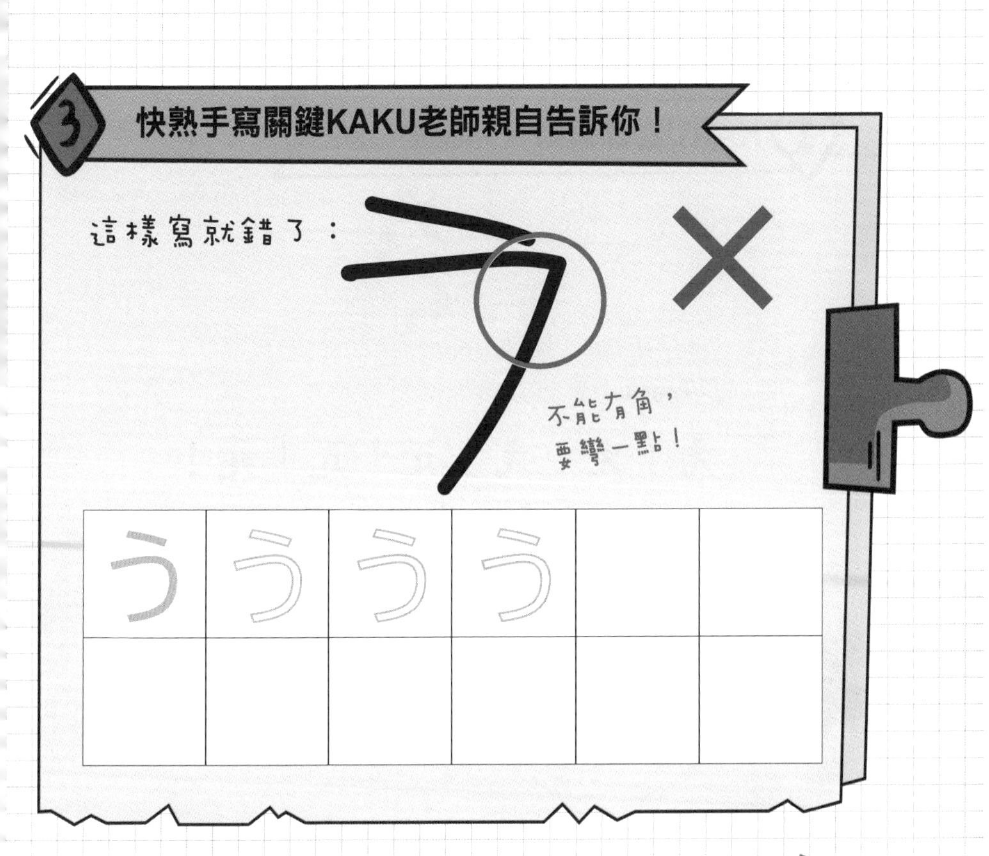

4 我學會う五十音即將攻頂

♫Track 012

❶ うえ　ue　上面

うえ　うえ　うえ

❷ うし　u shi　牛

うし　うし　うし

❸ いう　iu　說

いう　いう　いう

あ行
か行
さ行
た行
な行
は行
ま行
や行
ら行
わ行
鼻音

1 KAKU老師親錄快熟記憶口訣

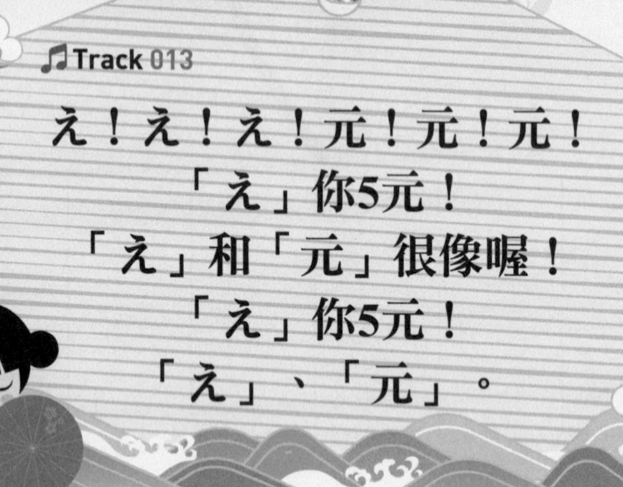

♫Track 013

え！え！え！元！元！元！
「え」你5元！
「え」和「元」很像喔！
「え」你5元！
「え」、「元」。

2 快熟聽音辨字

♫Track 014

讀音 [e]

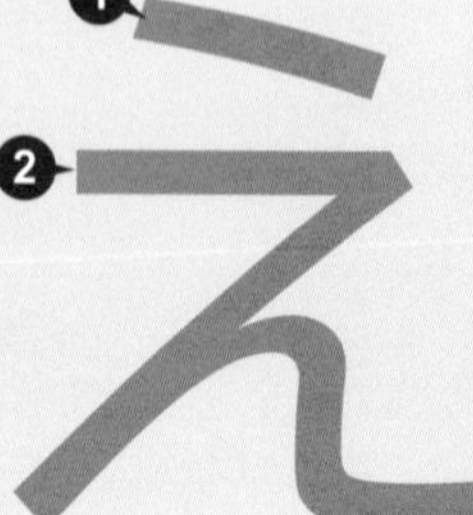

♡快熟字源：衣▸衣▸え

③ 快熟手寫關鍵KAKU老師親自告訴你！

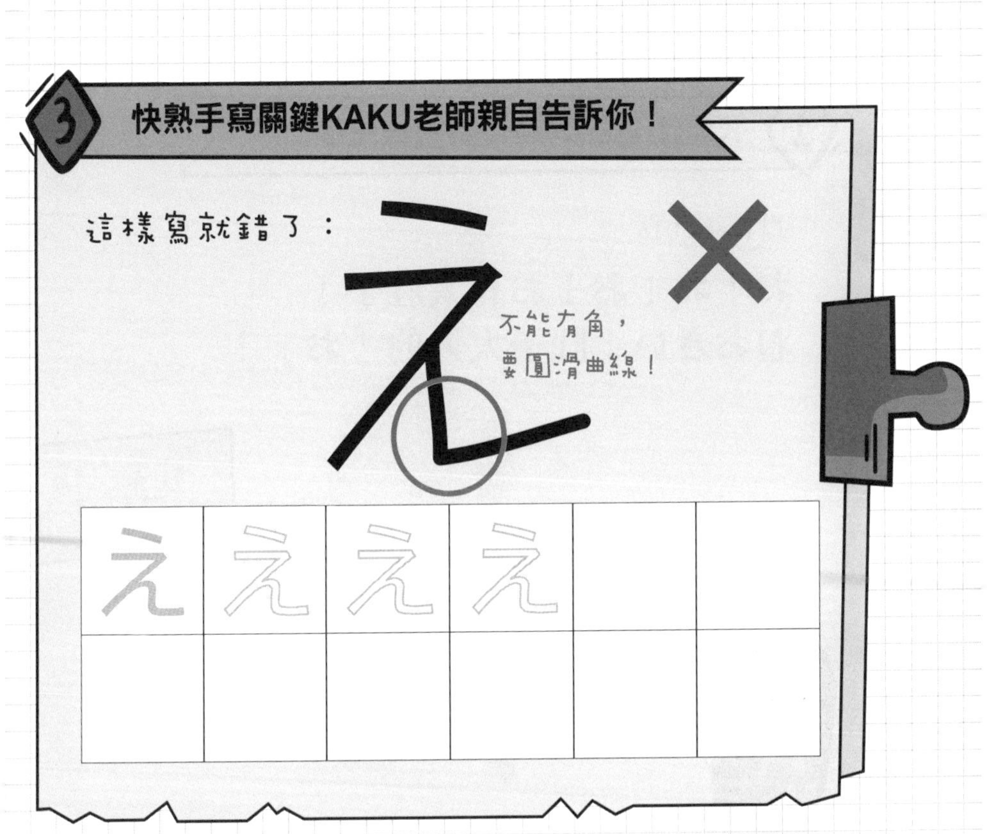

④ 我學會え 五十音即將攻頂

♫Track 015

❶ え　e　畫作

え　え　え

❷ こえ　koe　聲音

こえ　こえ　こえ

❸ うえ　ue　上面

うえ　うえ　うえ

1 KAKU老師親錄快熟圖像記憶口訣

♫Track 016

お！お！お！お有大肚子！
おおきい！肚子大大的「お」！

獨家全腦開發記憶法

2 快熟聽音辨字

♫Track 017

讀音 [O]

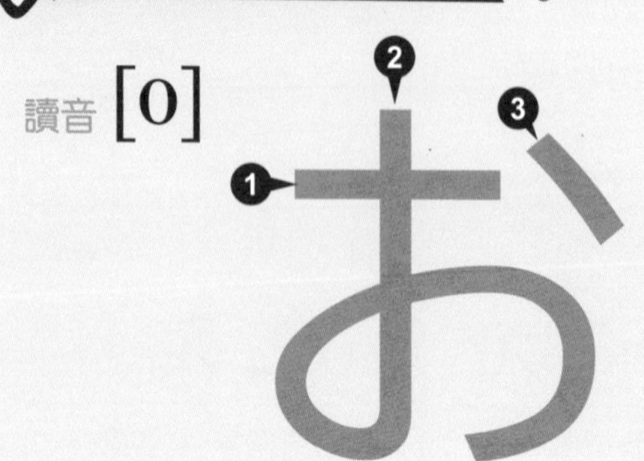

♡快熟字源：於▸於▸お

我學會お五十音即將攻頂

♫Track 018

❶ あお　a o　藍色

あお　あお　あお

❷ あおい　a o i　藍色的

あおい　あおい　あおい

❸ おす　o su　按；推

おす　おす　おす

♫Track 019

か！か！か！
「力」量的「力」右上角
多加一點就變大力士啦！
か！か！か！
「力」多加一點！

♫Track 020

讀音 [kɑ]

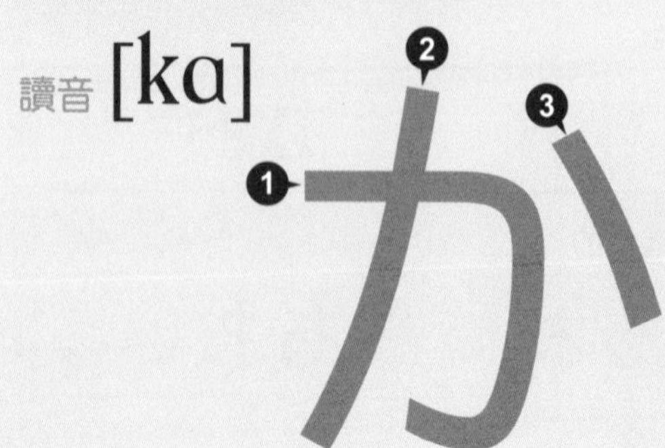

♡快熟字源：加 ▸ 𛀙 ▸ か

③ 快熟手寫關鍵KAKU老師親自告訴你！

④ 我學會か五十音即將攻頂

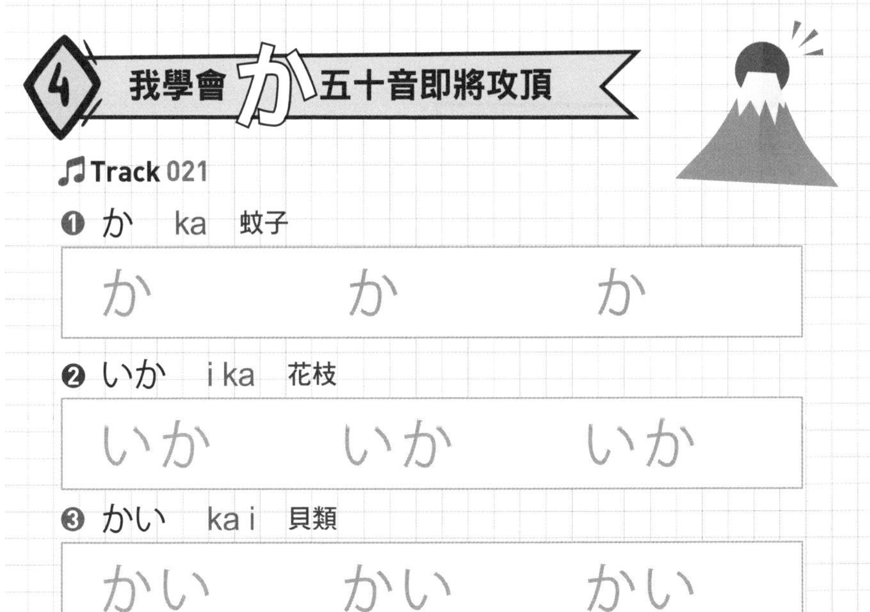

1 KAKU老師親錄快熟圖像記憶口訣

♫Track 022

き！き！き！

長得像「き」一邊（台語）的魚骨頭。

獨家全腦
開發記憶法

2 快熟聽音辨字

♫Track 023

讀音 [ki]

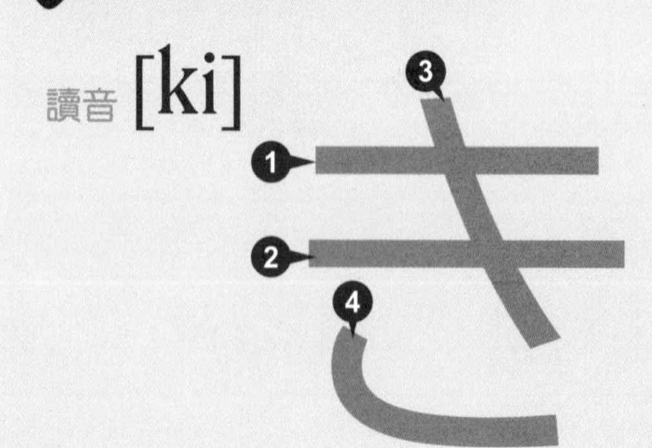

♡快熟字源：幾 ▸ [illegible] ▸ き

③ 快熟手寫關鍵KAKU老師親自告訴你！

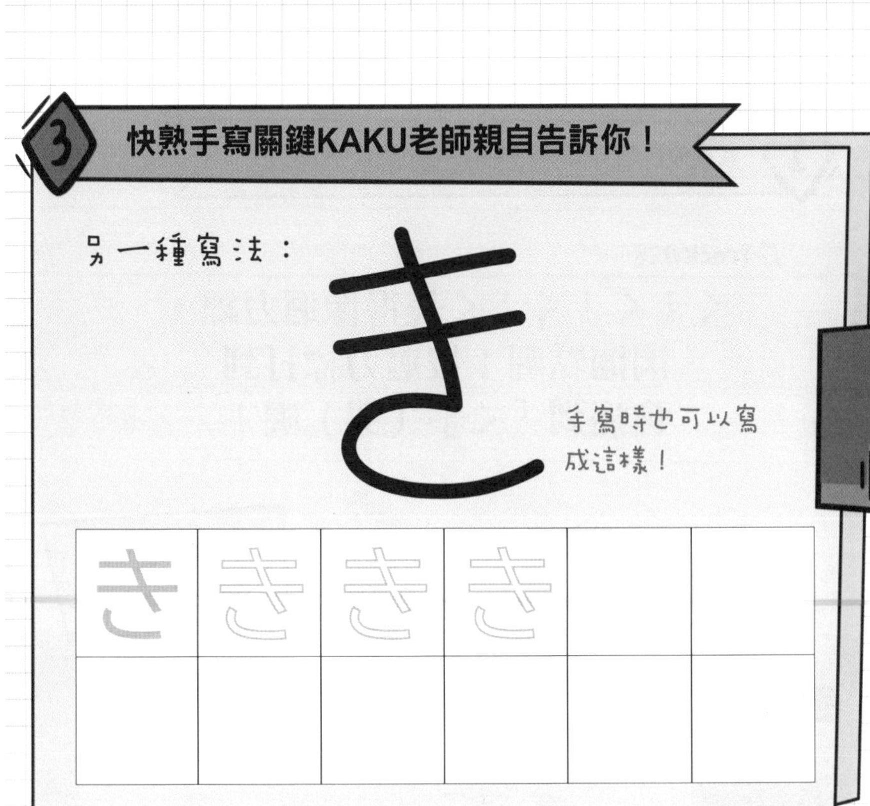

④ 我學會き五十音即將攻頂

♫ Track 024

❶ き　ki　樹

き　き　き

❷ えき　e ki　車站

えき　えき　えき

❸ きく　ki ku　菊花

きく　きく　きく

1 KAKU老師親錄快熟圖像記憶口訣

Track 025

**く！く！く！く長得像迴力鏢。
閃開點喔！被迴力標打到
會痛到「く」（哭）喔！**

2 快熟聽音辨字

Track 026

讀音 [ku]

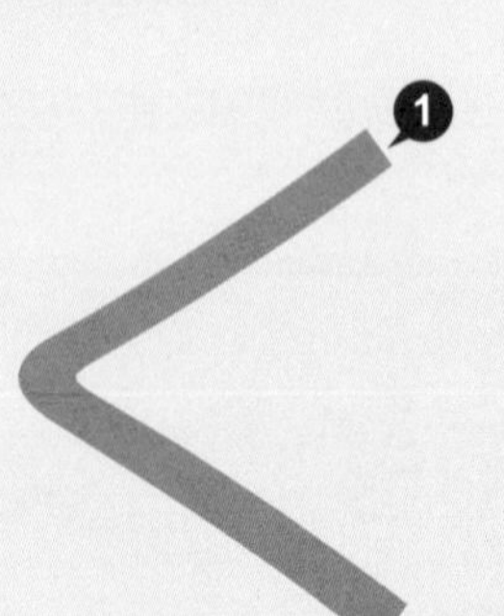

快熟字源：久 ▸ 𠆢 ▸ く

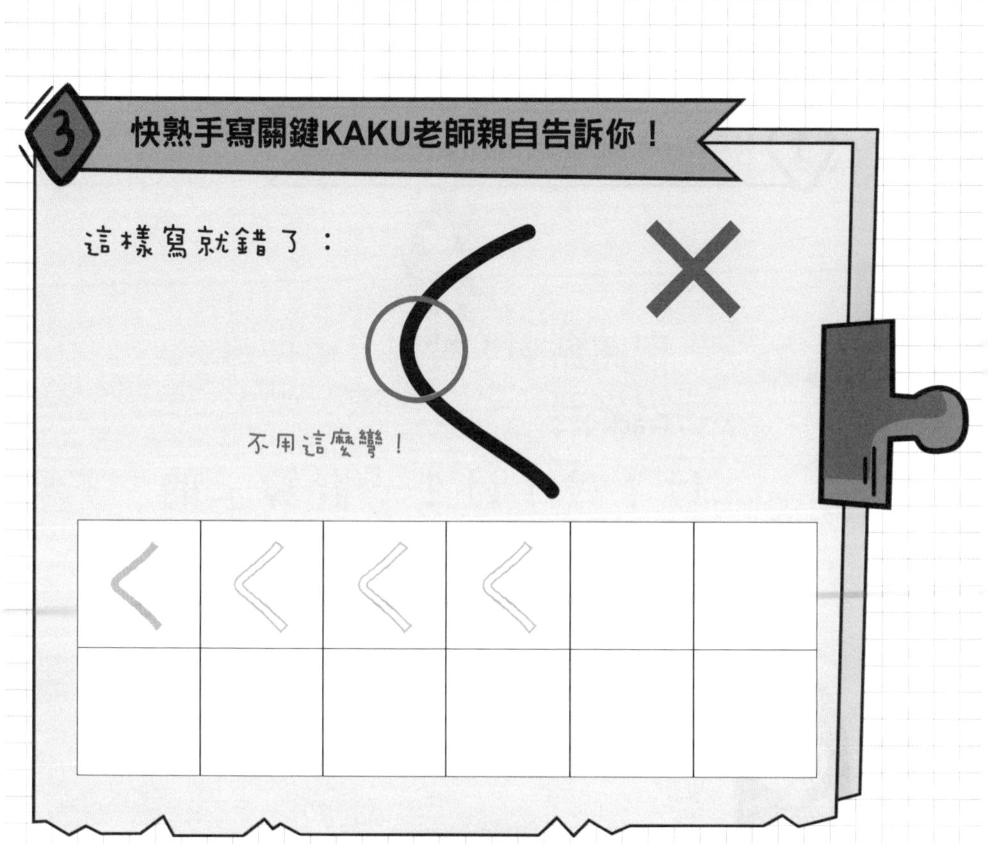
3
快熟手寫關鍵KAKU老師親自告訴你！
這樣寫就錯了：
不用這麼彎！

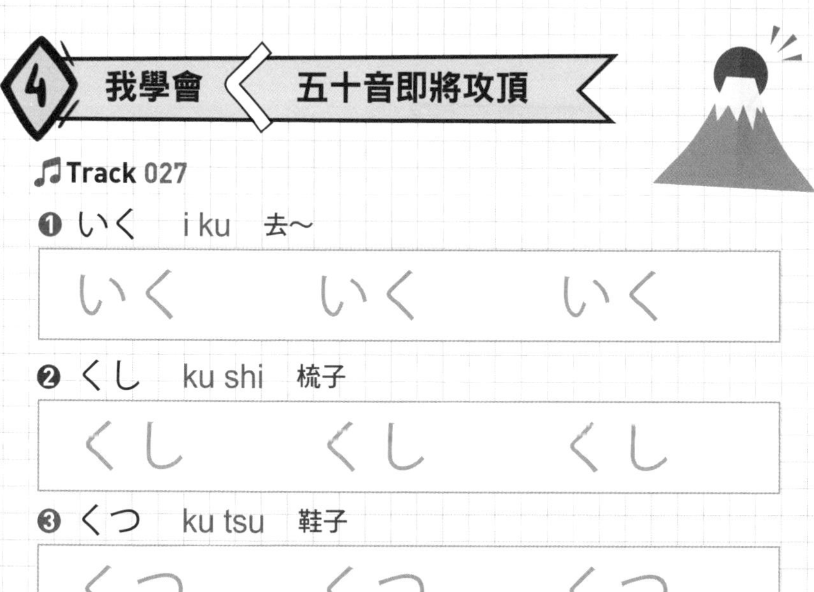
4
我學會く五十音即將攻頂
♫Track 027
❶ いく　i ku　去～
❷ くし　ku shi　梳子
❸ くつ　ku tsu　鞋子

あ行
か行
さ行
た行
な行
は行
ま行
や行
ら行
わ行
鼻音

1 KAKU老師親錄快熟記憶口訣

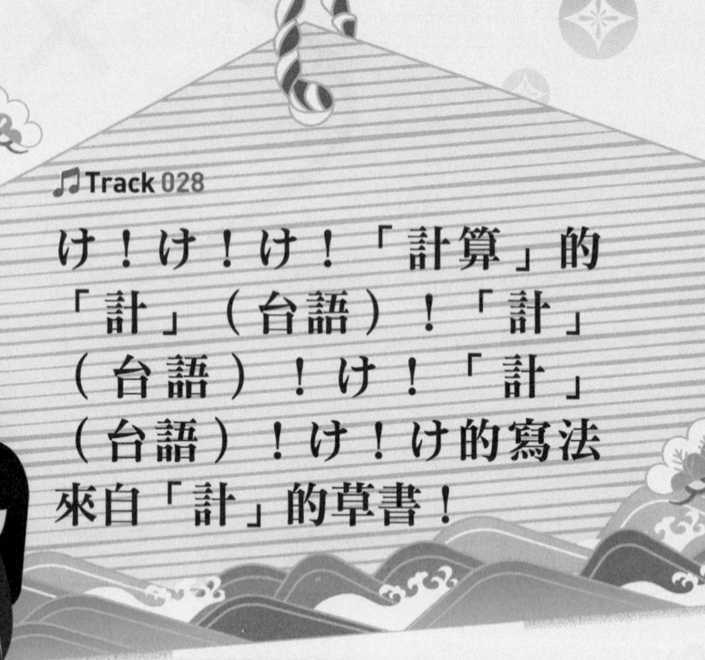

♫Track 028

け！け！け！「計算」的「計」（台語）！「計」（台語）！け！「計」（台語）！け！け的寫法來自「計」的草書！

2 快熟聽音辨字

♫Track 029

讀音 [ke]

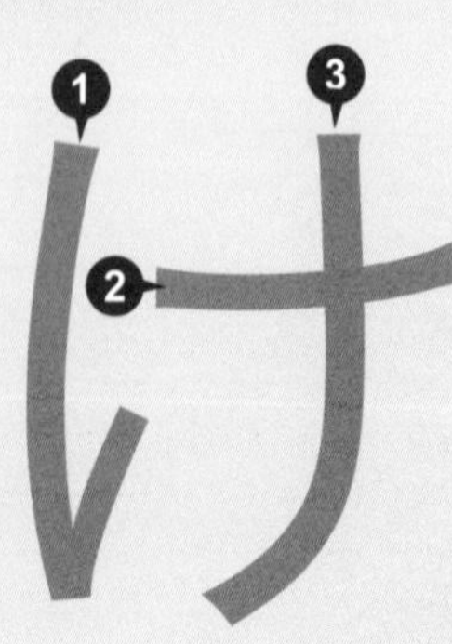

♡快熟字源：計▸け▸け

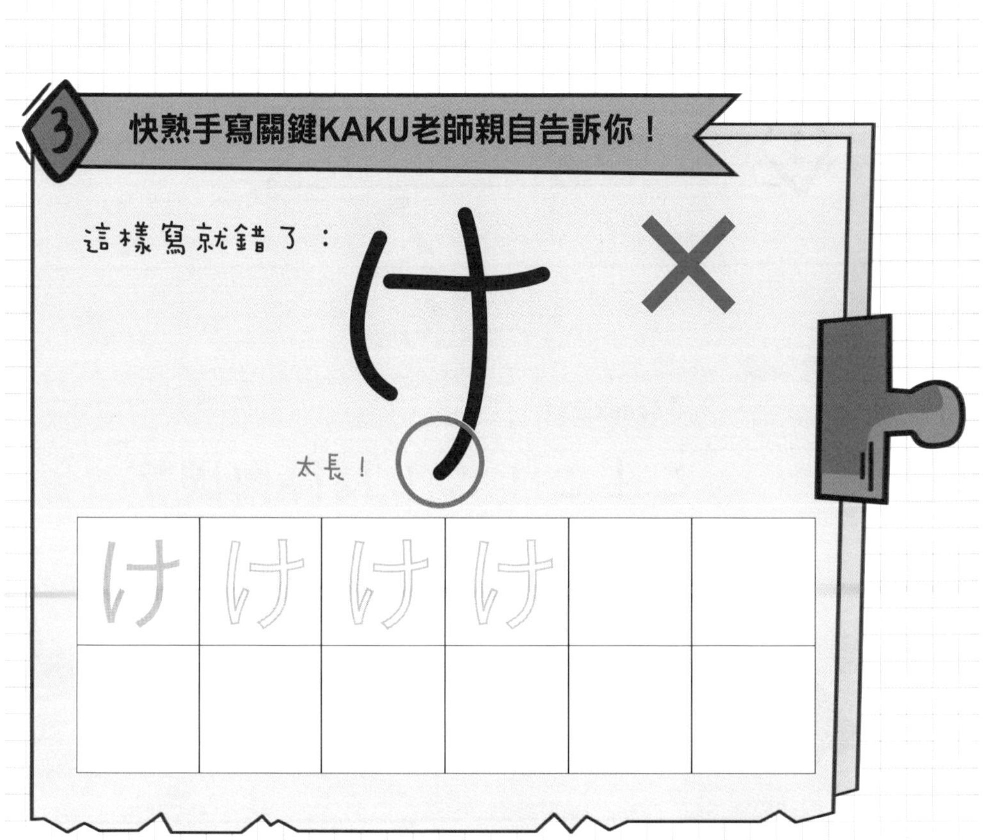

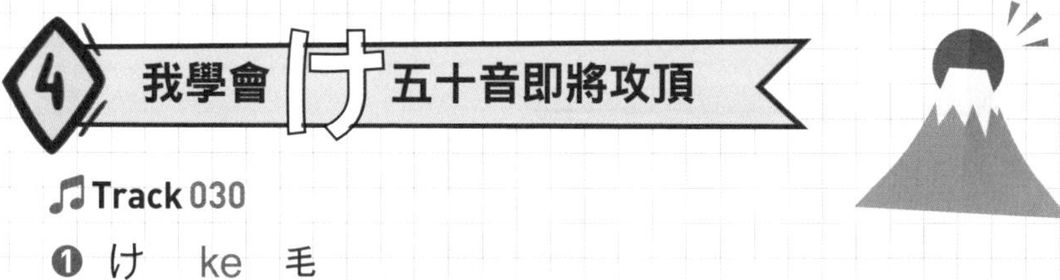

4 我學會け五十音即將攻頂

♫ Track 030

❶ け　ke　毛

け　け　け

❷ いけ　i ke　池塘

いけ　いけ　いけ

❸ うけつけ　u ke tsu ke　櫃台

うけつけ　うけつけ　うけつけ

1 KAKU老師親錄快熟記憶口訣

♫Track 031

こ！こ！こ！長得像國字的「二」。「二元」（台語）、「二こ」！「こ」長得像國字的「二」。

2 快熟聽音辨字

♫Track 032

讀音 [ko]

♡快熟字源：己▸己▸こ

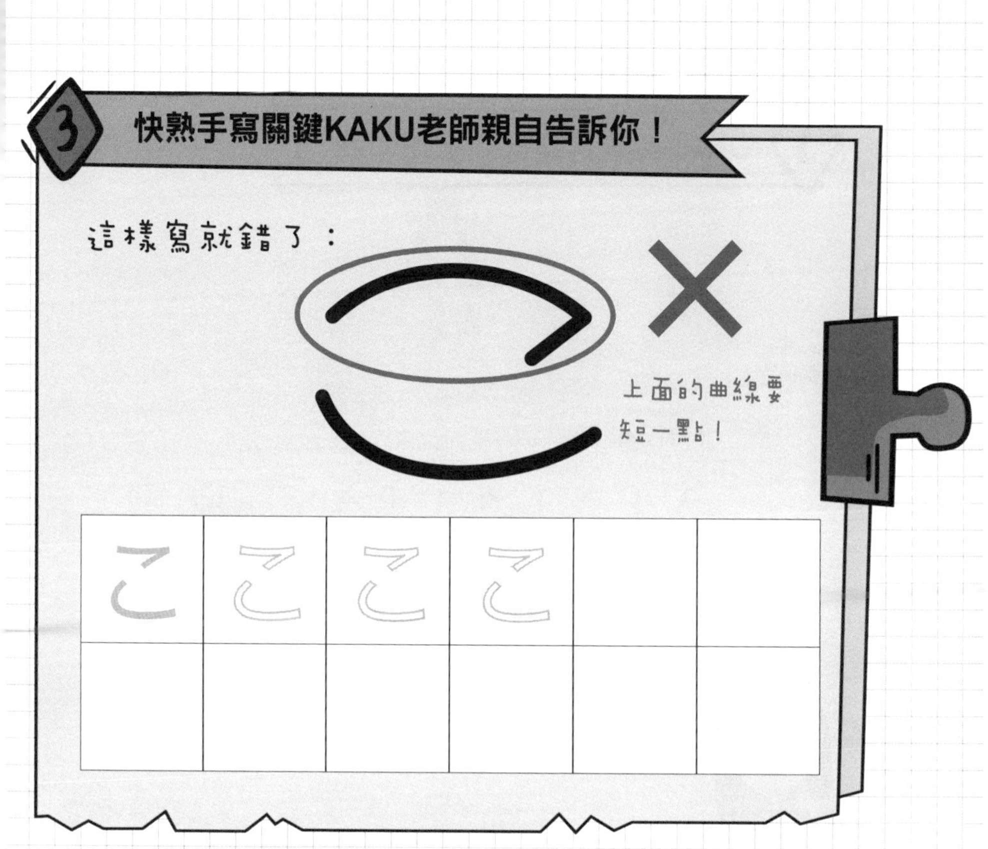

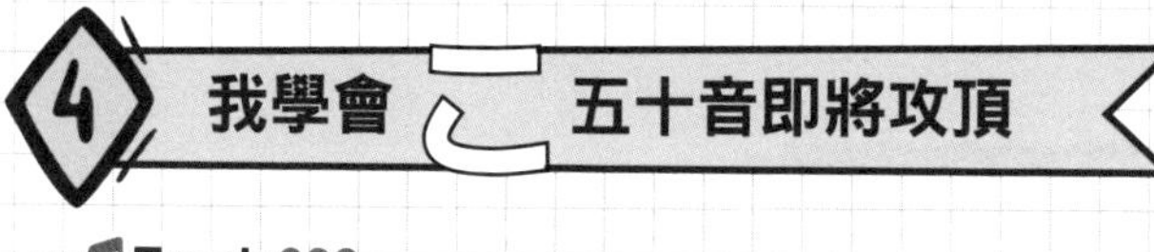

♫Track 033

❶ こい　ko i　戀愛

こい　こい　こい

❷ ここ　ko ko　這裡

ここ　ここ　ここ

❸ こし　ko shi　腰

こし　こし　こし

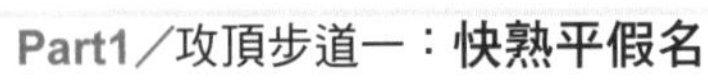

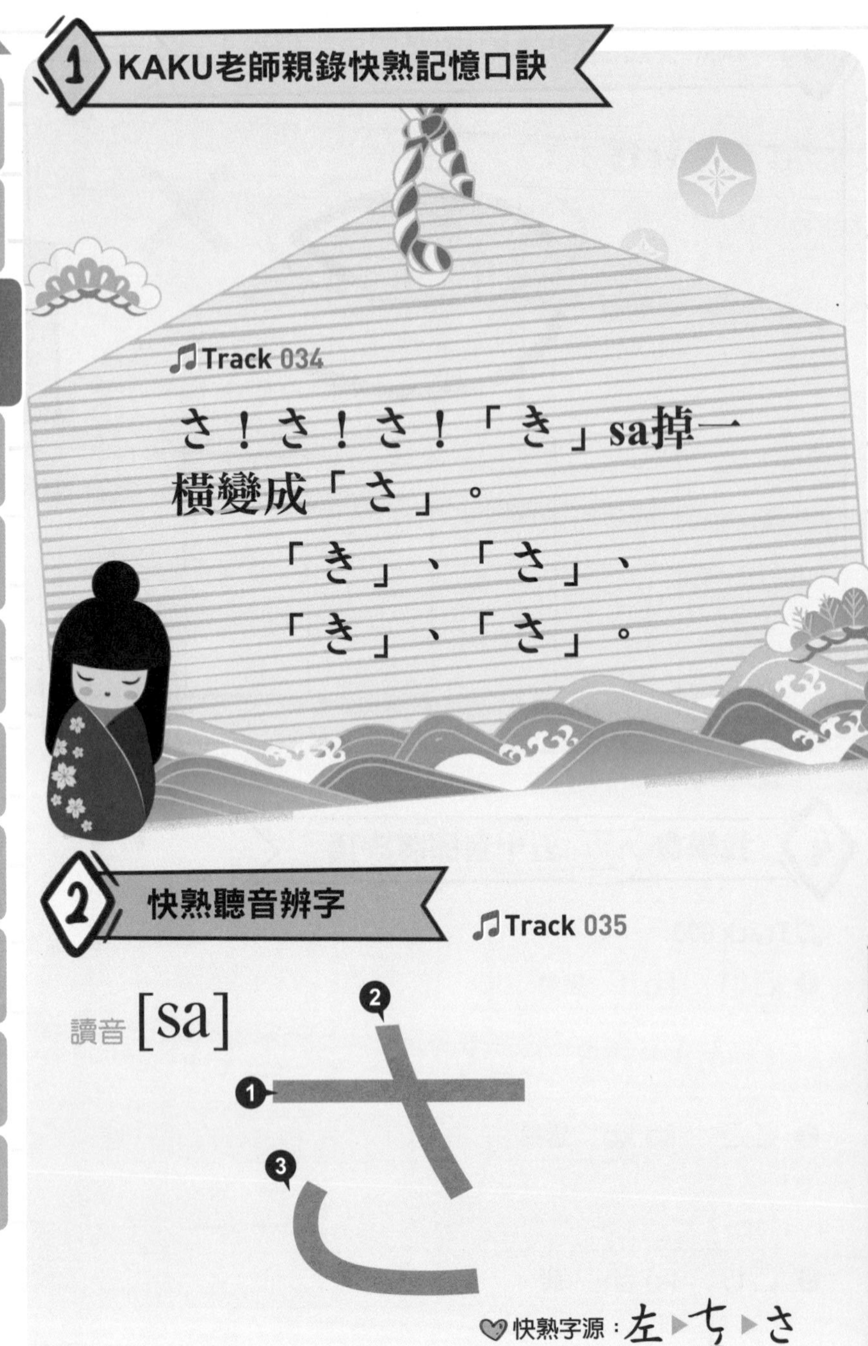
1 KAKU老師親錄快熟記憶口訣
Track 034
さ！さ！さ！「き」sa掉一橫變成「さ」。
「き」、「さ」、
「き」、「さ」。
2 快熟聽音辨字
Track 035
讀音 [sa]
1
2
3
快熟字源：左▸ち▸さ

3 快熟手寫關鍵KAKU老師親自告訴你！

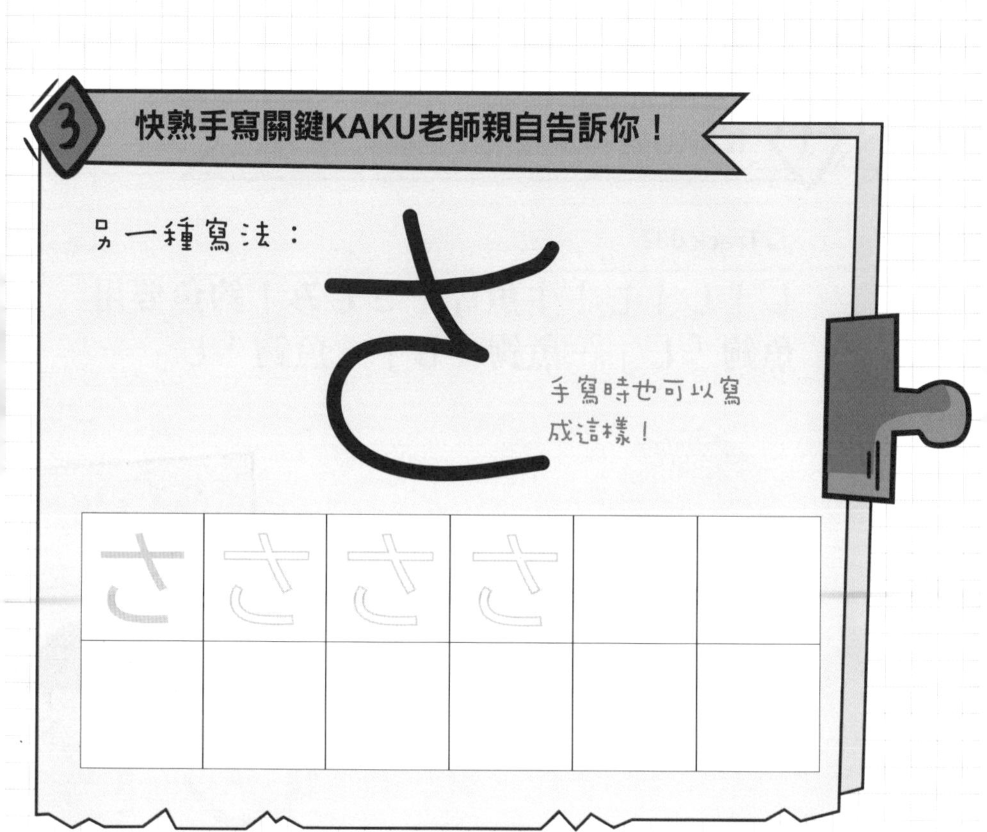

我學會さ五十音即將攻頂

♫Track 036

❶ えさ　e sa　飼料

えさ　えさ　えさ

❷ くさ　ku sa　草

くさ　くさ　くさ

❸ さしみ　sa shi mi　生魚片

さしみ　さしみ　さしみ

♫Track 037

し！し！し！生魚片！さしみ！釣魚要用魚鉤「し」，魚鉤「し」、魚鉤「し」。

♫Track 038

讀音 [shi]

♡快熟字源：之▸之▸し

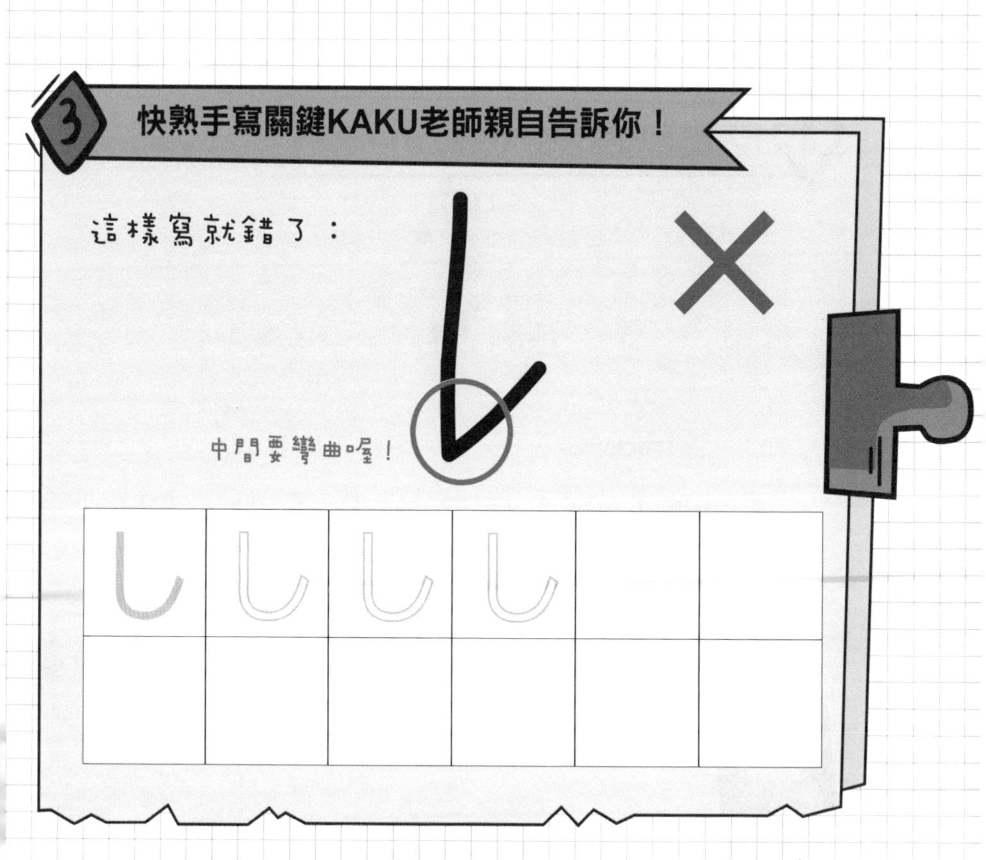

4 我學會し五十音即將攻頂

♫Track 039

❶ いし　i shi　石頭

いし　いし　いし

❷ すし　su shi　壽司

すし　すし　すし

❸ おいしい　o i shi-　好吃的

おいしい　おいしい　おいしい

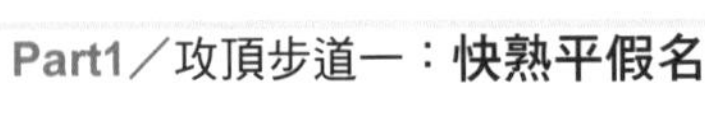

1 KAKU老師親錄快熟記憶口訣

Track 040

す！す！す！台北「す」個「寸」土寸金的地方。
す！寸！す！寸！

2 快熟聽音辨字

Track 041

讀音 [su]

す

快熟字源：寸 ▸ 寸 ▸ す

4 我學會す五十音即將攻頂

♫Track 042

❶ いす　i su　椅子

いす　いす　いす

❷ うすい　u su i　淡的

うすい　うすい　うすい

❸ あす　a su　明天

あす　あす　あす

♫Track 043

せ！せ！せ！世界台語唸「世界」（台語），日語唸「世界（せかい）」。「世」界、「せ」かい！寫的時候最後一筆要轉彎「せ」過去喔！

♫Track 044

讀音 [se]

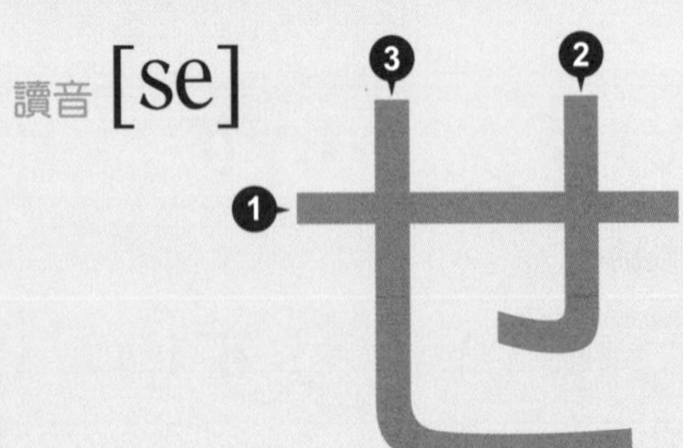

♡快熟字源：世 ▸ 𛀙 ▸ せ

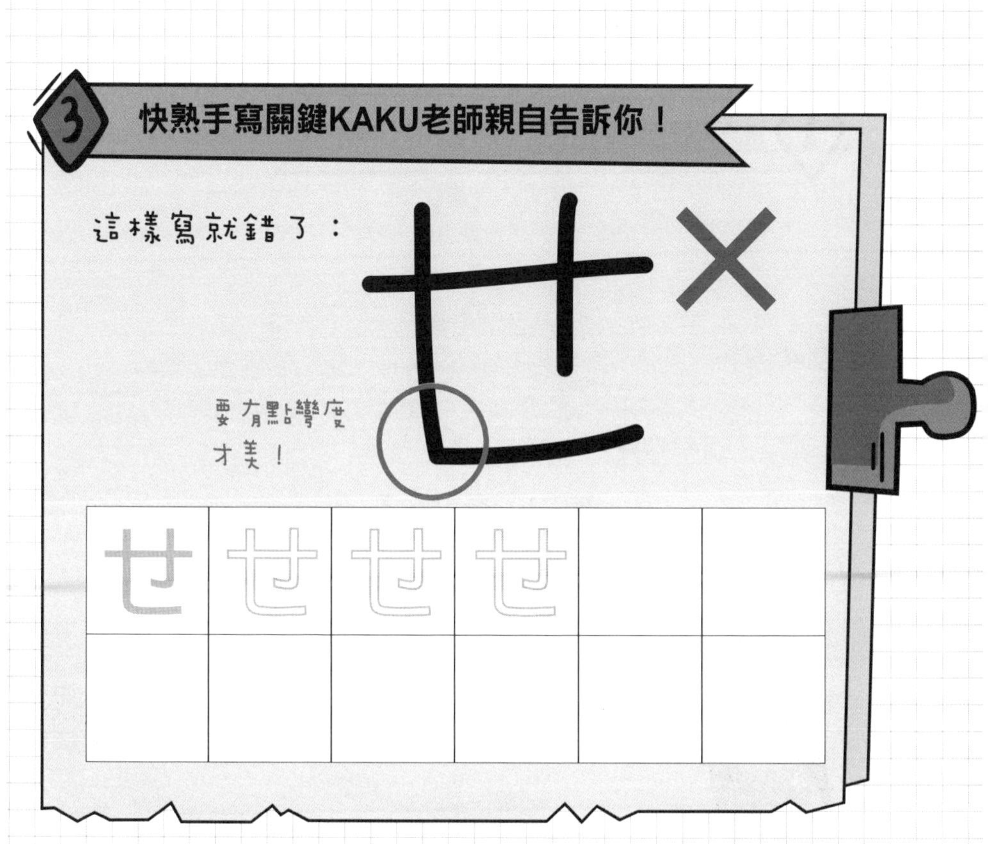

4 我學會せ五十音即將攻頂

♫Track 045

❶ あせ　a se　汗水

あせ　あせ　あせ

❷ せかい　se ka i　世界

せかい　せかい　せかい

❸ せんせい　sen se-　老師

せんせい　せんせい　せんせい

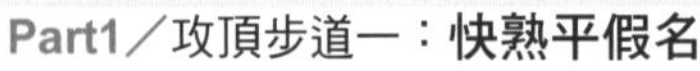

1 KAKU老師親錄快熟記憶口訣

♫Track 046

そ！そ！そ！
そ（曾）先生為人
「そ」nice！

2 快熟聽音辨字

♫Track 047

讀音 [SO]

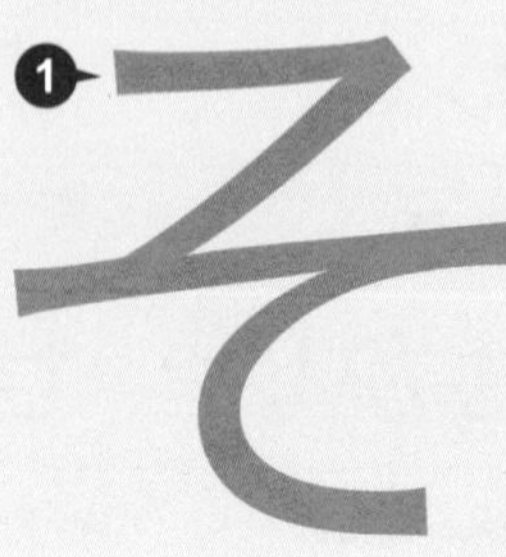

♡快熟字源：曾 ▶ そ ▶ そ

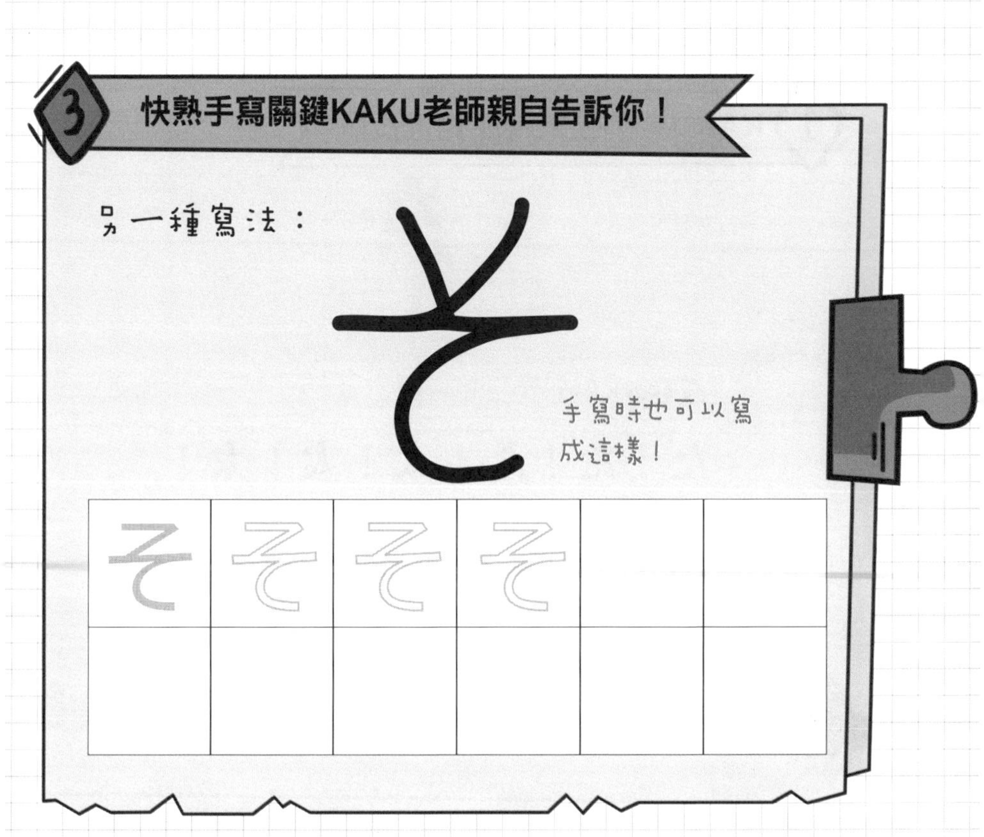

4 我學會そ五十音即將攻頂

♫Track 048

❶ うそ　u so　謊言

うそ　うそ　うそ

❷ そこ　so ko　那裡

そこ　そこ　そこ

❸ しそ　shi so　紫蘇

しそ　しそ　しそ

1 KAKU老師親錄快熟記憶口訣

Track 049

た！た！た！太！太！太！
「怕太太（たた）」！た和國字的「太」長得很像喔！
た！太！た！太！た！太！

2 快熟聽音辨字

Track 050

讀音 [ta]

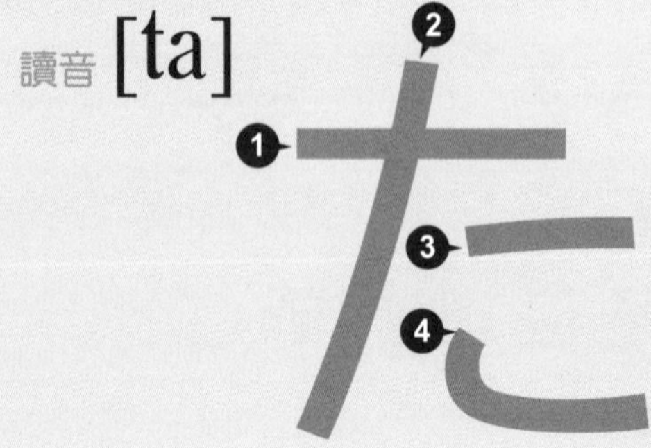

快熟字源：太▸だ▸た

3 快熟手寫關鍵KAKU老師親自告訴你！

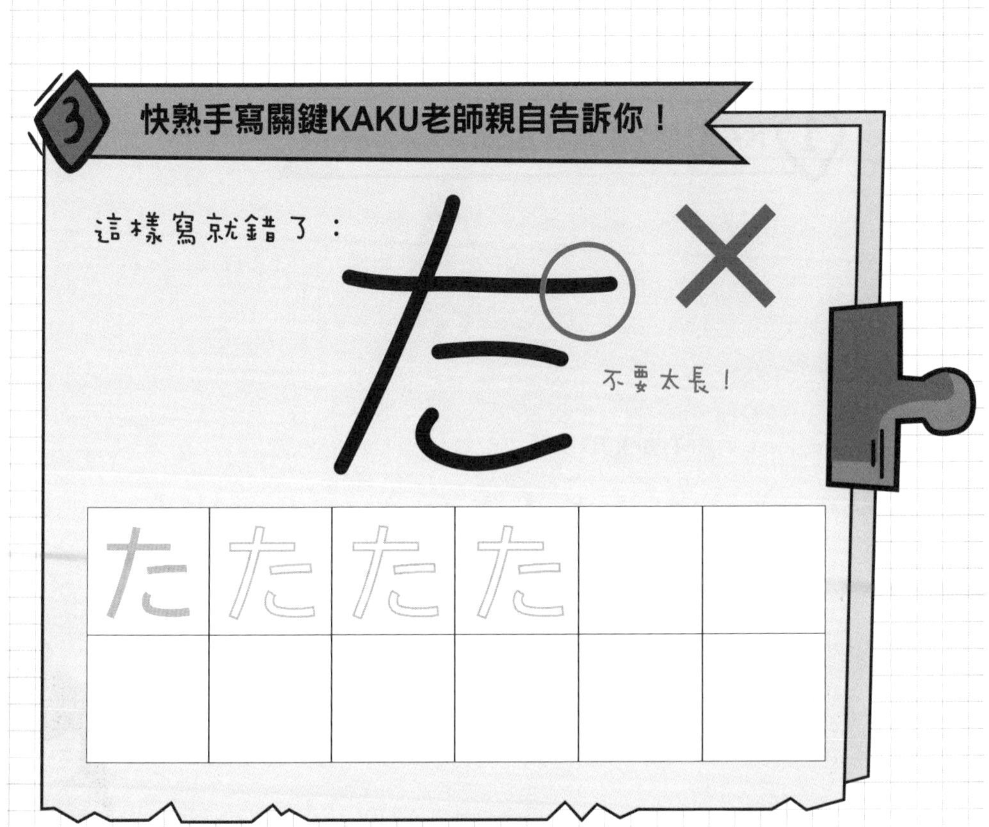

4 我學會た五十音即將攻頂

♫ Track 051

❶ いたい　i ta i　疼痛的

いたい　いたい　いたい

❷ たこ　ta ko　章魚

たこ　たこ　たこ

❸ した　shi ta　下面

した　した　した

Track 052

ち！ち！ち！ちいさい！台中有個地方叫梧棲！記憶時記數字的５７，數字中的5和ち長得很像喔！5ち！5ち！5ち！

快熟聽音辨字

Track 053

讀音 [chi]

快熟字源：知▶ち▶ち

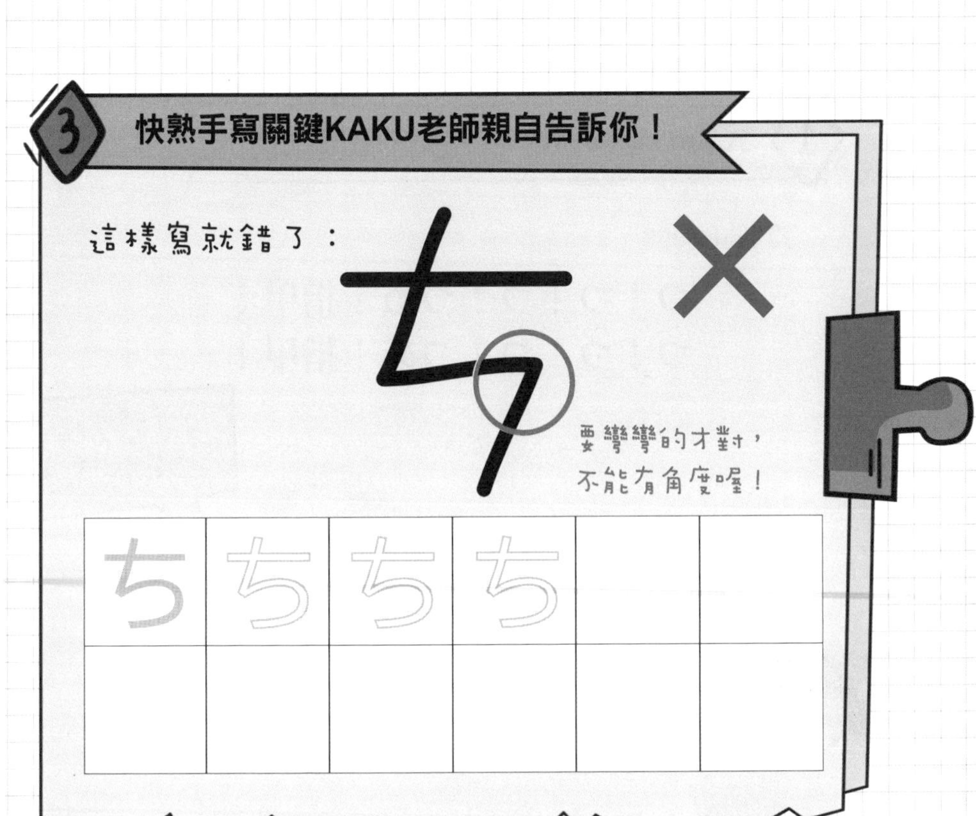

我學會ち五十音即將攻頂

♫Track 054

❶ うち u chi 家

うち うち うち

❷ ちいさい chi- sa i 小的

ちいさい ちいさい ちいさい

❸ かち ka chi 價值

かち かち かち

KAKU老師親錄快熟圖像記憶口訣

♫Track 055

つ！つ！つ！つめ！指甲！
つ！つ！つ！つめ！指甲！

2 快熟聽音辨字

♫Track 056

讀音 [tsu]

♡快熟字源：川▶つ▶つ

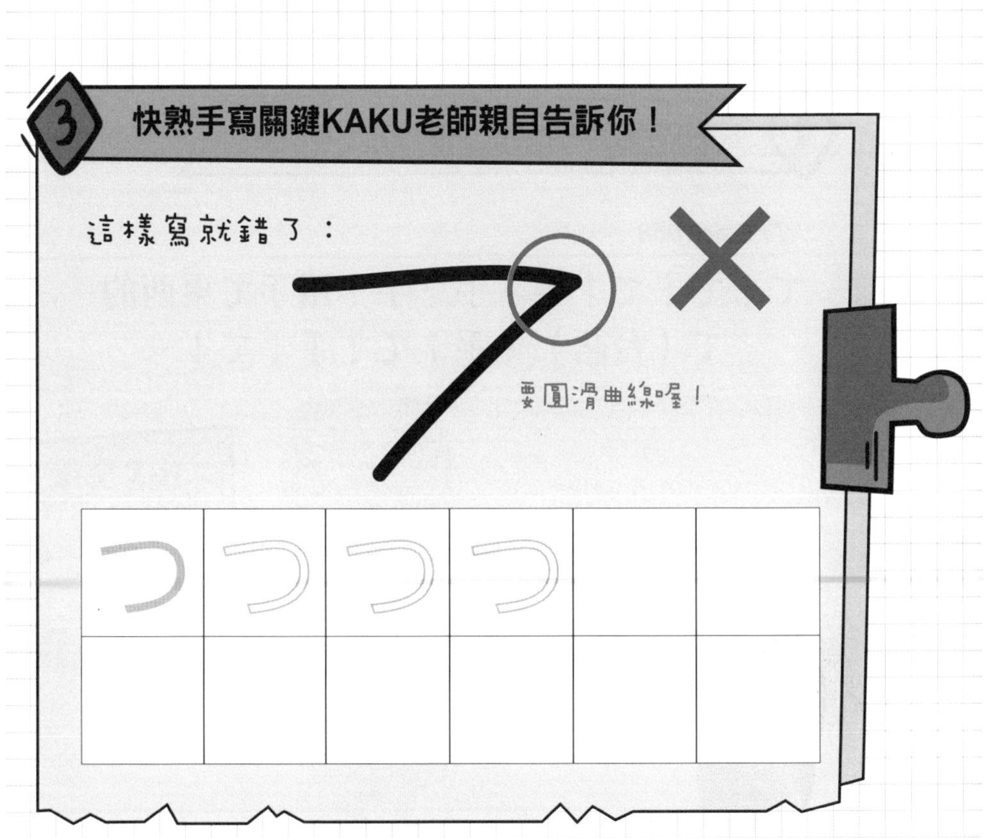

4 我學會つ五十音即將攻頂

♫Track 057

❶ つくえ　tsu ku e　桌子

つくえ　つくえ　つくえ

❷ くつ　ku tsu　鞋子

くつ　くつ　くつ

❸ つえ　tsu e　枴杖

つえ　つえ　つえ

1 KAKU老師親錄快熟圖像記憶口訣

♫Track 058

て！て！て！手！手！手！用手て東西的て（台語），手！て！手！て！

獨家全腦開發記憶法

2 快熟聽音辨字

♫Track 059

讀音 [te]

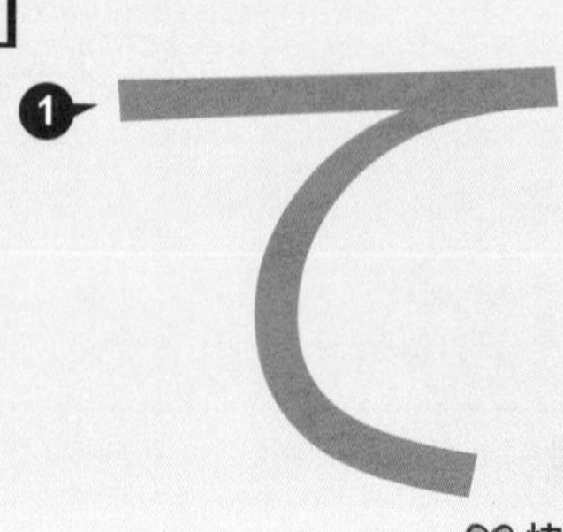

快熟字源：天 ▸ 𛀁 ▸ て

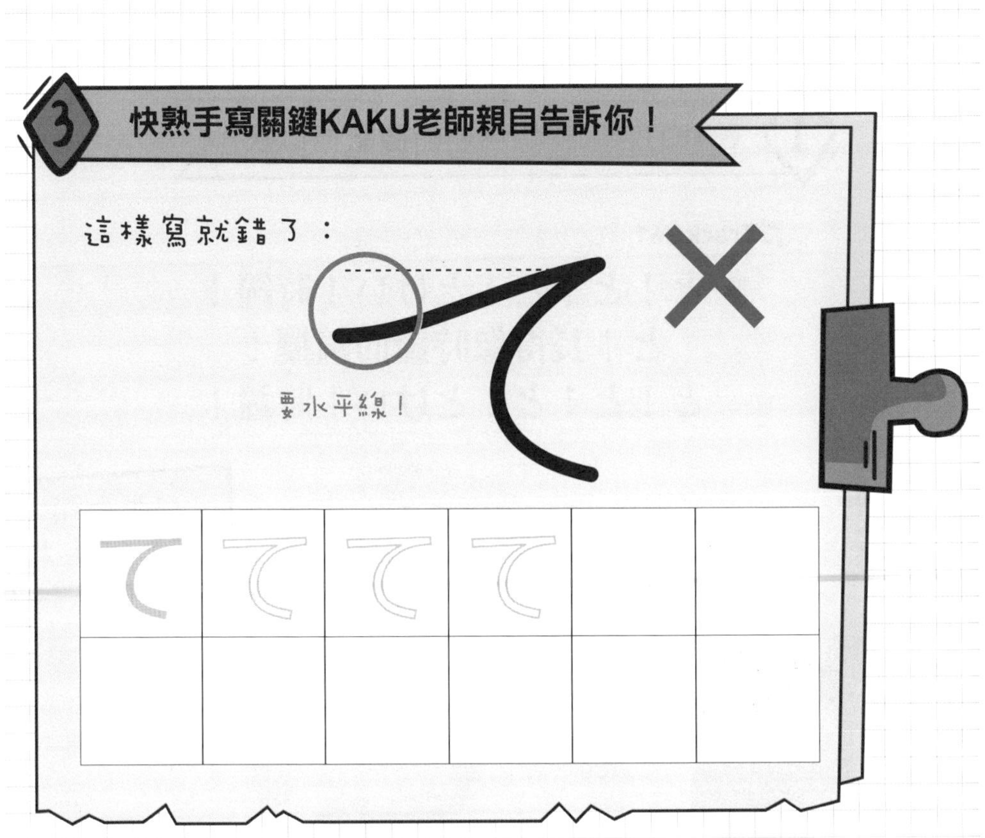

4 我學會て五十音即將攻頂

♫Track 060

❶ て　te　手

❷ してい　shi te-　指定

❸ あいて　a i te　對方

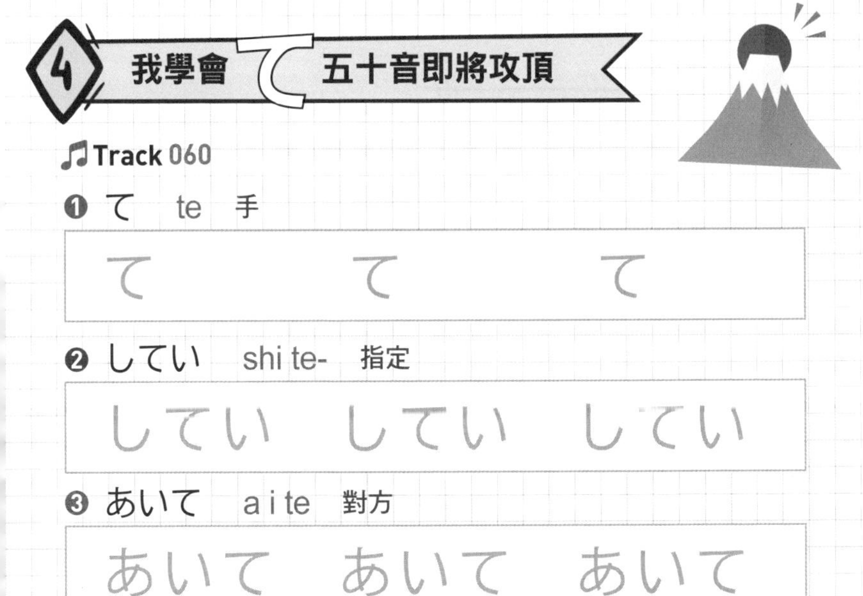

1 KAKU老師親錄快熟圖像記憶口訣

♫Track 061

と！と！と！とけい！時鐘！
と！長得像時鐘的鐘擺！
と！と！と！とけい！時鐘！

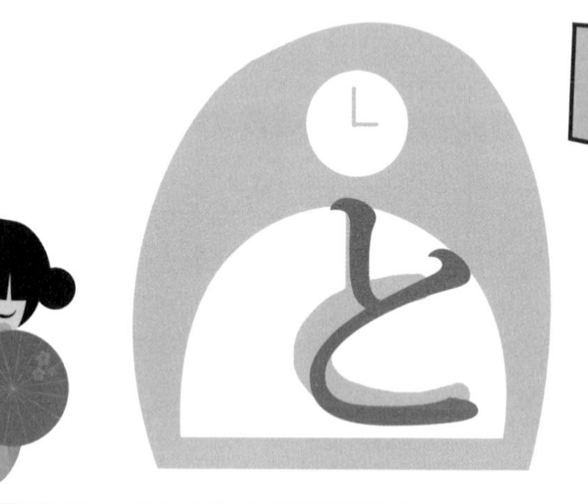

獨家全腦開發記憶法

2 快熟聽音辨字

♫Track 062

讀音 [to]

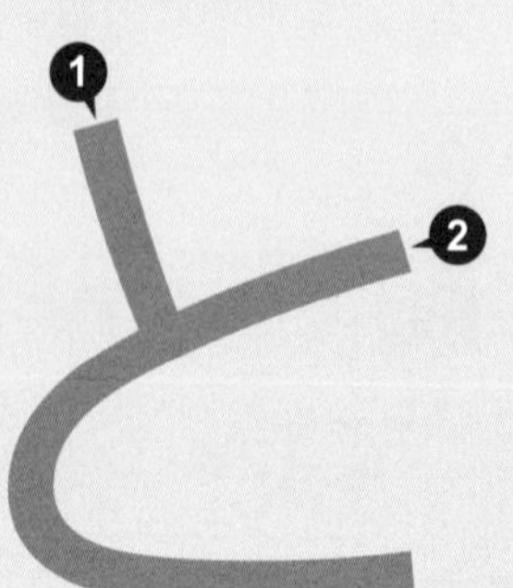

♡快熟字源：止▶㠯▶と

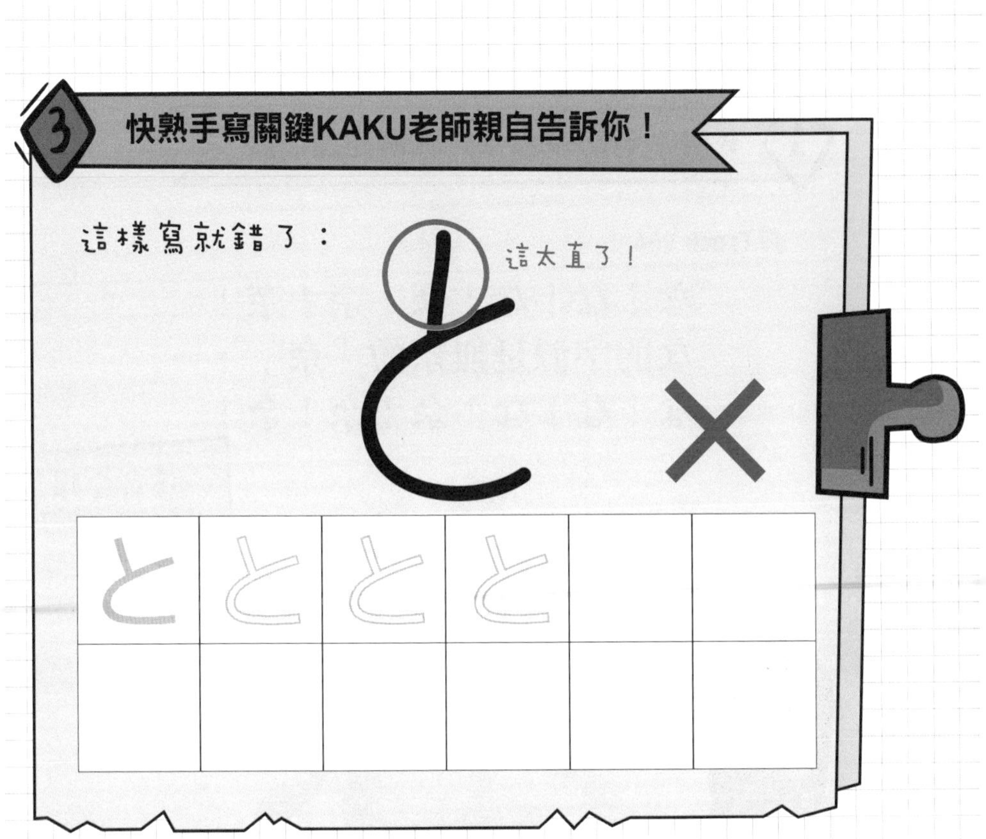

♫Track 063

❶ いと　i to　線

いと　いと　いと

❷ とけい　to ke-　時鐘

とけい　とけい　とけい

❸ とし　to shi　年齡

とし　とし　とし

あ行
か行
さ行
た行
な行
は行
ま行
や行
ら行
わ行
鼻音

1 KAKU老師親錄快熟圖像記憶口訣

♫Track 064

な！な！な！奈！奈！奈！
な的字源是無奈的「奈」，
な！な！な！奈！奈！奈！

獨家全腦
開發記憶法

2 快熟聽音辨字

♫Track 065

讀音 [na]

♡快熟字源：奈▶な▶な

3 快熟手寫關鍵KAKU老師親自告訴你！

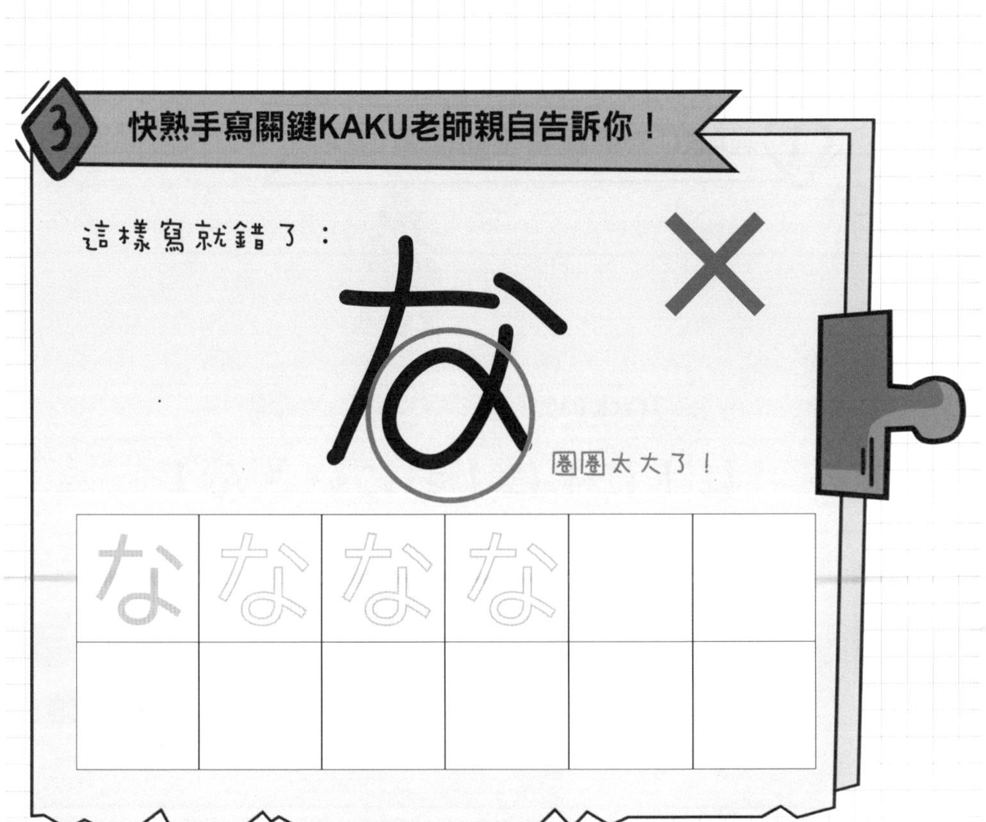

4 我學會な五十音即將攻頂

♫ Track 066

❶ なな　na na　七

なな　なな　なな

❷ なし　na shi　梨子

なし　なし　なし

❸ なに　na ni　什麼

なに　なに　なに

あ行
か行
さ行
た行
な行
は行
ま行
や行
ら行
わ行
鼻音

1 KAKU老師親錄快熟記憶口訣

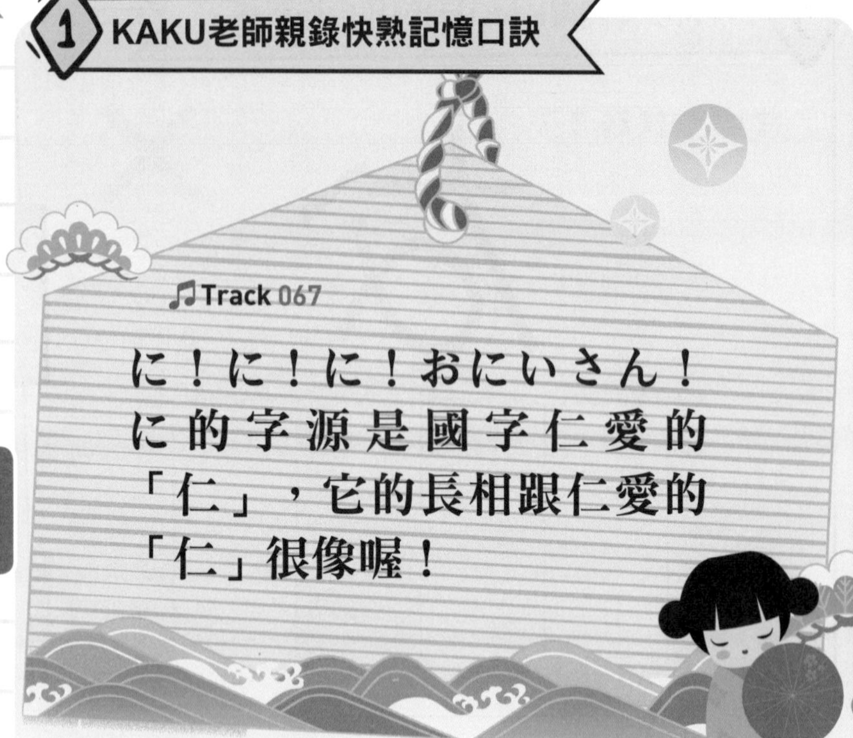

♫Track 067

に！に！に！おにいさん！
に的字源是國字仁愛的「仁」，它的長相跟仁愛的「仁」很像喔！

2 快熟聽音辨字

♫Track 068

讀音 [ni]

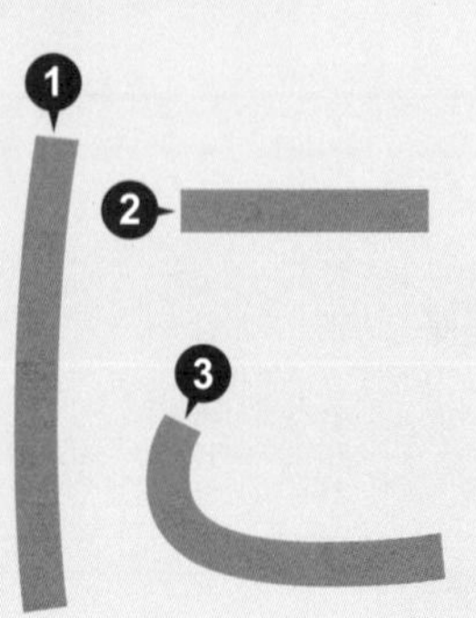

♡快熟字源：仁 ▸ 𛁈 ▸ に

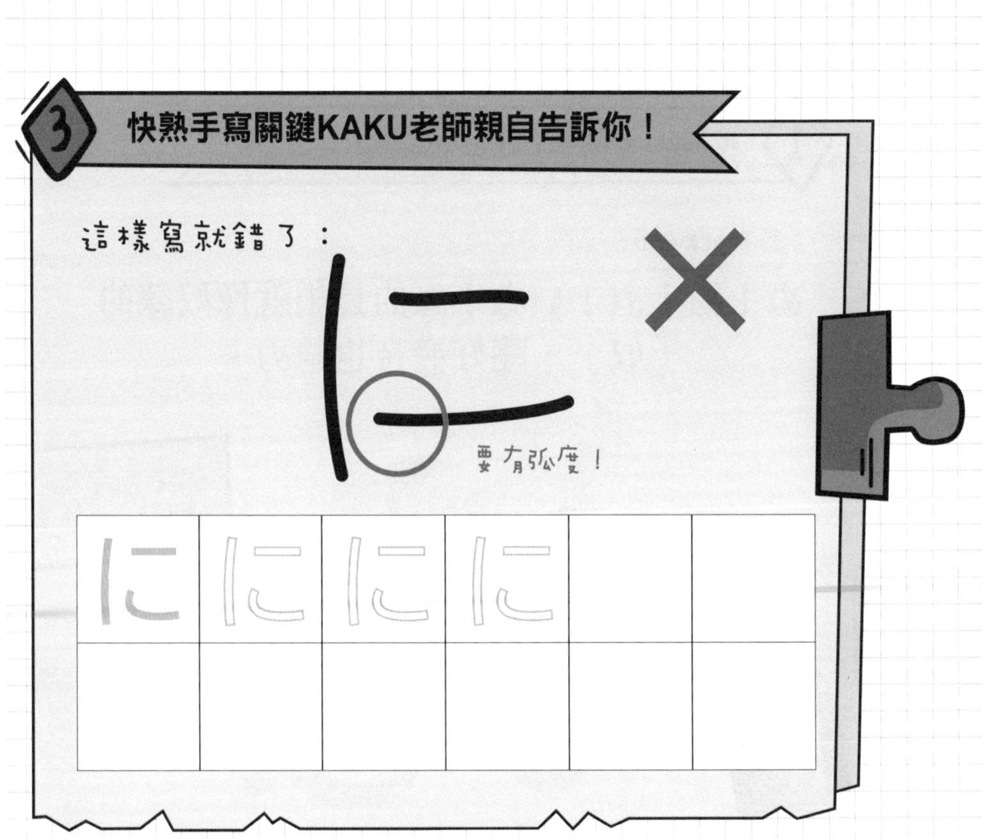

我學會に五十音即將攻頂

♫Track 069

❶ あに　a ni　家兄

あに　あに　あに

❷ くに　ku ni　國家

くに　くに　くに

❸ うに　u ni　海膽

うに　うに　うに

あ行
か行
さ行
た行
な行
は行
ま行
や行
ら行
わ行
鼻音

1 KAKU老師親錄快熟圖像記憶口訣

♫Track 070

ぬ！ぬ！ぬ！いぬ！ぬ的長相就像奴隸的「奴」，剛好發音也唸ぬ。

獨家全腦開發記憶法

2 快熟聽音辨字

♫Track 071

讀音 [nu]

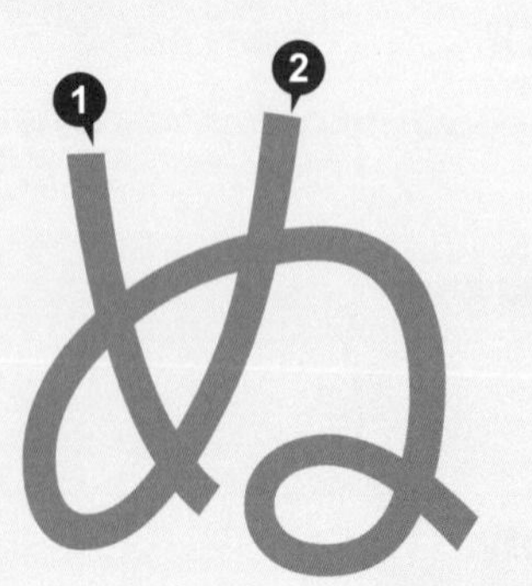

♡快熟字源：奴▸ぬ▸ぬ

我學會ぬ五十音即將攻頂

♫Track 072

❶ いぬ　i nu　小狗

いぬ　いぬ　いぬ

❷ こいぬ　ko i nu　幼犬

こいぬ　こいぬ　こいぬ

❸ ぬう　nu u　縫

ぬう　ぬう　ぬう

1 KAKU老師親錄快熟圖像記憶口訣

♫Track 073

ね！ね！ね！
おねえさん（o ne- san）！姐姐！

獨家全腦開發記憶法

2 快熟聽音辨字

♫Track 074

讀音 [ne]

♡快熟字源：祢▸祢▸ね

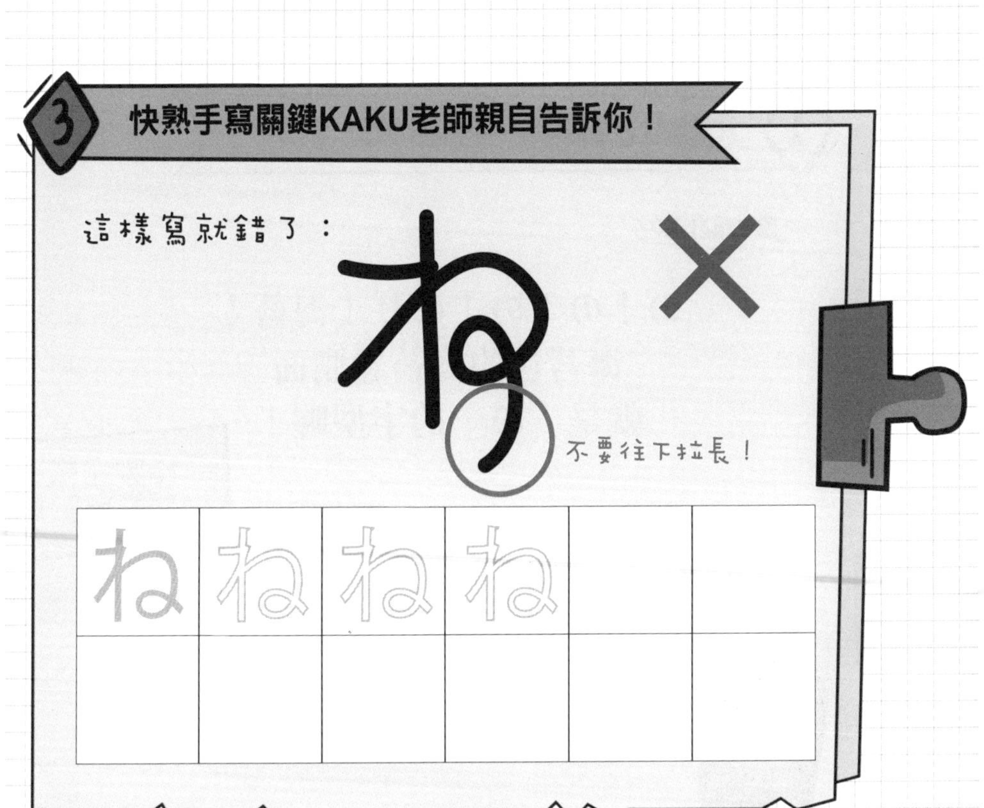

4 我學會ね五十音即將攻頂

♫Track 075

❶ あね　a ne　家姐

あね　あね　あね

❷ おかね　o ka ne　錢

おかね　おかね　おかね

❸ ねこ　ne ko　貓

ねこ　ねこ　ねこ

1 KAKU老師親錄快熟圖像記憶口訣

♫Track 076

の！の！の！のり！海苔！
海苔包的海苔卷側面
就是「の」的字型喔！

獨家全腦
開發記憶法

2 快熟聽音辨字

♫Track 077

讀音 [no]

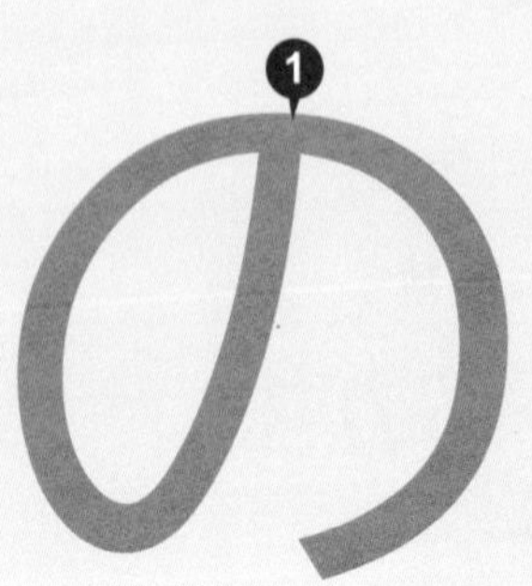

♡快熟字源：乃▶乃▶の

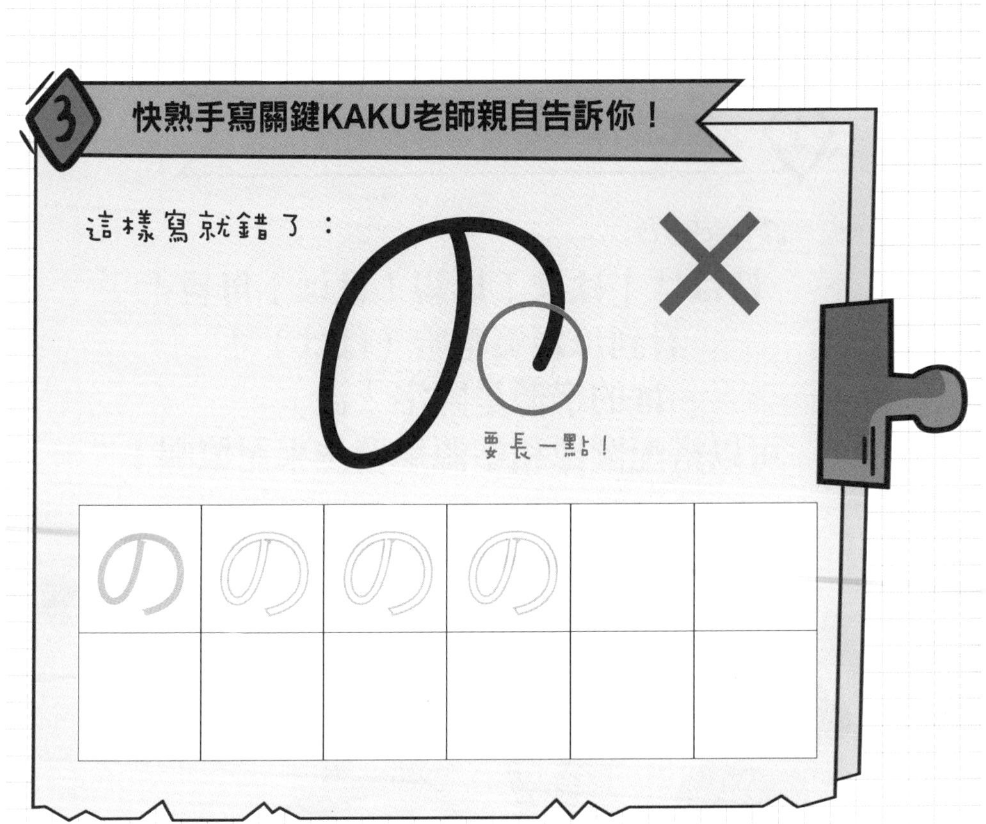

4 我學會の五十音即將攻頂

♫Track 078

❶ この　ko no　這～

この　この　この

❷ いのしし　i no shi shi　山豬

いのしし　いのしし　いのしし

❸ きのこ　ki no ko　蘑菇

きのこ　きのこ　きのこ

あ行
か行
さ行
た行
な行
は行
ま行
や行
ら行
わ行
鼻音

1 KAKU老師親錄快熟圖像記憶口訣

♫Track 079

ははは！はは！母親！はは！母親！
看到母親笑哈哈（はは）！
は的字源是國字「波」，
可以搭配圖像和字源學習法來記憶喔！

獨家全腦
開發記憶法

2 快熟聽音辨字

♫Track 080

讀音 [ha]

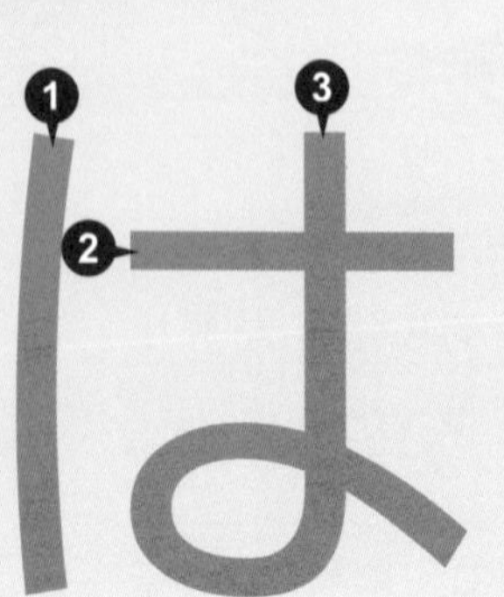

♡快熟字源：波▶波▶は

③ 快熟手寫關鍵KAKU老師親自告訴你！

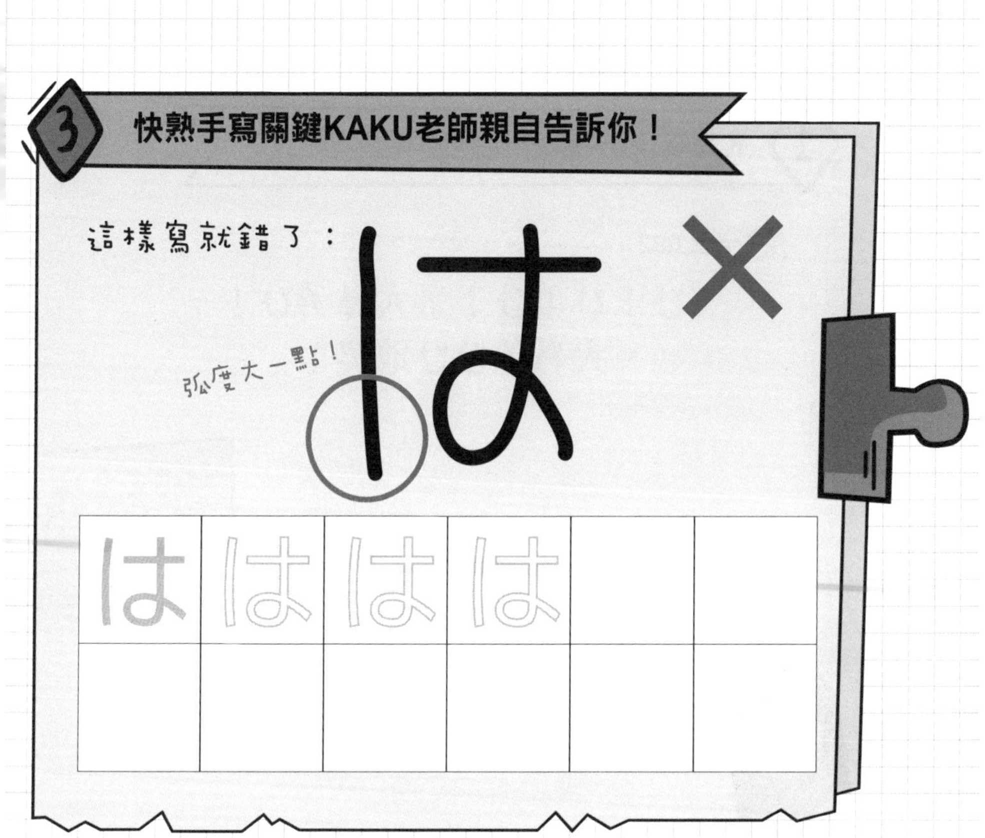

④ 我學會は五十音即將攻頂

♫Track 081

❶ は　ha　牙齒

は　は　は

❷ はえ　ha e　蒼蠅

はえ　はえ　はえ

❸ はし　ha shi　筷子

はし　はし　はし

1 KAKU老師親錄快熟圖像記憶口訣

♫Track 082

ひ！ひ！ひ！！大鼻子ひ！
大鼻子ひひ地笑！

獨家全腦
開發記憶法

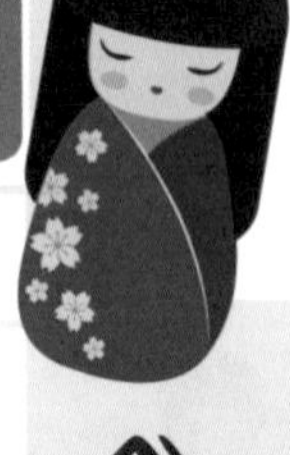

2 快熟聽音辨字

♫Track 083

讀音 [hi]

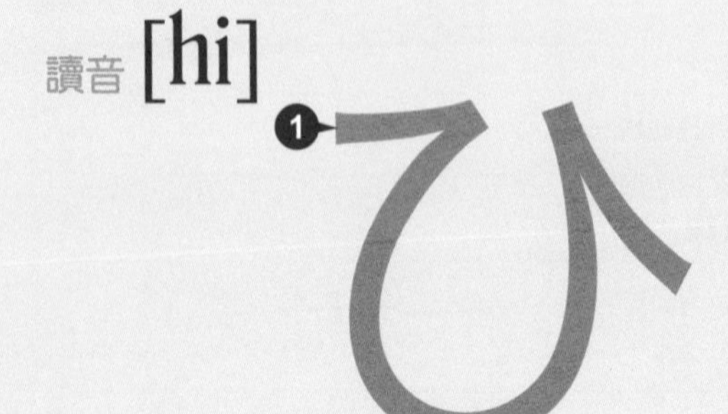

快熟字源：比▶ヒヒ▶ひ

③ 快熟手寫關鍵KAKU老師親自告訴你！

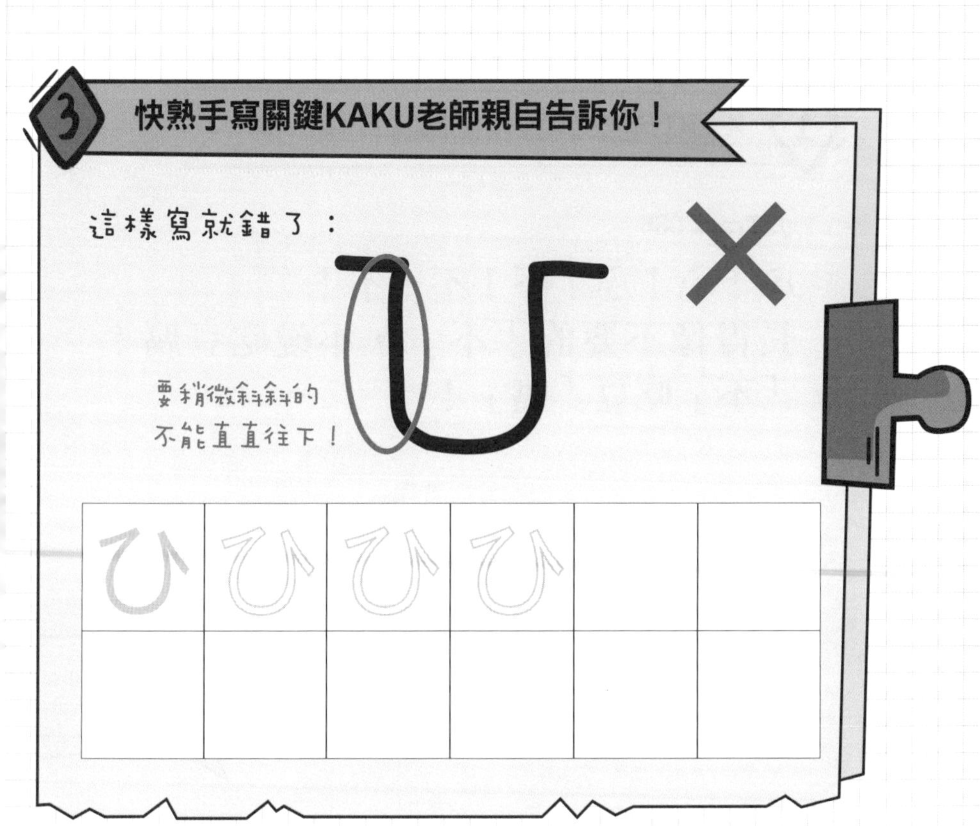

④ 我學會ひ五十音即將攻頂

♫Track 084

❶ ひ　hi　火

ひ　ひ　ひ

❷ ひく　hi ku　拉

ひく　ひく　ひく

❸ ひこうき　hi ko- ki　飛機

ひこうき　ひこうき　ひこうき

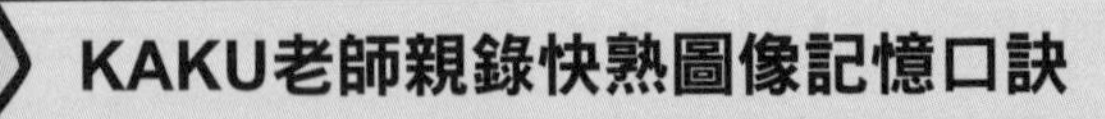

1 KAKU老師親錄快熟圖像記憶口訣

♫Track 085

ふ！ふ！ふ！不！不！不！
長得像不要的「不」。不愛吃豆腐！
「不」吃豆「腐」！

獨家全腦
開發記憶法

2 快熟聽音辨字

♫Track 086

讀音 [fu]

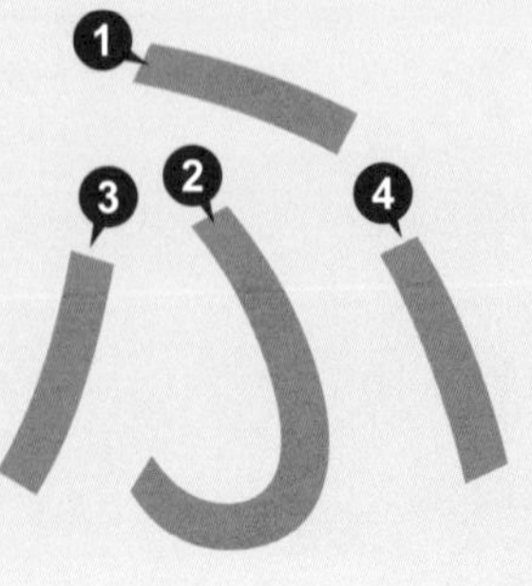

♡ 快熟字源：

あ行
か行
さ行
た行
な行
は行
ま行
や行
ら行
わ行
鼻音

3 快熟手寫關鍵KAKU老師親自告訴你！

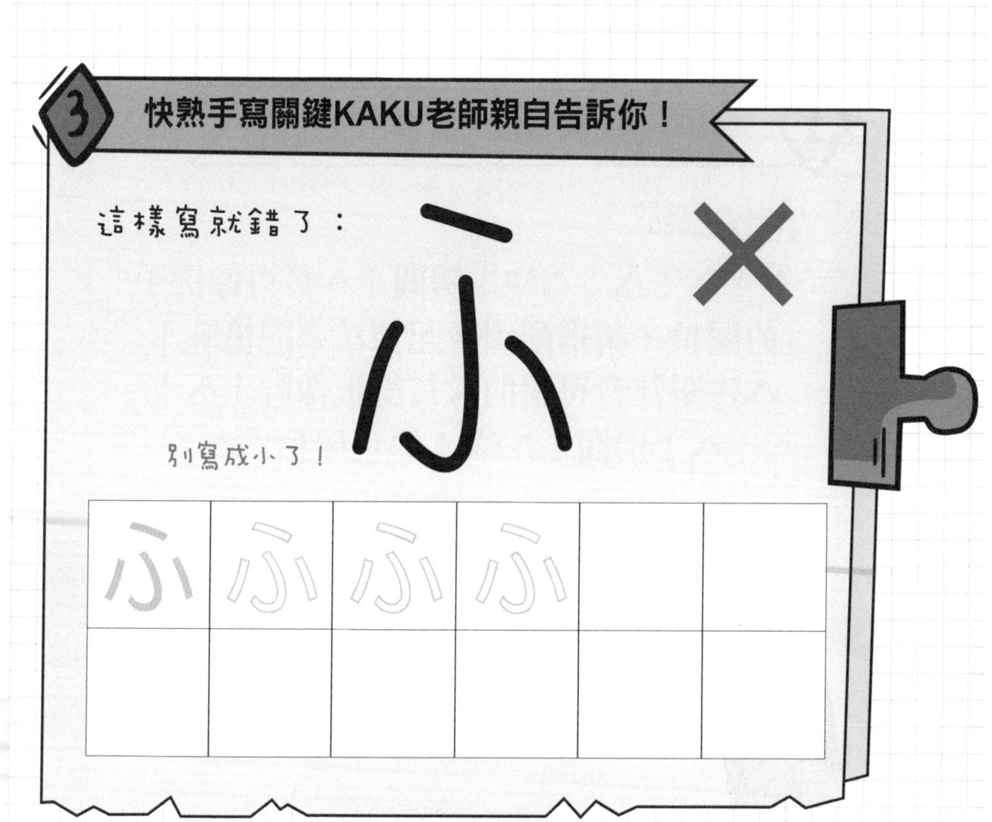

4 我學會ふ五十音即將攻頂

♫Track 087

❶ ふね　fu ne　船

ふね　ふね　ふね

❷ とうふ　to- fu　豆腐

とうふ　とうふ　とうふ

❸ ふつう　fu tsu-　普通

ふつう　ふつう　ふつう

1 KAKU老師親錄快熟圖像記憶口訣

♫Track 088

ㄟ！ㄟ！ㄟ！ㄟや！房間！ㄟ長得像房子的屋頂，請搭配圖像記憶法來記憶喔！ㄟ也跟注音符號的ㄟ長得很像喔！ㄟ！ㄟ！ㄟ！房間！ㄟや！黑色屋頂「ㄟ」。

獨家全腦
開發記憶法

2 快熟聽音辨字

♫Track 089

讀音 [he]

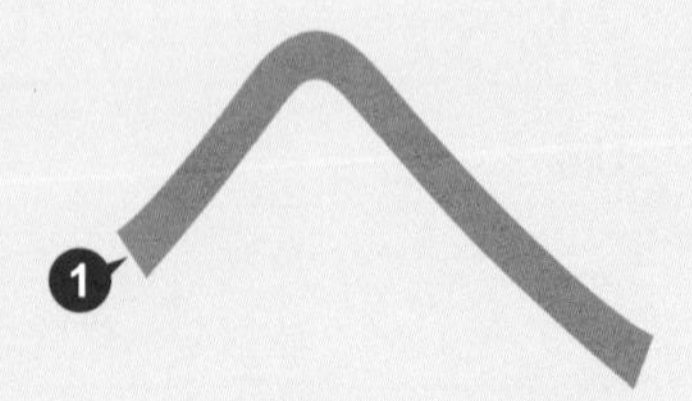

♡快熟字源：部▶部▶へ

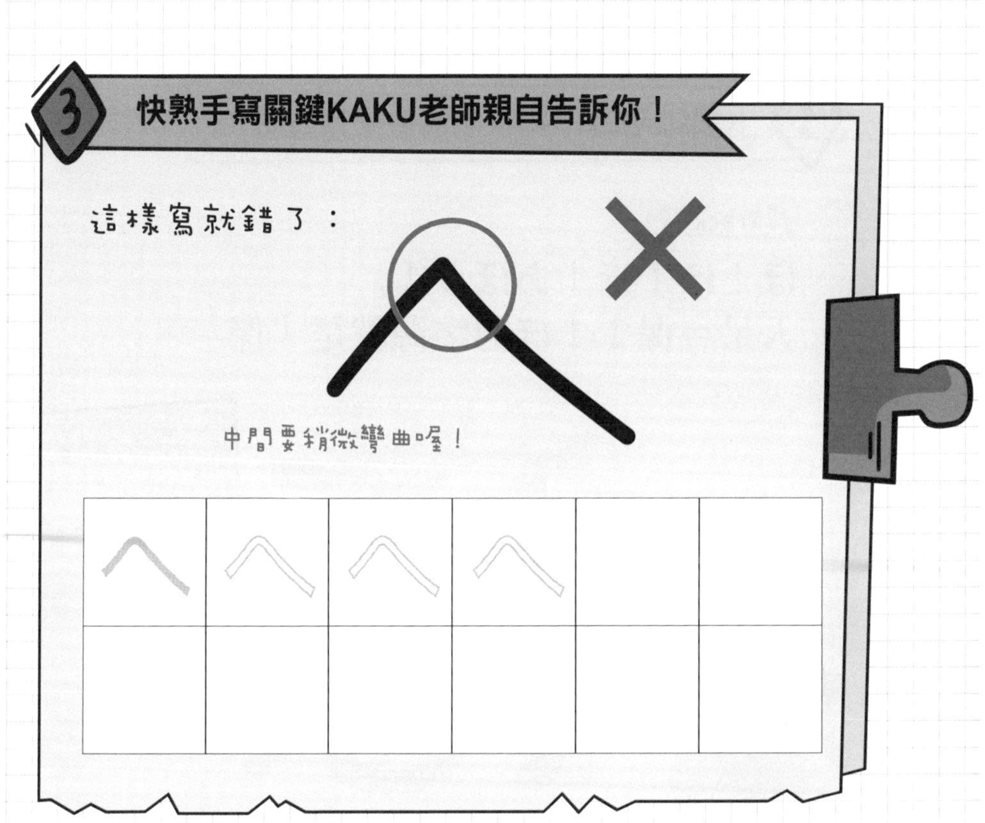

4 我學會へ五十音即將攻頂

♫Track 090

❶ へや　he ya　房間

へや　へや　へや

❷ へいせい　he- se-　平成

へいせい　へいせい　へいせい

❸ たいへん　tai hen　糟了

たいへん　たいへん　たいへん

Track 091

ほ！ほ！ほ！あほう！
人呆＝保！！ほ的字源就是「保」。

2 快熟聽音辨字

Track 092

讀音 [ho]

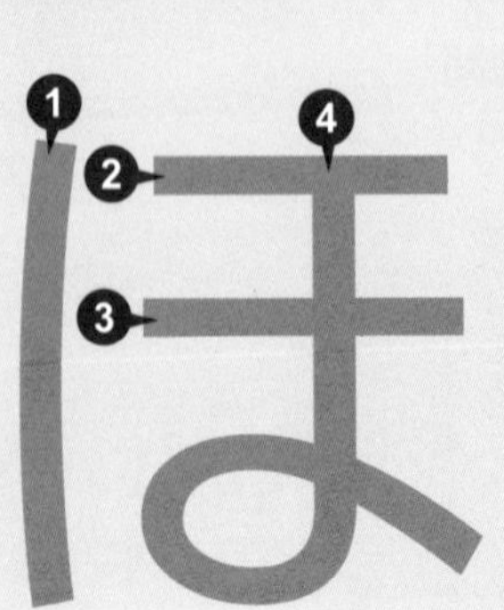

快熟字源：保▸𛃙▸ほ

4 我學會ほ五十音即將攻頂

♫ Track 093

❶ ほし　ho shi　星星

ほし　ほし　ほし

❷ ほね　ho ne　骨頭

ほね　ほね　ほね

❸ にほん　ni hon　日本

にほん　にほん　にほん

1 KAKU老師親錄快熟圖像記憶口訣

♫Track 094

ま！ま！ま！ま長得像長長的馬臉！
ま！馬！請搭配圖像記憶法來記憶喔！

2 快熟聽音辨字

♫Track 095

讀音 [ma]

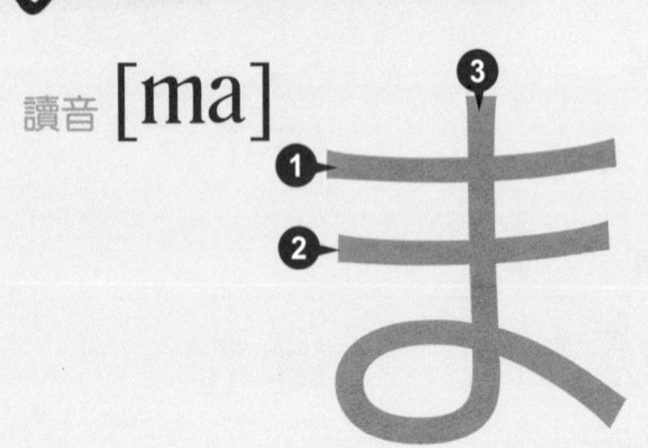

♡快熟字源：末▸末▸ま

3 快熟手寫關鍵KAKU老師親自告訴你！

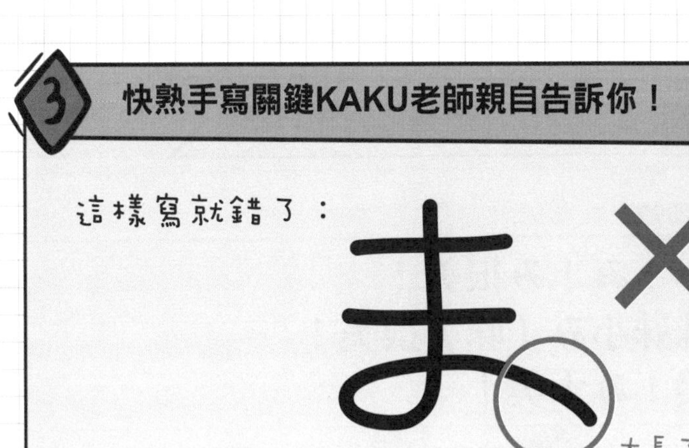

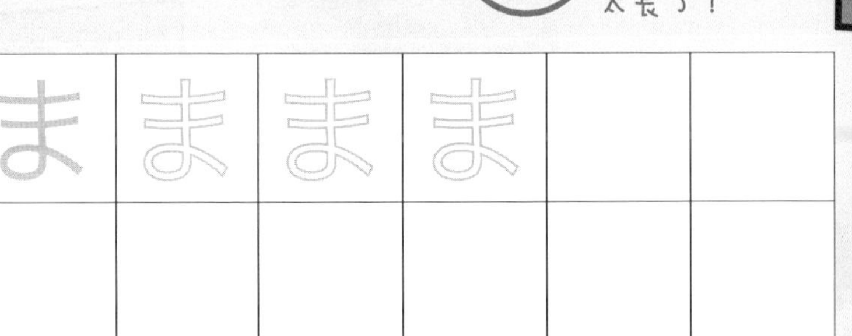

我學會ま五十音即將攻頂

♫Track 096

❶ うま　u ma　馬

うま　うま　うま

❷ くま　ku ma　熊

くま　くま　くま

❸ あまい　a ma i　甜的

あまい　あまい　あまい

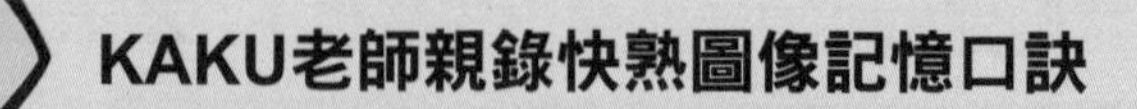

1 KAKU老師親錄快熟圖像記憶口訣

♫Track 097

み！み！み！み很美！
我的妹妹小み（咪）很美！
み！美！み！美！

獨家全腦
開發記憶法

2 快熟聽音辨字

♫Track 098

讀音 [mi]

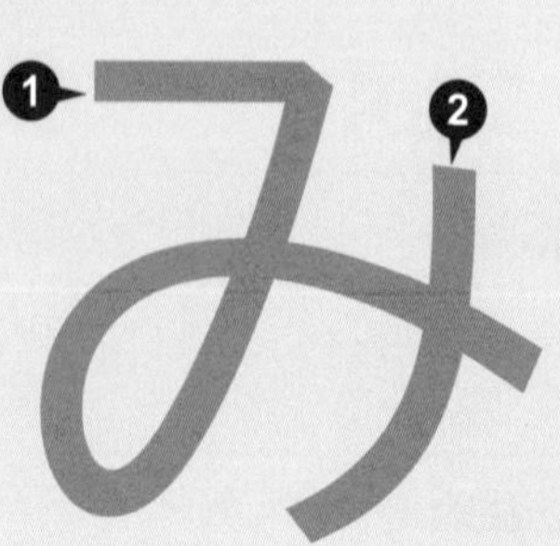

快熟字源：美▶𡣕▶み

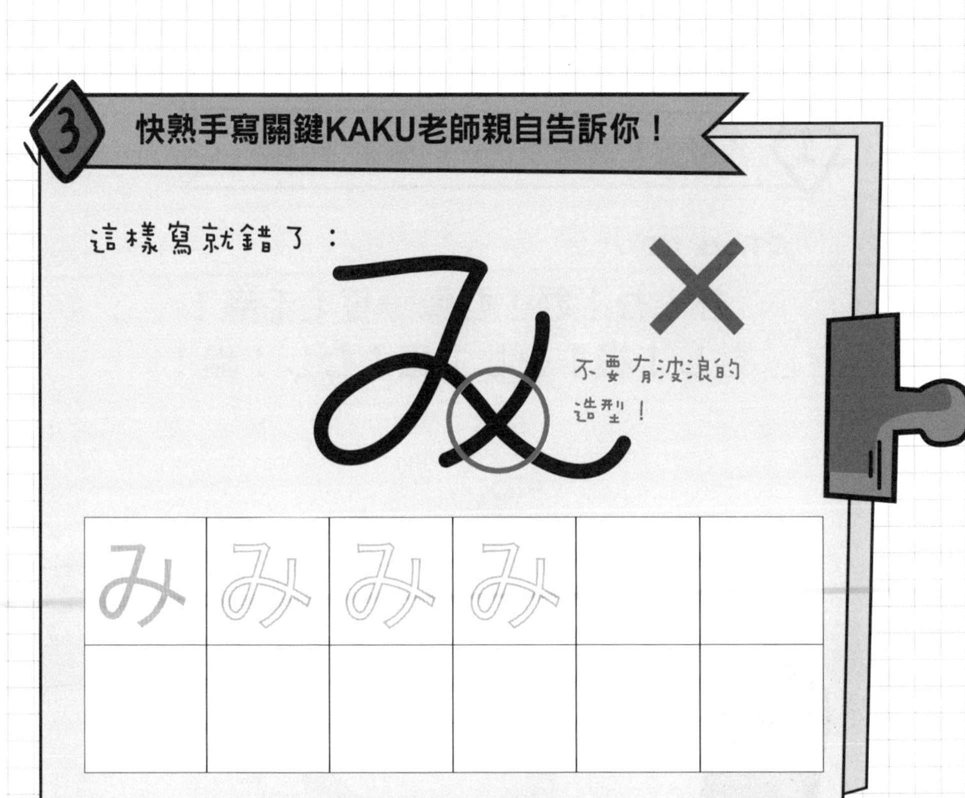

我學會み五十音即將攻頂

♫Track 099

❶ みみ　mi mi　耳朵

みみ　みみ　みみ

❷ みそ　mi so　味噌

みそ　みそ　みそ

❸ はちみつ　ha chi mi tsu　蜂蜜

はちみつ　はちみつ　はちみつ

1 KAKU老師親錄快熟圖像記憶口訣

♫Track 100

む！む！む！む像一隻毛毛蟲！
むし！蟲！むし！蟲！むし！蟲！

2 快熟聽音辨字

♫Track 101

讀音 [mu]

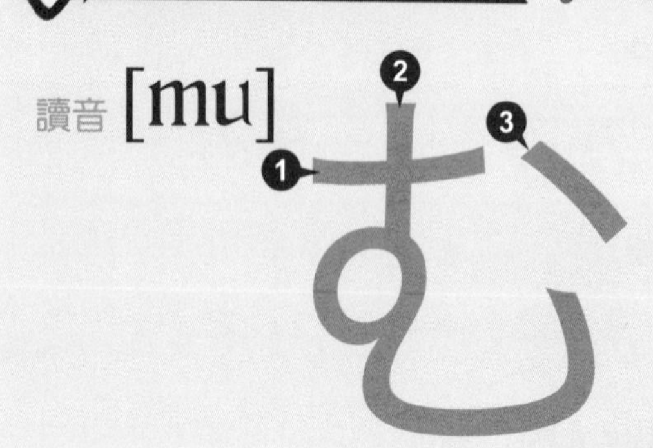

♡快熟字源：武▸む▸む

我學會む五十音即將攻頂

♫Track 102

❶ むし　mu shi　蟲

むし　むし　むし

❷ むね　mu ne　胸部

むね　むね　むね

❸ むこ　mu ko　女婿

むこ　むこ　むこ

1 KAKU老師親錄快熟圖像記憶口訣

♫Track 103

め！め！め！め跟「女」生的「女」長得很像喔！穿和服很嬌「媚」（め）的「女」生。

獨家全腦開發記憶法

2 快熟聽音辨字

♫Track 104

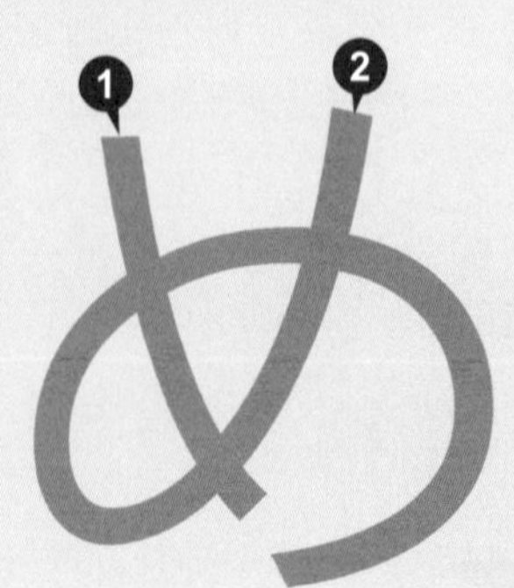

♡快熟字源：女▸め▸め

3 快熟手寫關鍵KAKU老師親自告訴你！

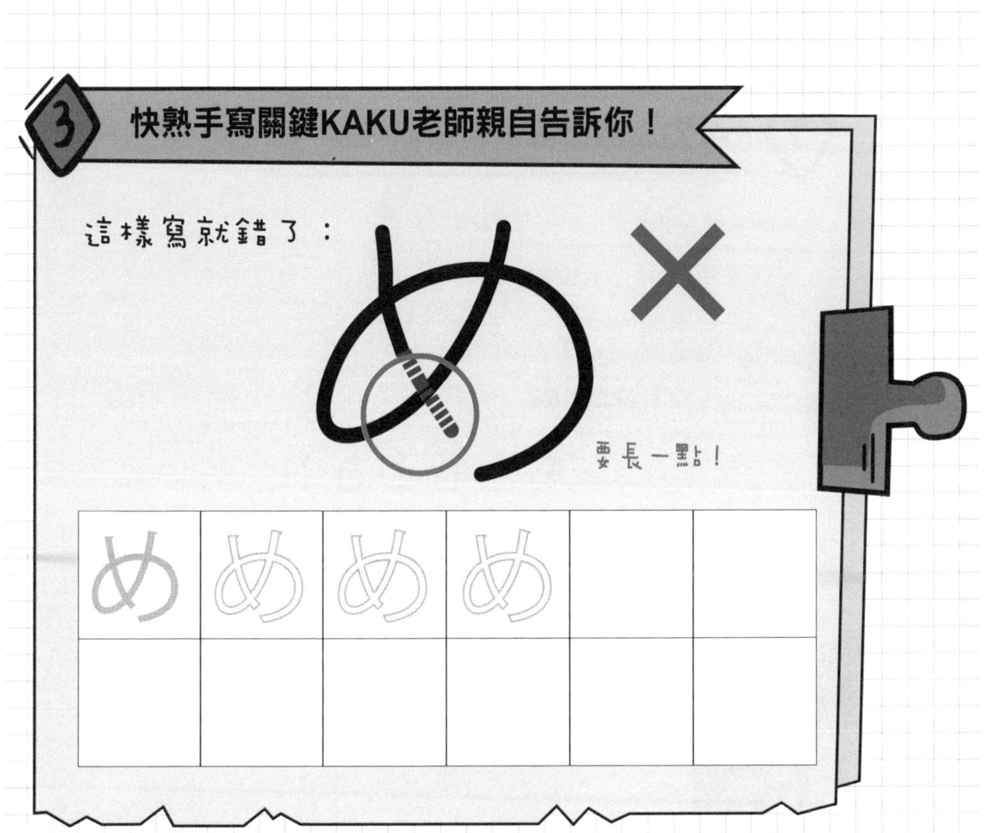

4 我學會め五十音即將攻頂

♫Track 105

❶ め　me　眼睛

め　め　め

❷ あめ　a me　雨

あめ　あめ　あめ

❸ かめ　ka me　烏龜

かめ　かめ　かめ

1 KAKU老師親錄快熟記憶口訣

♫Track 0106

も！も！も！
も！毛！も！毛！
頭毛（台語）的「毛」！
も！毛！も！毛！

2 快熟聽音辨字

♫Track 107

讀音 [mo]

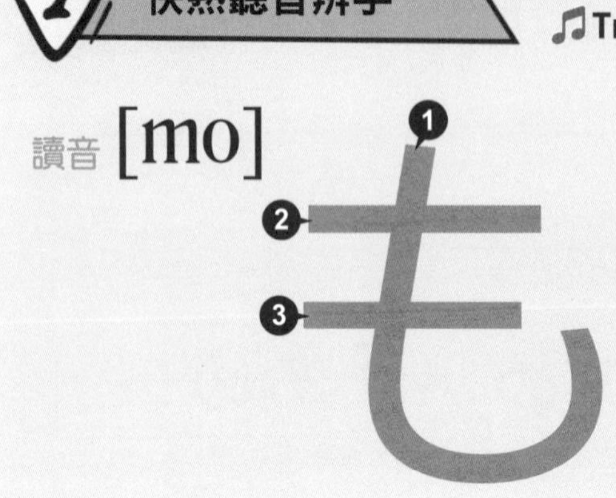

快熟字源：毛▸毛▸も

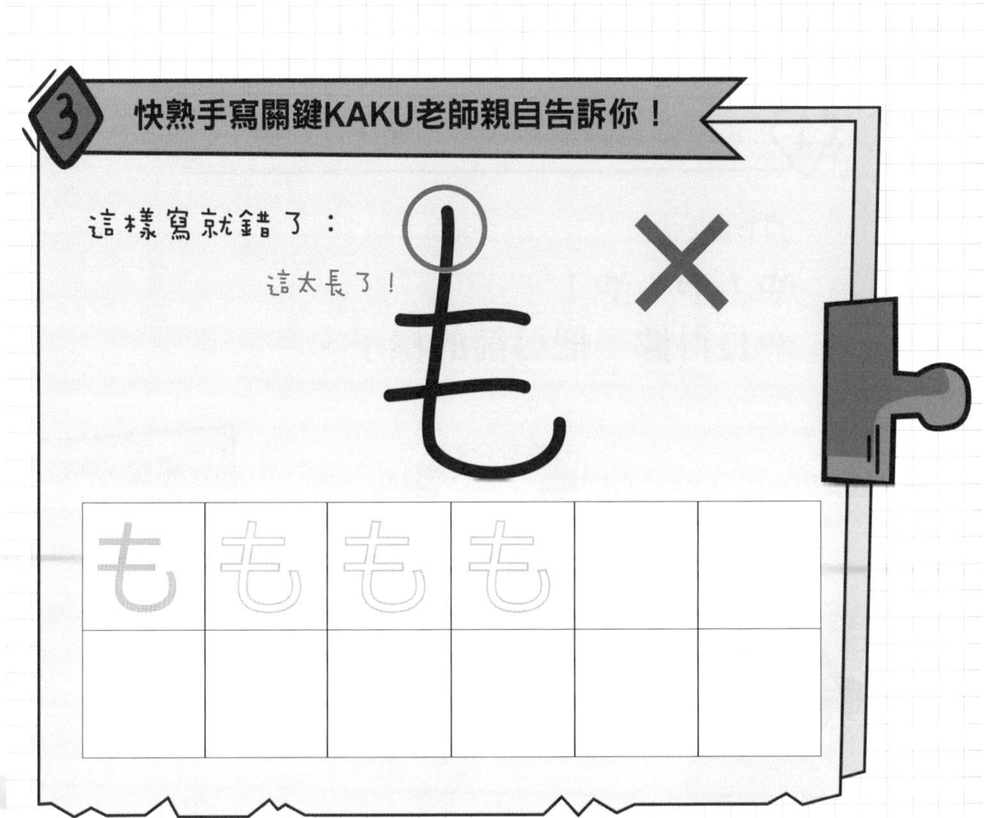

♫Track 108

❶ もも　mo mo　水蜜桃

もも　もも　もも

❷ すもも　su mo mo　李子

すもも　すもも　すもも

❸ くも　ku mo　雲

くも　くも　くも

あ行
か行
さ行
た行
な行
は行
ま行
や行
ら行
わ行
鼻音

1 KAKU老師親錄快熟圖像記憶口訣

♫Track 109

や！や！や！
や長得像一把弓箭的樣子。

獨家全腦
開發記憶法

2 快熟聽音辨字

♫Track 110

讀音 [ya]

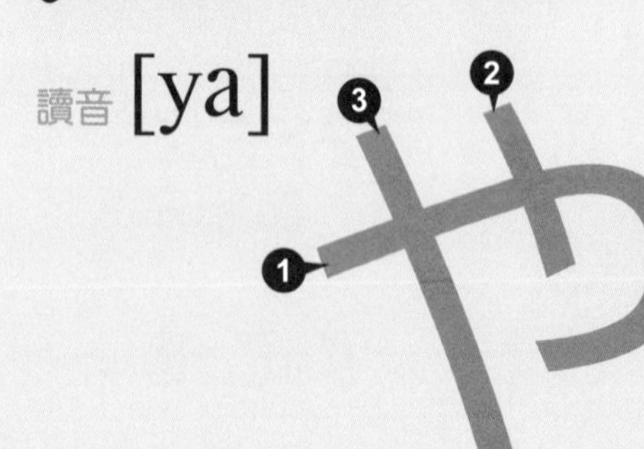

♡快熟字源：也▶や▶や

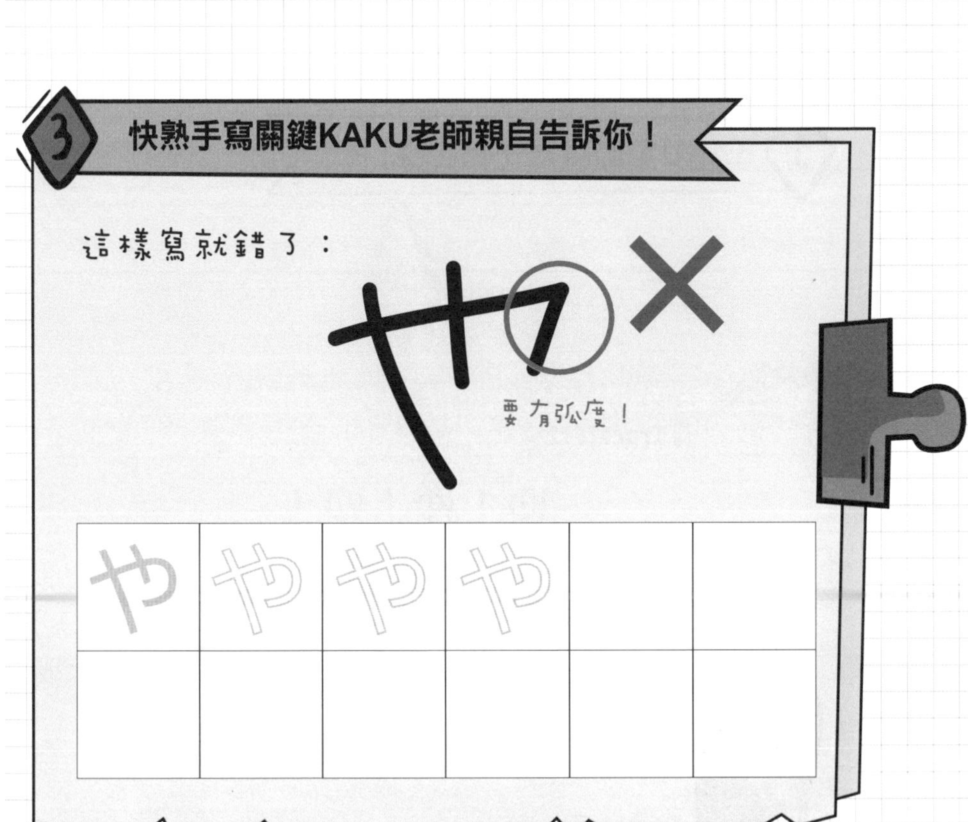

4 我學會や五十音即將攻頂

♫Track 111

❶ や　ya　箭

や　　や　　や

❷ やさい　ya sai　蔬菜

やさい　やさい　やさい

❸ やね　ya ne　屋頂

やね　やね　やね

1 KAKU老師親錄快熟記憶口訣

♫Track 112

ゆ！ゆ！ゆ！
「中」間油油的「ゆ」，
很像「中」的草寫喔！

2 快熟聽音辨字

♫Track 113

讀音 [yu]

♡快熟字源：由▶由（草書）▶ゆ

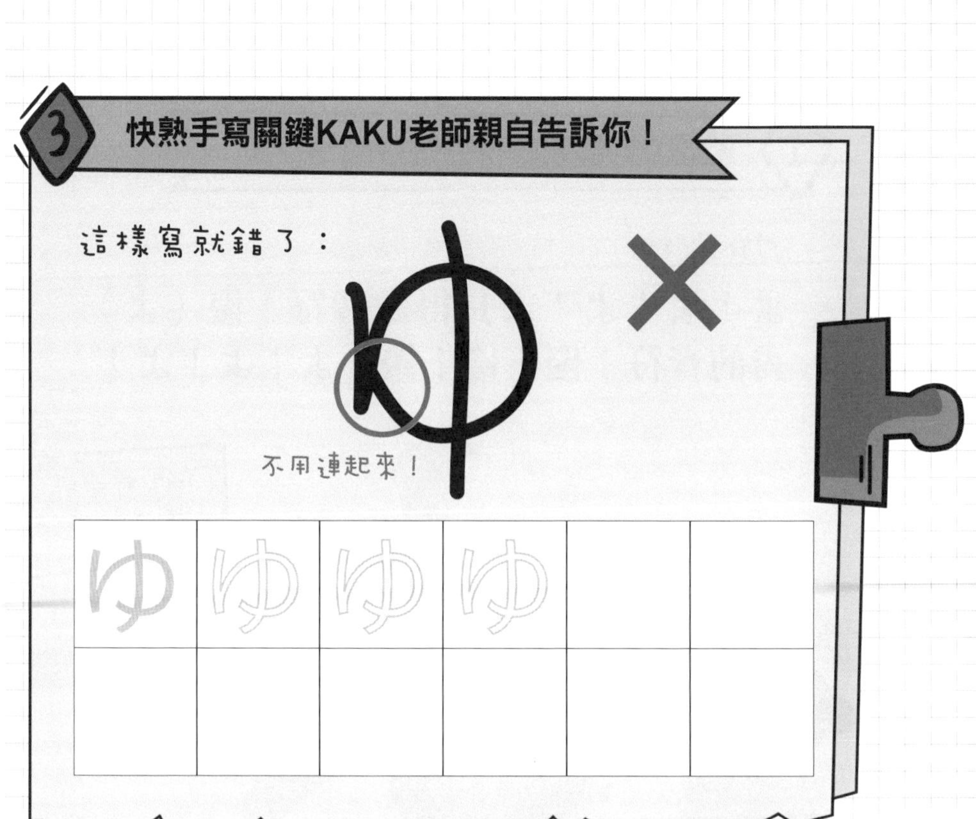

♫Track 114

❶ ふゆ　fu yu　冬天

ふゆ　ふゆ　ふゆ

❷ おかゆ　o ka yu　稀飯

おかゆ　おかゆ　おかゆ

❸ あゆ　a yu　香魚

あゆ　あゆ　あゆ

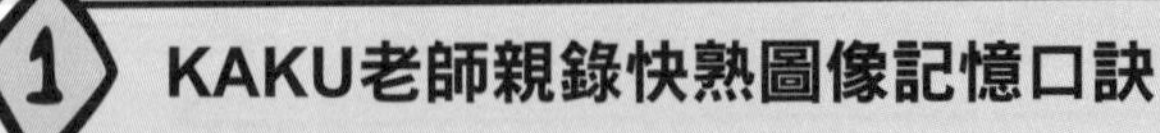

♫Track 115

よ！よ！よ！よ長得像音符！優（よ）秀的音符！優！優！優！よ！よ！よ！

2 快熟聽音辨字

♫Track 116

讀音 [yo]

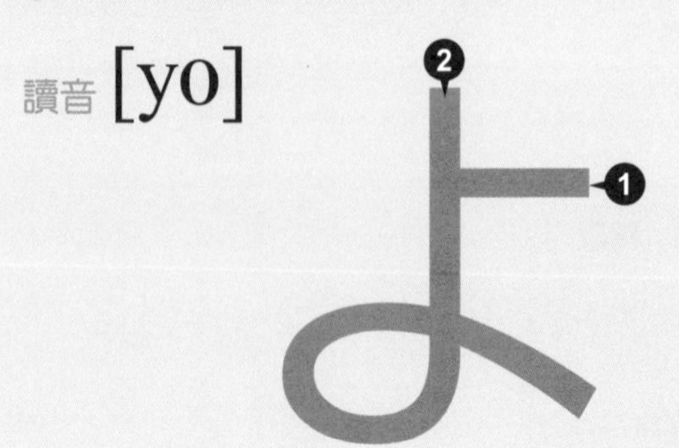

♡ 快熟字源：与 ▸ よ ▸ よ

3 快熟手寫關鍵KAKU老師親自告訴你！

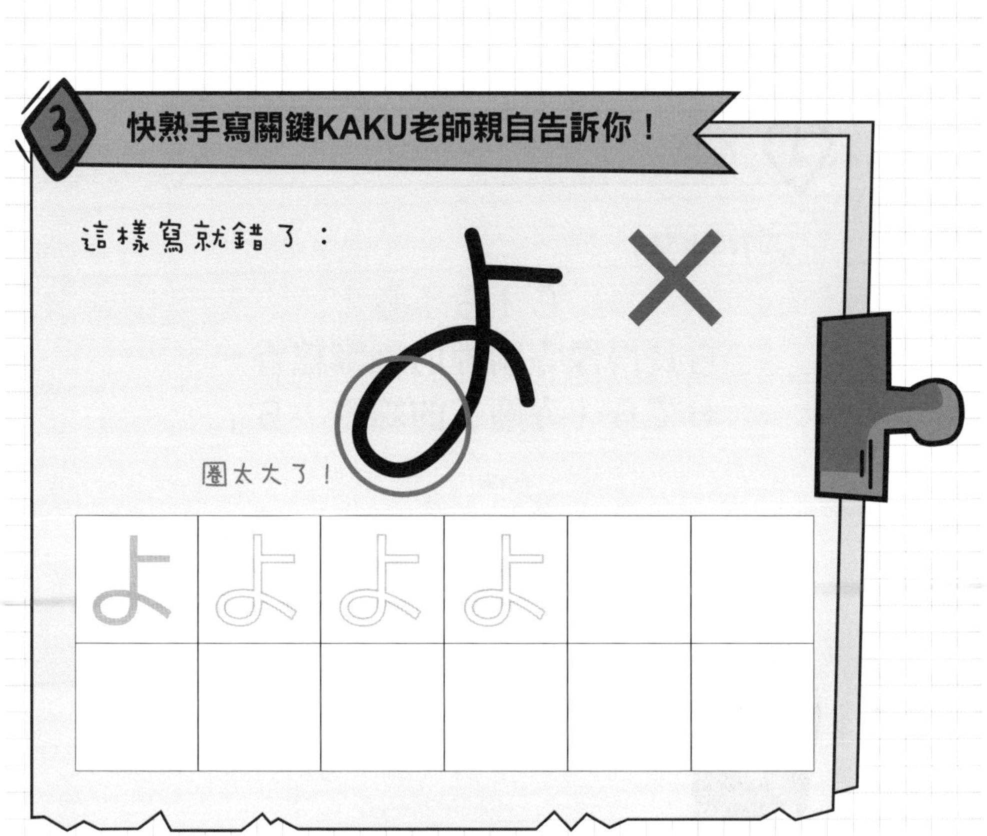

4 我學會よ五十音即將攻頂

♫Track 117

❶ よい　yo i　優秀的

よい　よい　よい

❷ よこ　yo ko　旁邊

よこ　よこ　よこ

❸ よいち　yo i chi　夜市

よいち　よいち　よいち

1 KAKU老師親錄快熟圖像記憶口訣

♫Track 118

ら！ら！ら！
ら長得像寺廟裡的飄飄線香～。
おてら（寺廟）的線香「ら」。

獨家全腦
開發記憶法

2 快熟聽音辨字

♫Track 119

讀音 [ra]

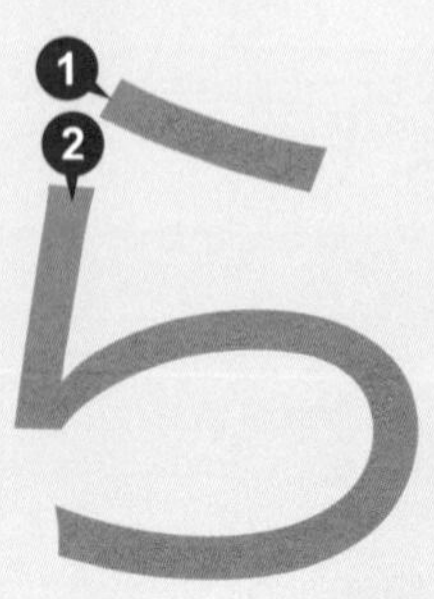

♡快熟字源：良▸ら▸ら

3 快熟手寫關鍵KAKU老師親自告訴你！

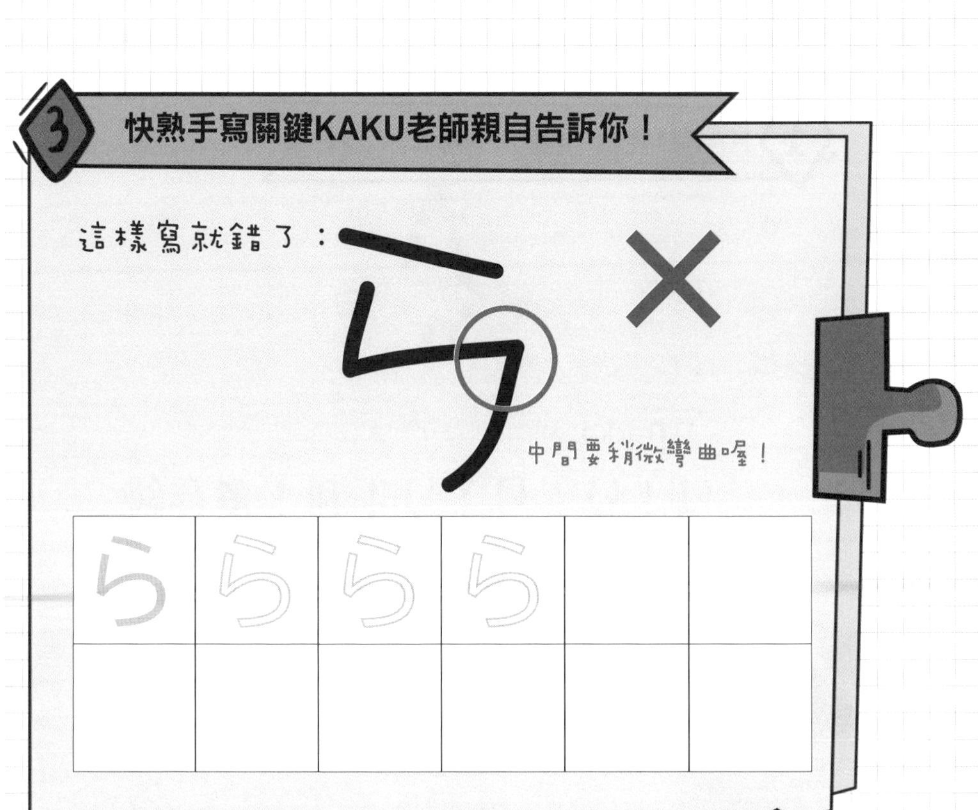

我學會ら五十音即將攻頂

♫Track 120

❶ らく　ra ku　輕鬆的

らく　らく　らく

❷ いくら　i ku ra　鮭魚卵

いくら　いくら　いくら

❸ おてら　o te ra　寺廟

おてら　おてら　おてら

1 KAKU老師親錄快熟記憶口訣

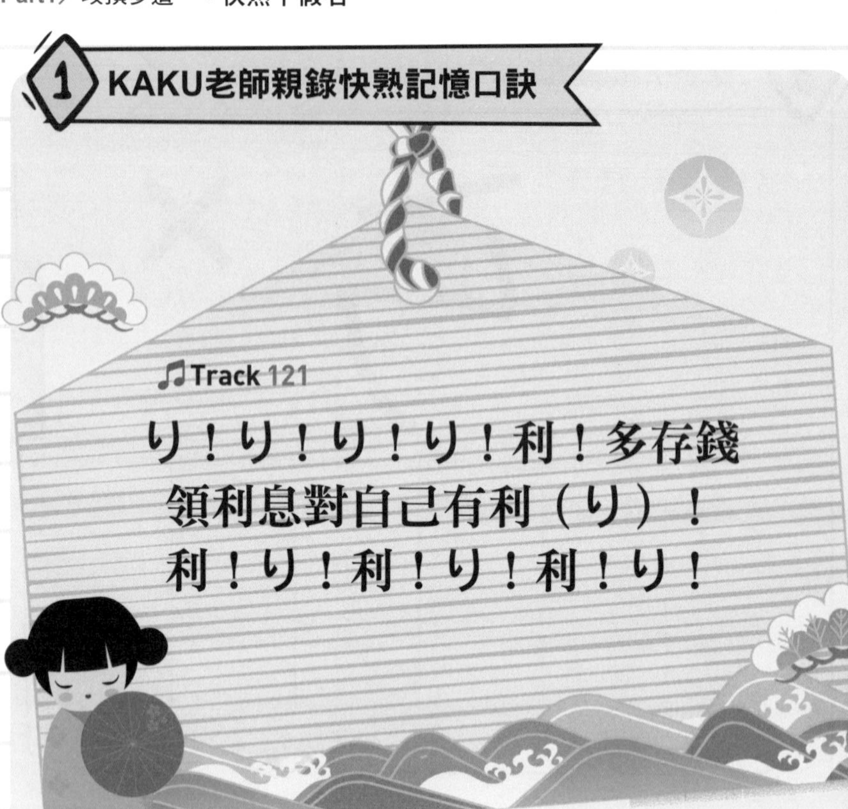

♫Track 121

り！り！り！り！利！多存錢
領利息對自己有利（り）！
利！り！利！り！利！り！

2 快熟聽音辨字

♫Track 122

讀音 [ri]

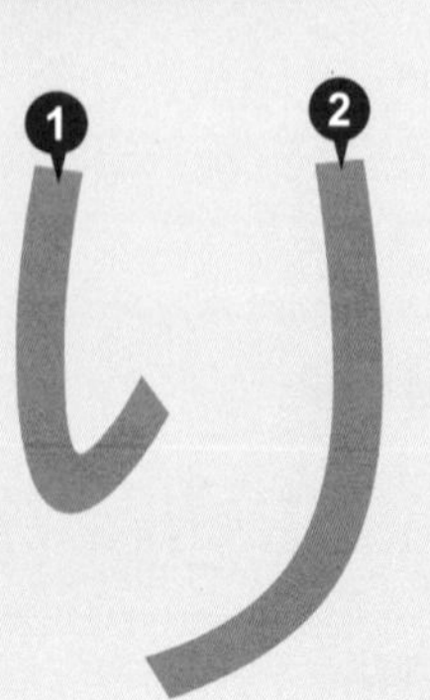

♡ 快熟字源：利 ▸ 和 ▸ り

3 快熟手寫關鍵KAKU老師親自告訴你！

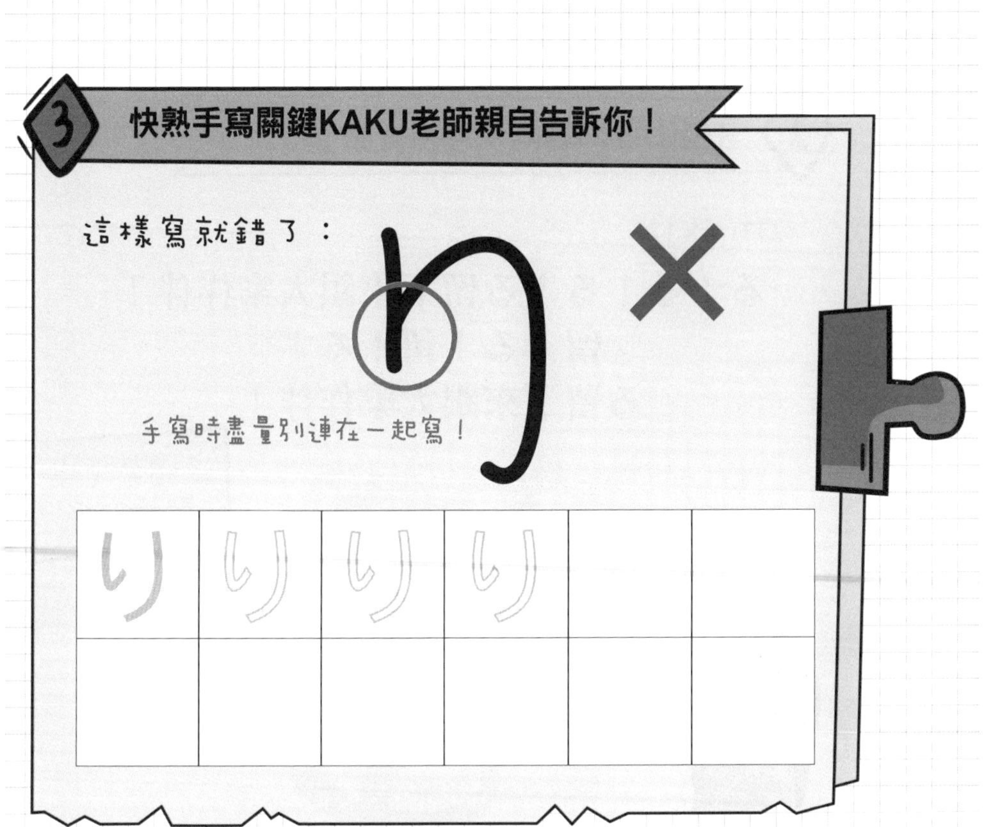

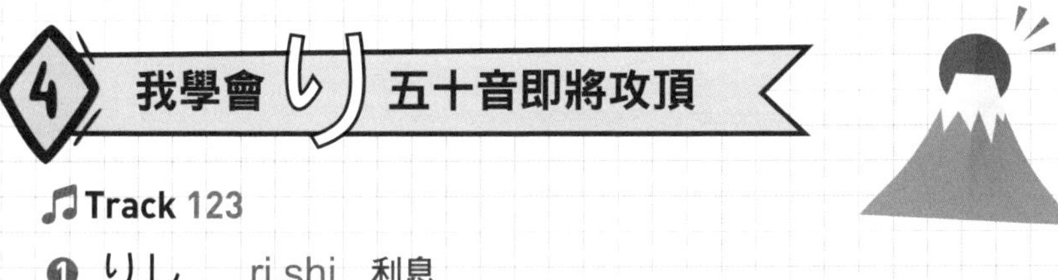

4 我學會 り 五十音即將攻頂

♫Track 123

❶ りし　ri shi　利息

りし　りし　りし

❷ くり　ku ri　栗子

くり　くり　くり

❸ あり　a ri　螞蟻

ありありあり

1 KAKU老師親錄快熟圖像記憶口訣

♫Track 124

る！る！る！る留下來跟大家作伴！
留！る！留！る！
る留下來跟大家作伴！

獨家全腦
開發記憶法

2 快熟聽音辨字

♫Track 125

讀音 [ru]

♡快熟字源：留 ▸ 㽞 ▸ る

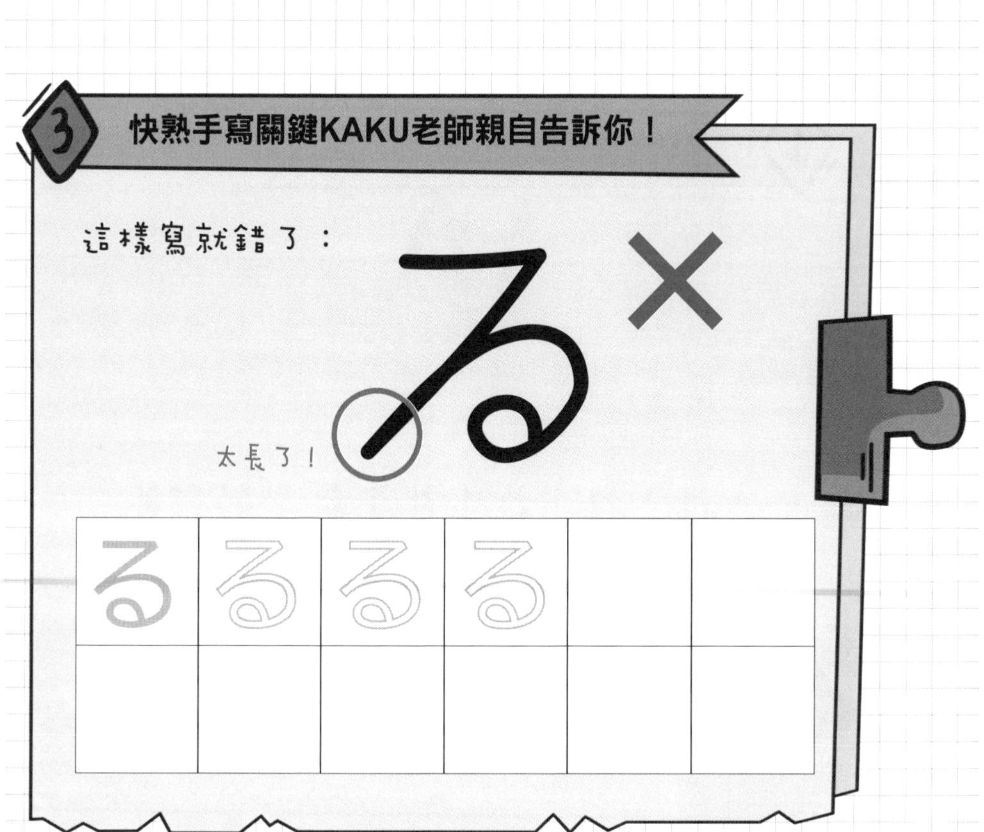

我學會 る 五十音即將攻頂

♫Track 126

❶ みそしる　mi so shi ru　味噌湯

みそしる　みそしる　みそしる

❷ ひる　hi ru　中午、白天

ひる　ひる　ひる

❸ かえる　ka e ru　青蛙

かえる　かえる　かえる

1 KAKU老師親錄快熟記憶口訣

♫Track 127

れ！れ！れ！礼！れ！最有礼貌的れ！礼！れ！礼！れ！用台語發音更好記喔！

2 快熟聽音辨字

♫Track 128

讀音 [re]

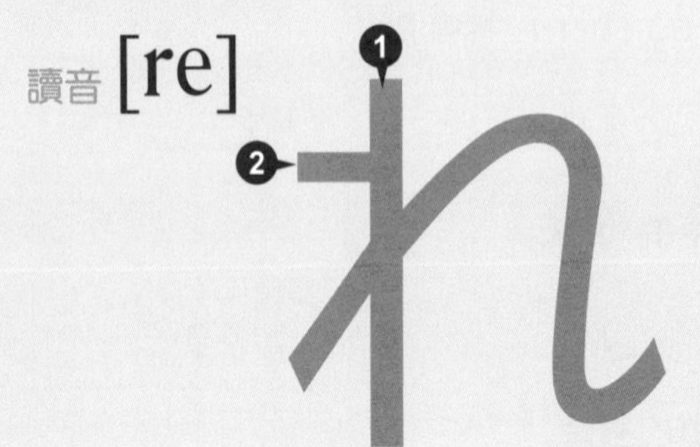

♡快熟字源：礼▶𛀸▶れ

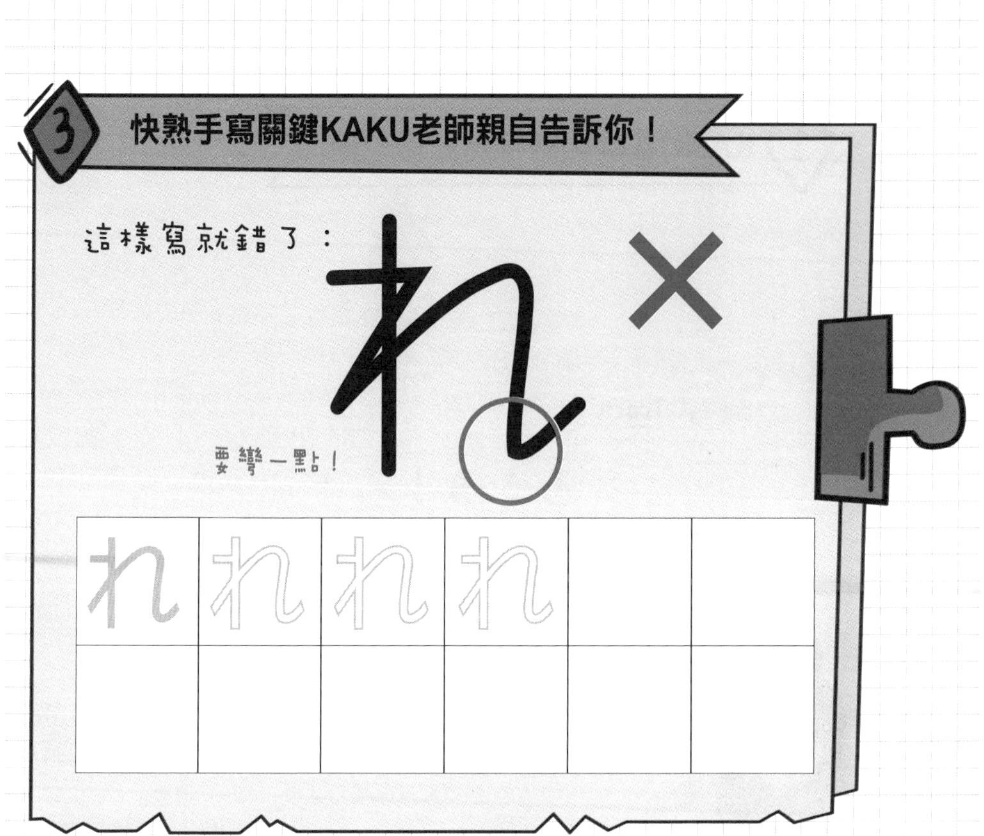

♫Track 129

❶ これ　ko re　這個

これ　これ　これ

❷ すみれ　su mi re　紫羅蘭花

すみれ　すみれ　すみれ

❸ れい　re-　例子

れい　れい　れい

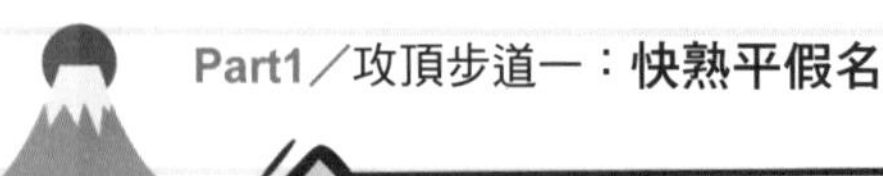

1 KAKU老師親錄快熟記憶口訣

♫Track 130

ろ！ろ！ろ！
「呂」小姐叫「ろ」桑！
呂！ろ！呂！ろ！呂！ろ！

2 快熟聽音辨字

♫Track 131

讀音 [ro]

♡快熟字源：呂▸呂▸ろ

3 快熟手寫關鍵KAKU老師親自告訴你！

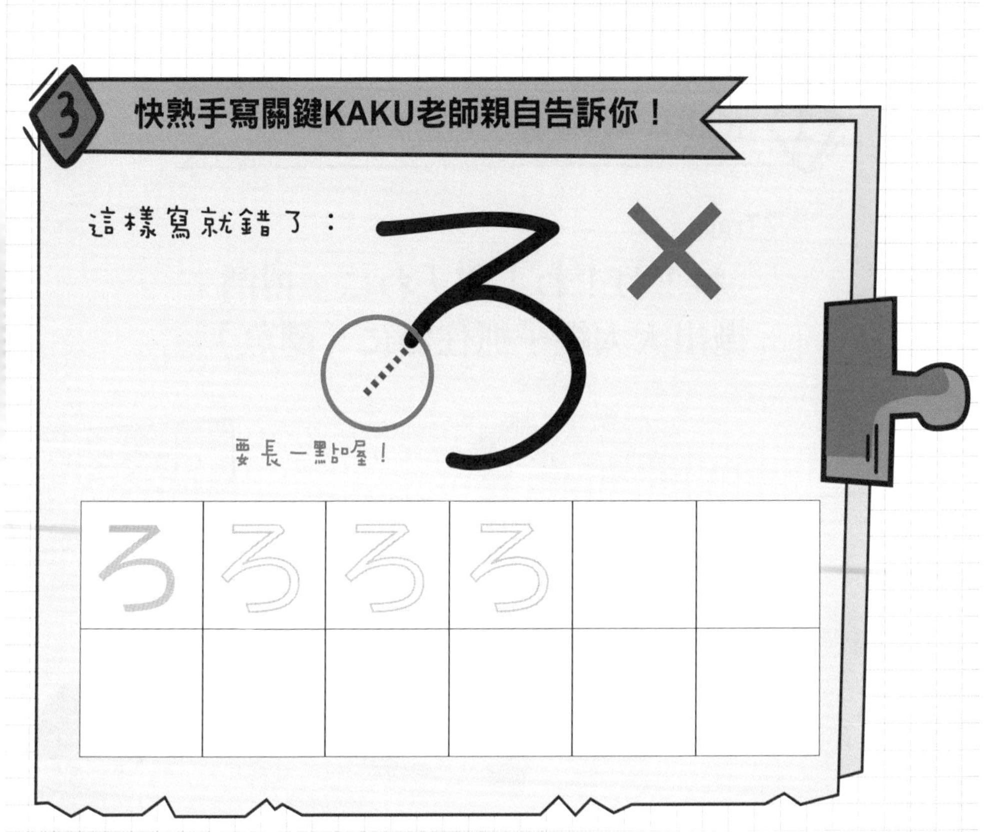

4 我學會ろ五十音即將攻頂

♫Track 132

❶ いろ　i ro　顏色

いろ　いろ　いろ

❷ おしろ　o shi ro　城堡

おしろ　おしろ　おしろ

❸ くろ　ku ro　黑色

くろ　くろ　くろ

あ行
か行
さ行
た行
な行
は行
ま行
や行
ら行
わ行
鼻音

1 KAKU老師親錄快熟圖像記憶口訣

♫Track 133

わ！わ！わ！和「わに」搏鬥！
拋出大大繩子抓住わに（鱷魚）。

獨家全腦
開發記憶法

2 快熟聽音辨字

♫Track 134

讀音 [wa]

わ

♡快熟字源：和▸ 和 ▸わ

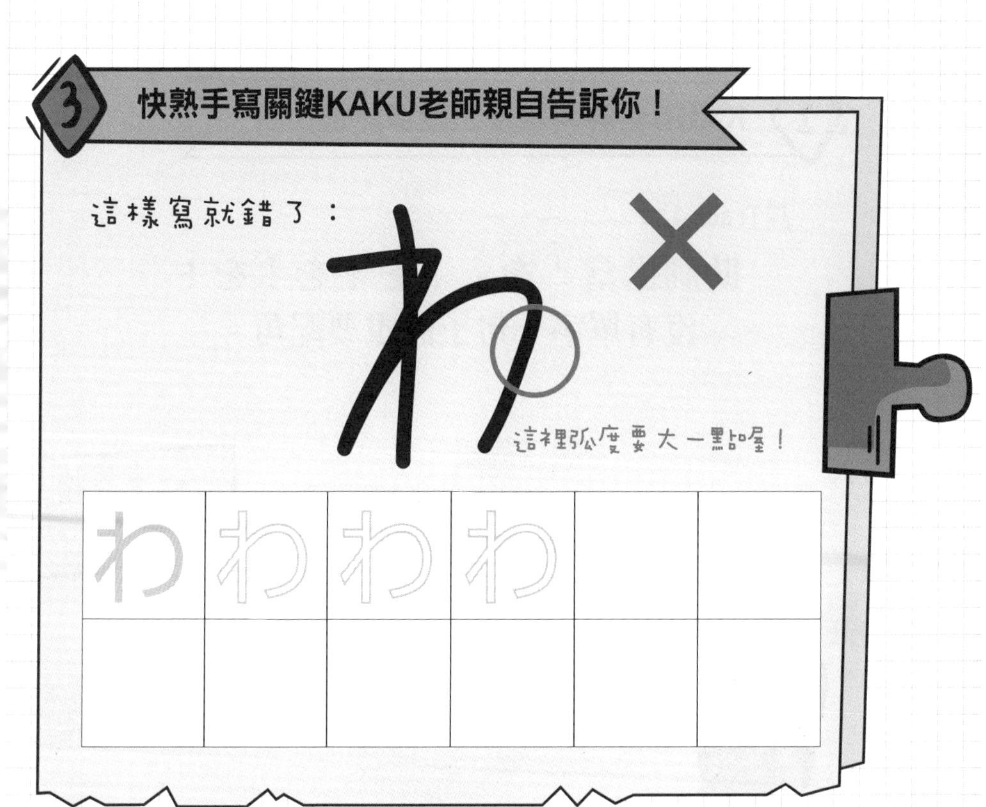

4 我學會わ五十音即將攻頂

♫Track 135

❶ わに　wa ni　鱷魚

わに　わに　わに

❷ にわ　ni wa　庭院

にわ　にわ　にわ

❸ かわいい　ka wa i-　可愛的

かわいい　かわいい　かわいい

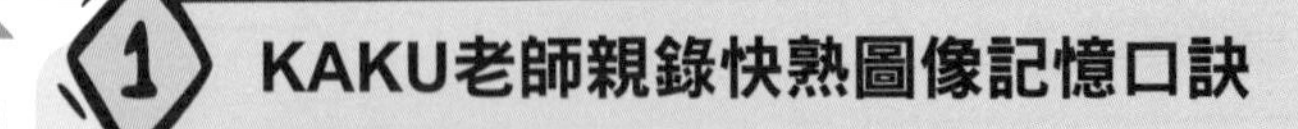

♫Track 136

助詞擔當「を」！を！を！を！
沒有單字，句子的重要配角。

獨家全腦
開發記憶法

♫Track 137

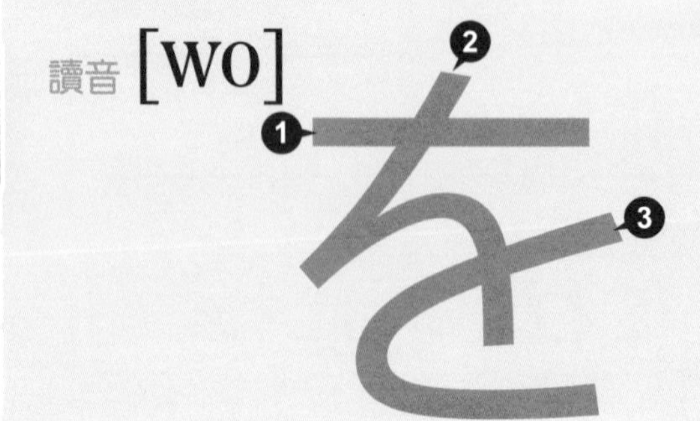

♡快熟字源：遠 ▸ を ▸ を

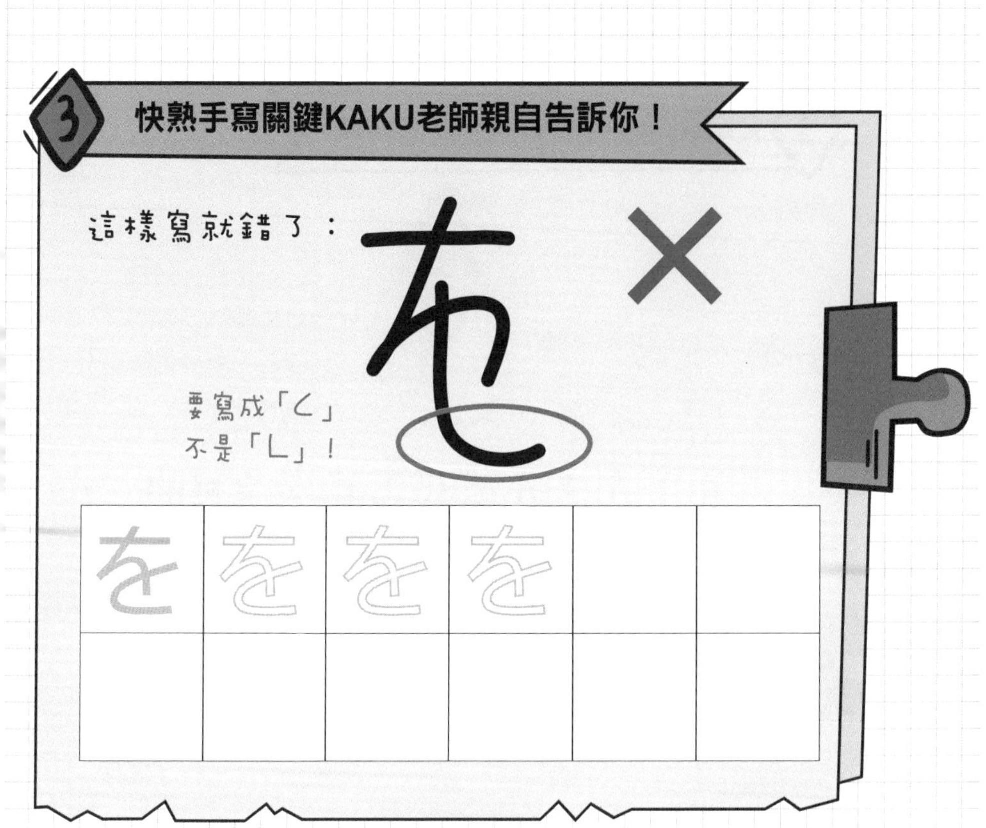

4 我學會を五十音即將攻頂

♫Track 138

❶ てをあらう　te wo a ra u　洗手

てをあらう　てをあらう　てをあらう

❷ みずをのむ　mi zu wo no mu　喝水

みずをのむ　みずをのむ　みずをのむ

❸ えをかく　e wo ka ku　畫畫

えをかく　えをかく　えをかく

1 KAKU老師親錄快熟記憶口訣

♫Track 139

ん！ん！ん！長得像英文H的小寫「h」！日文「ん」喜歡站斜斜而且還要蹺腳喔！

2 快熟聽音辨字

♫Track 140

讀音 [n]

♡快熟字源：无▸え▸ん

3 快熟手寫關鍵KAKU老師親自告訴你！

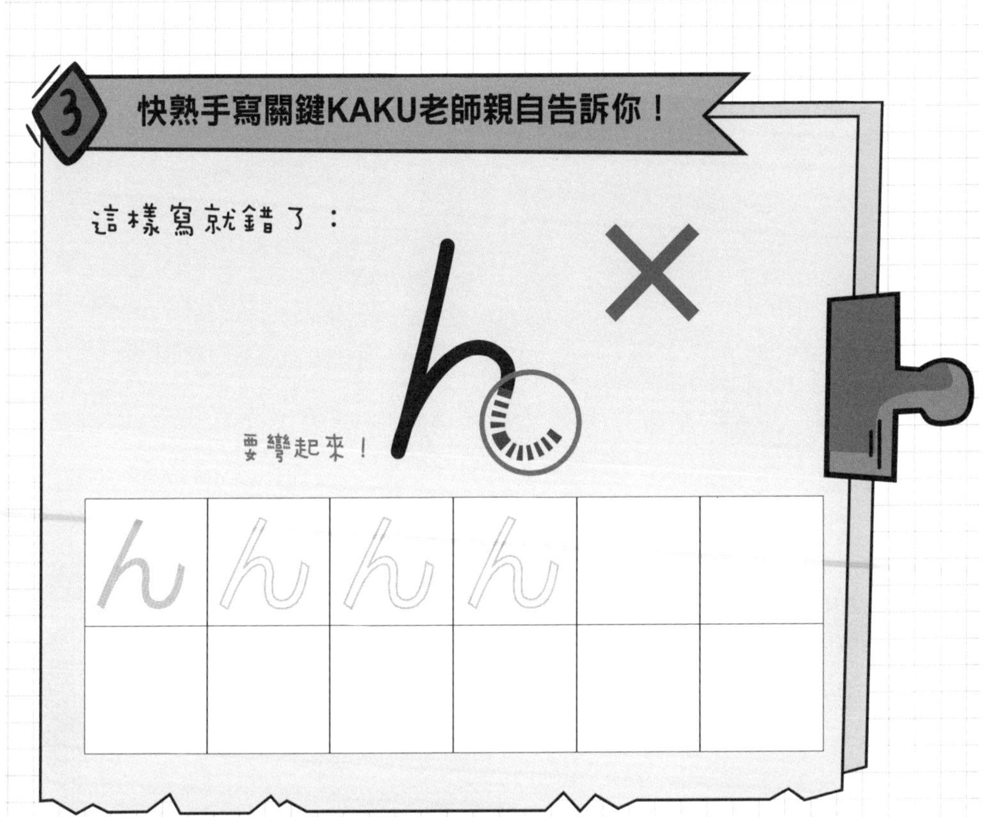

4 我學會ん五十音即將攻頂

♫Track 141

❶ おんせん　on sen　溫泉

おんせん　おんせん　おんせん

❷ ようちえん　yo- chi en　幼稚園

ようちえん　ようちえん　ようちえん

❸ しんかんせん　shin kan sen　新幹線

しんかんせん　しんかんせん　しんかんせん

Part2／攻頂步道二

快熟片假名

五・十・音・表

片假名清音

	ア段	イ段	ウ段	エ段	オ段
ア行	ア a	イ i	ウ u	エ e	オ o
カ行	カ ka	キ ki	ク ku	ケ ke	コ ko
サ行	サ sa	シ shi	ス su	セ se	ソ so
タ行	タ ta	チ chi	ツ tsu	テ te	ト to
ナ行	ナ na	ニ ni	ヌ nu	ネ ne	ノ no
ハ行	ハ ha	ヒ hi	フ fu	ヘ he	ホ ho
マ行	マ ma	ミ mi	ム mu	メ me	モ mo
ヤ行	ヤ ya		ユ yu		ヨ yo
ラ行	ラ ra	リ ri	ル ru	レ re	ロ ro
ワ行	ワ wa				ヲ wo
鼻音	ン n				

1 KAKU老師親錄快熟圖像記憶口訣

♫Track 142

**ア！ア！ア！啊！吃アイス（冰），
牙好痛啊！ア！ア！ア！アイス！**

2 快熟聽音辨字

♫Track 143

讀音 [a]

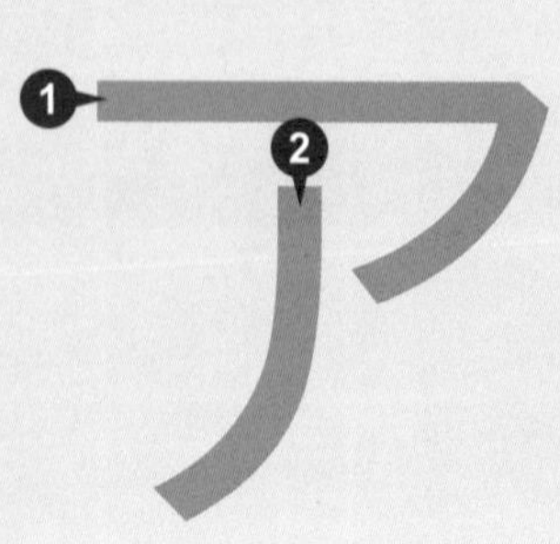

♡ 快熟字源：阿 ▸ 阝 ▸ ア

③ 快熟手寫關鍵KAKU老師親自告訴你！

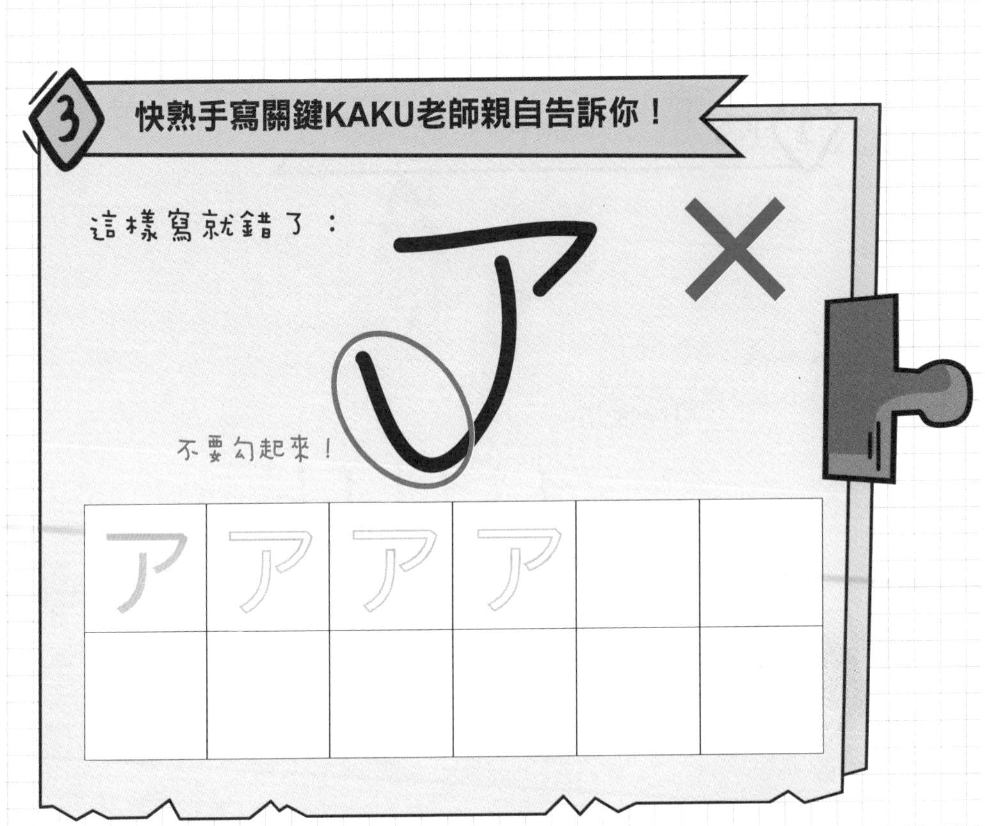

④ 我學會ア五十音即將攻頂

♫Track 144

❶ アイス　a i su　冰

アイス　アイス　アイス

❷ アイスティー　a i su ti-　冰紅茶

アイスティー　アイスティー　アイスティー

❸ ココア　ko ko a　可可亞

ココア　ココア　ココア

1 KAKU老師親錄快熟記憶口訣

Track 145

イ！イ！イ！
我的伊人在哪裡？
原來是左邊的
那個「人」（イ）。

2 快熟聽音辨字

Track 146

讀音 [i]

イ

快熟字源：伊▸亻▸イ

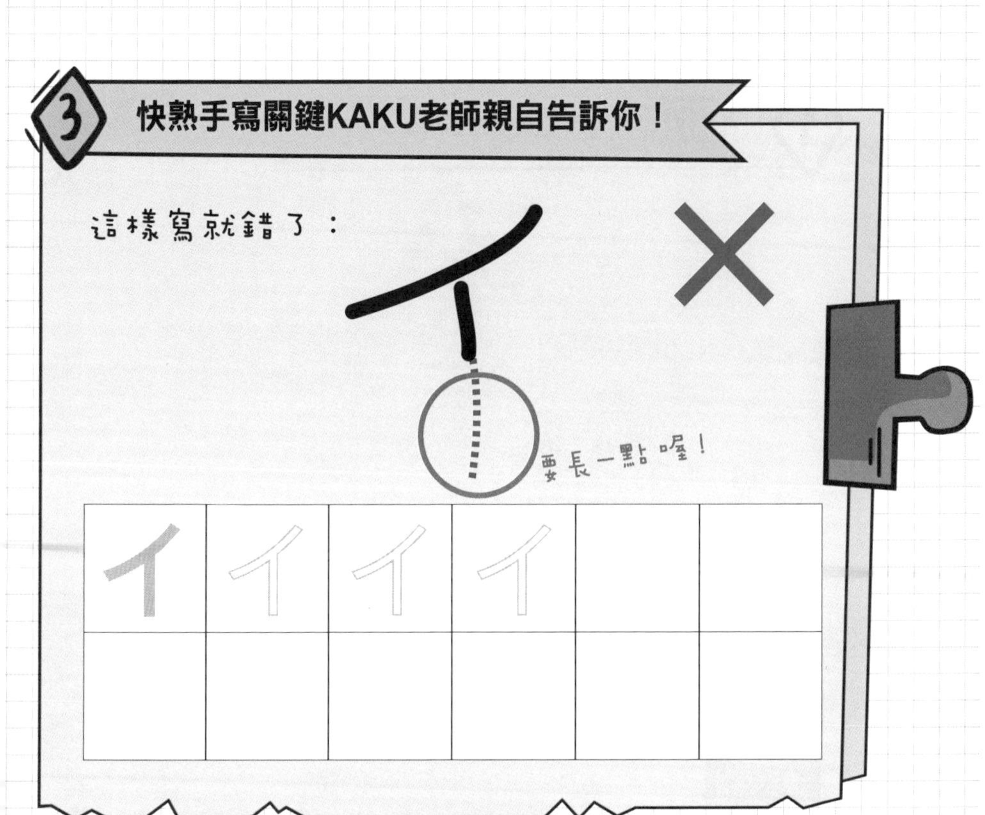

4 我學會イ五十音即將攻頂

♫Track 147

❶ イタリア　i ta ri a　義大利

イタリア　イタリア　イタリア

❷ イギリス　i gi ri su　英國

イギリス　イギリス　イギリス

❸ イヤホン　i ya hon　耳機

イヤホン　イヤホン　イヤホン

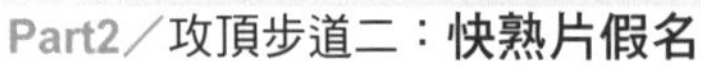

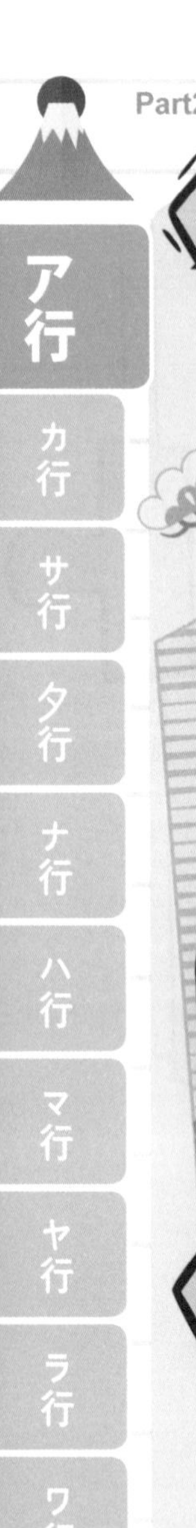

1 KAKU老師親錄快熟記憶口訣

♫Track 148

ウ！ウ！ウ！
「う」拉直就變成片假名
的「ウ」囉！

2 快熟聽音辨字

♫Track 149

讀音 [u]

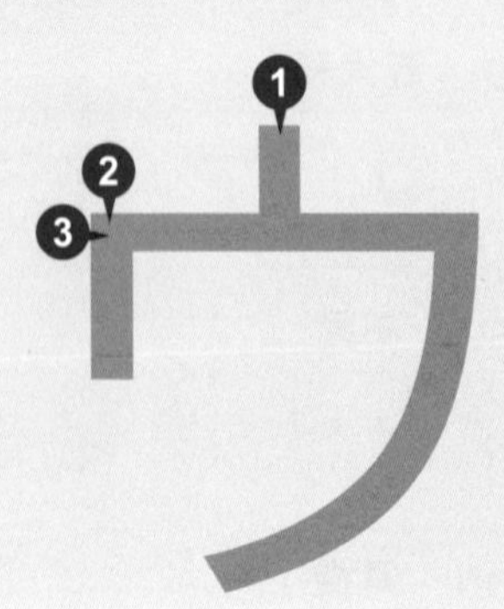

♡快熟字源：宇▸宀▸ウ

3 快熟手寫關鍵KAKU老師親自告訴你！

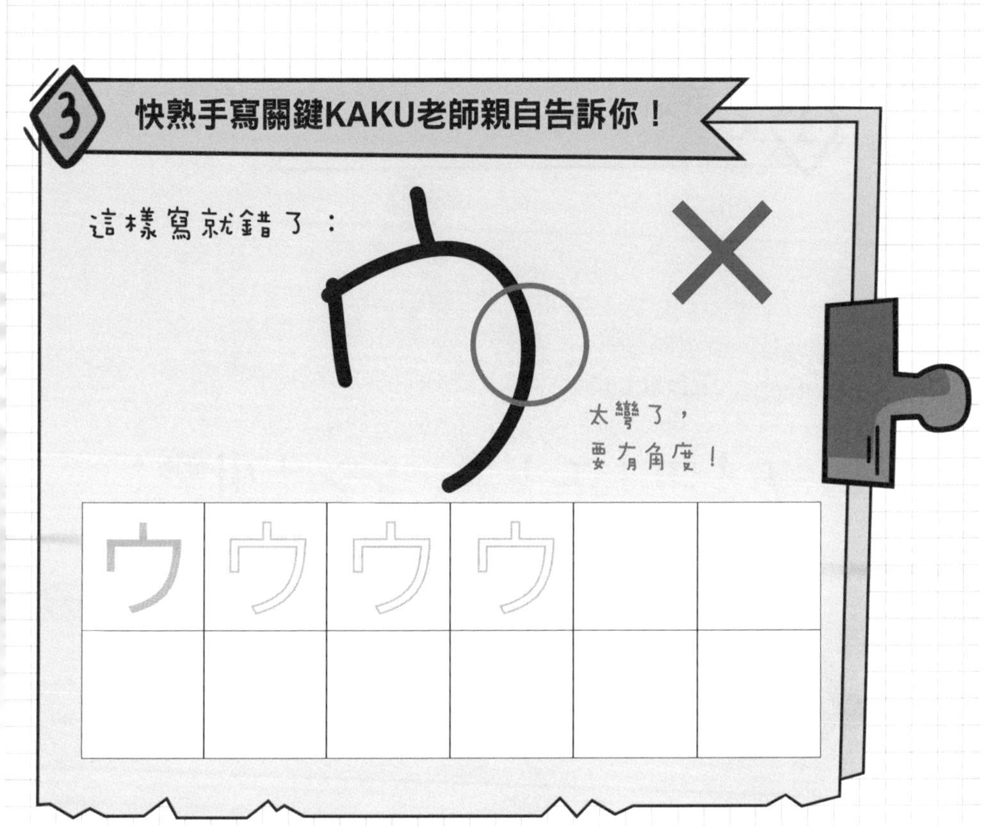

4 我學會ウ五十音即將攻頂

♫Track 150

❶ キウイ　ki u i　奇異果

キウイ　キウイ　キウイ

❷ ウイスキー　u i su ki-　威士忌

ウイスキー　ウイスキー　ウイスキー

❸ ウイルス　u i ru su　病毒

ウイルス　ウイルス　ウイルス

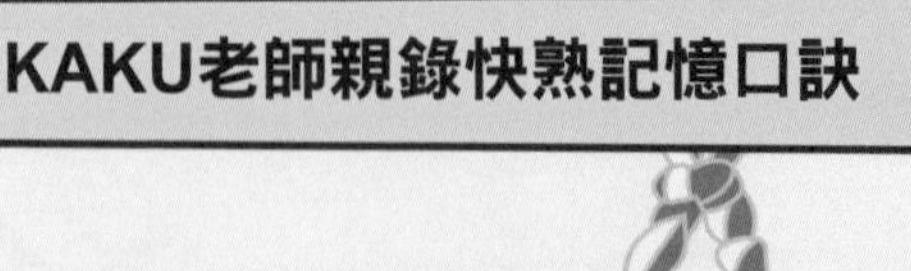

1 KAKU老師親錄快熟記憶口訣

♫Track 151

エ！エ！エ！エンジン！引擎！
「工」人修エンジン！
「エ」長得像「工」人的「工」！

2 快熟聽音辨字

♫Track 152

讀音 [e]

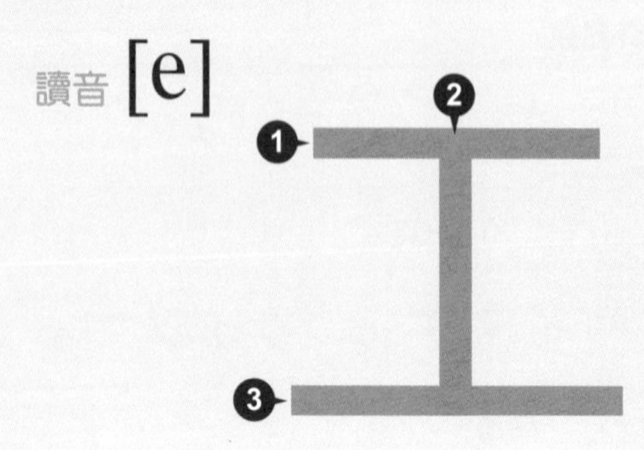

♡快熟字源：江 ▶ 工 ▶ エ

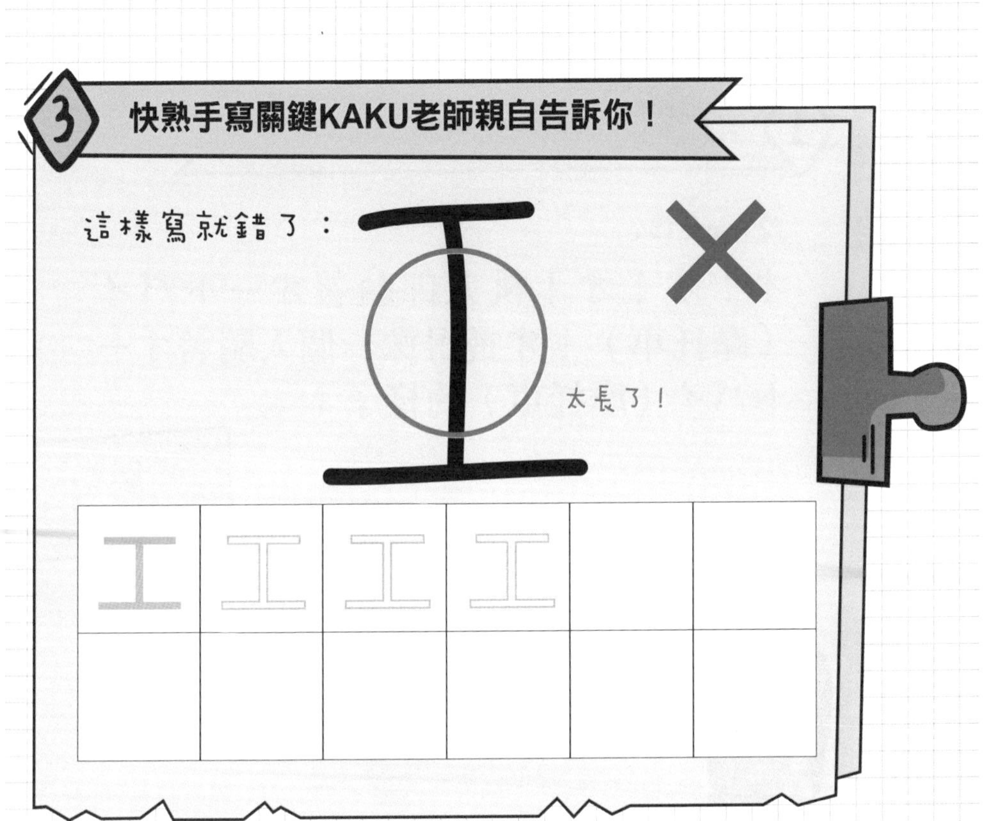

④ 我學會 エ 五十音即將攻頂

♫ Track 153

❶ エンジン　en jin　引擎

エンジン　エンジン　エンジン

❷ エコ　e ko　環保

エコ　エコ　エコ

❸ エアコン　e a kon　空調

エアコン　エアコン　エアコン

1 KAKU老師親錄快熟圖像記憶口訣

♫Track 154

オ！オ！オ！桃太郎騎著オートバイ（摩托車）！オ長得像一個人騎著オートバイ（摩托車）的樣子！

獨家全腦開發記憶法

2 快熟聽音辨字

♫Track 155

讀音 [o]

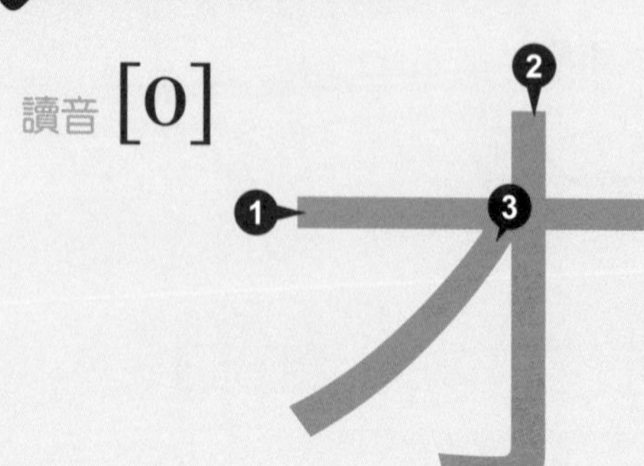

♡ 快熟字源：於 ▸ 方 ▸ オ

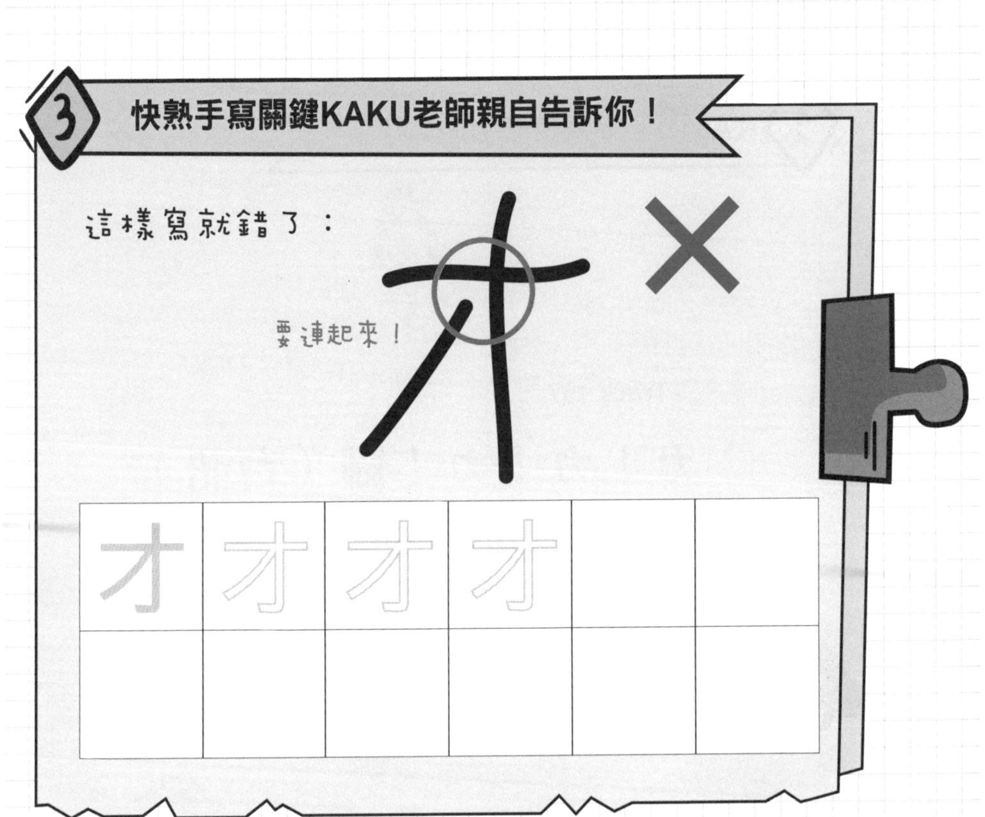

我學會オ五十音即將攻頂

♫Track 156

❶ オートバイ o- to bai 摩托車

オートバイ オートバイ オートバイ

❷ バイオリン bai o rin 小提琴

バイオリン バイオリン バイオリン

❸ オスカー o su ka- 奧斯卡獎

オスカー オスカー オスカー

1 KAKU老師親錄快熟記憶口訣

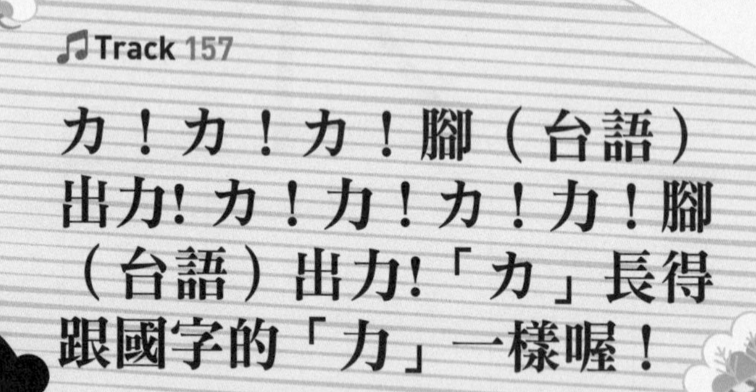

♫Track 157

カ！カ！カ！腳（台語）出力!カ！力！カ！力！腳（台語）出力!「カ」長得跟國字的「力」一樣喔！

2 快熟聽音辨字

♫Track 158

讀音 [kɑ]

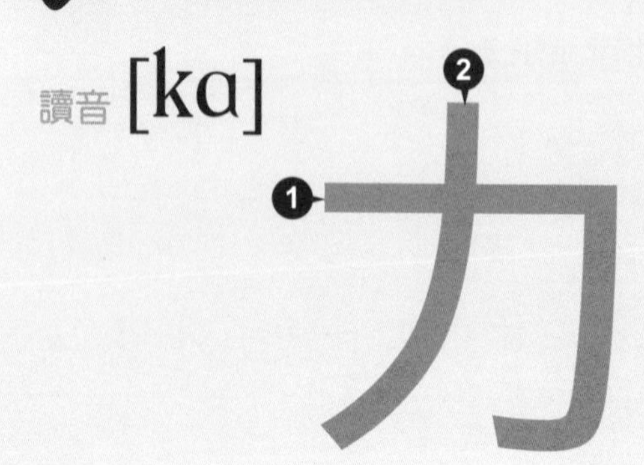

♡快熟字源：加▶カ▶カ

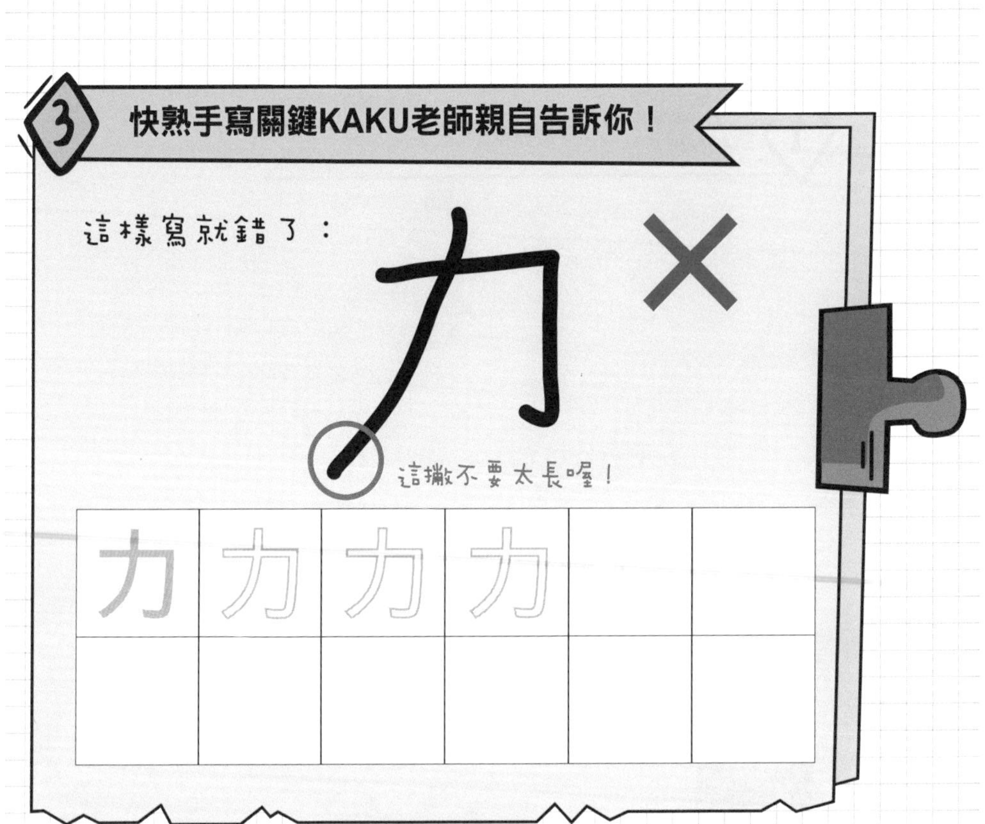

4 我學會カ五十音即將攻頂

♫Track 159

❶ カー　ka-　車子

カー　カー　カー

❷ スニーカー　su ni- ka-　運動鞋

スニーカー　スニーカー　スニーカー

❸ カーキ　ka- ki　卡其色

カーキ　カーキ　カーキ

1 KAKU老師親錄快熟記憶口訣

Track 160

キ！キ！キ！
平假名的き去掉最後一劃
就是片假名的キ喔！

2 快熟聽音辨字

Track 161

讀音 [ki]

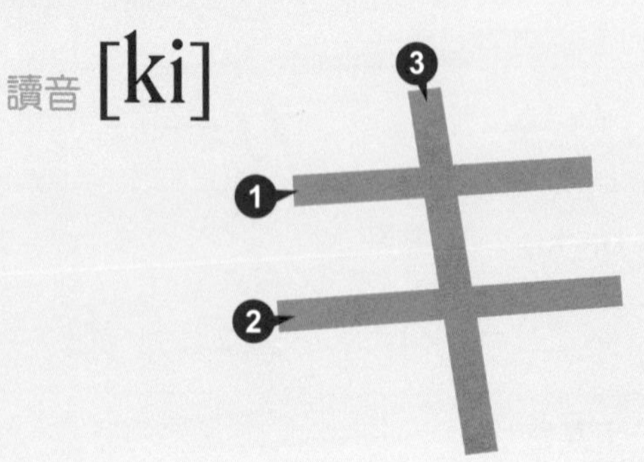

快熟字源：幾 ▸ 𠂭 ▸ キ

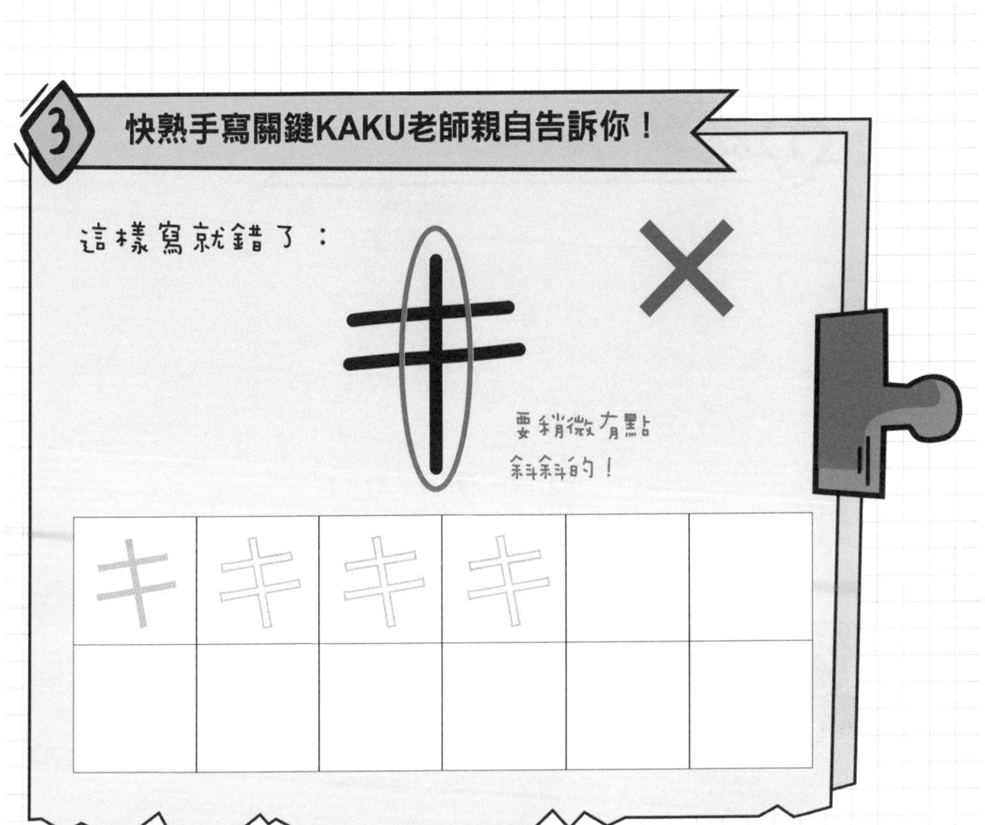

我學會キ五十音即將攻頂

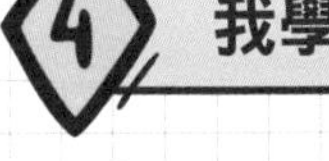

♫Track 162

❶ キー　ki-　鑰匙

キー　キー　キー

❷ キラキラ　ki ra ki ra　亮晶晶

キラキラ　キラキラ　キラキラ

❸ キス　ki su　親吻

キス　キス　キス

ア行
カ行
サ行
タ行
ナ行
ハ行
マ行
ヤ行
ラ行
ワ行
鼻音

1 KAKU老師親錄快熟記憶口訣

♫Track 163

ク！ク！ク！
「久」的台語唸做「ku」，
久的左上角就是「ク」喔！

2 快熟聽音辨字

♫Track 164

讀音 [ku]

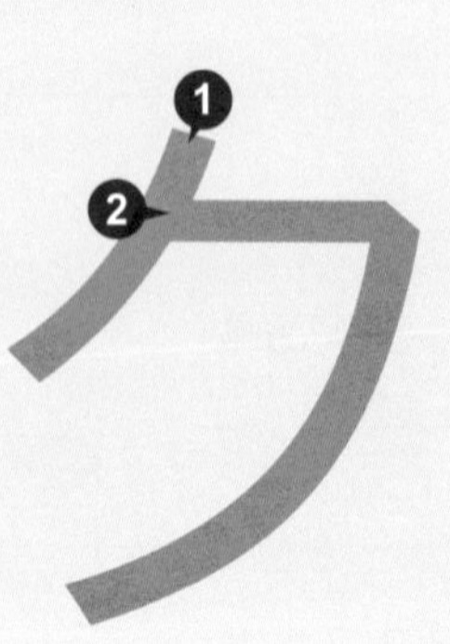

快熟字源：久 ▸ ク ▸ ク

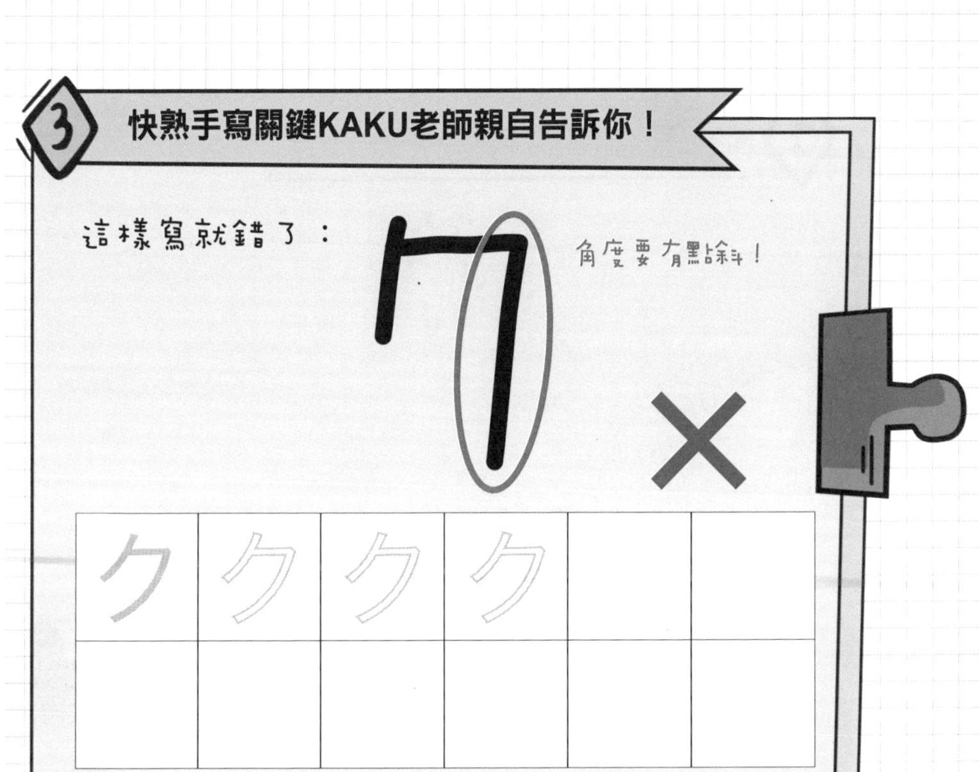

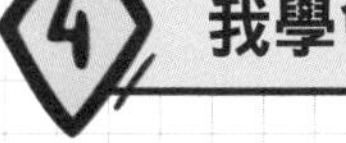

我學會ク五十音即將攻頂

♫Track 165

❶ クラス　ku ra su　班級

クラス　クラス　クラス

❷ クーラー　ku- ra-　冷氣

クーラー　クーラー　クーラー

❸ インク　in ku　墨水

インク　インク　インク

1 KAKU老師親錄快熟記憶口訣

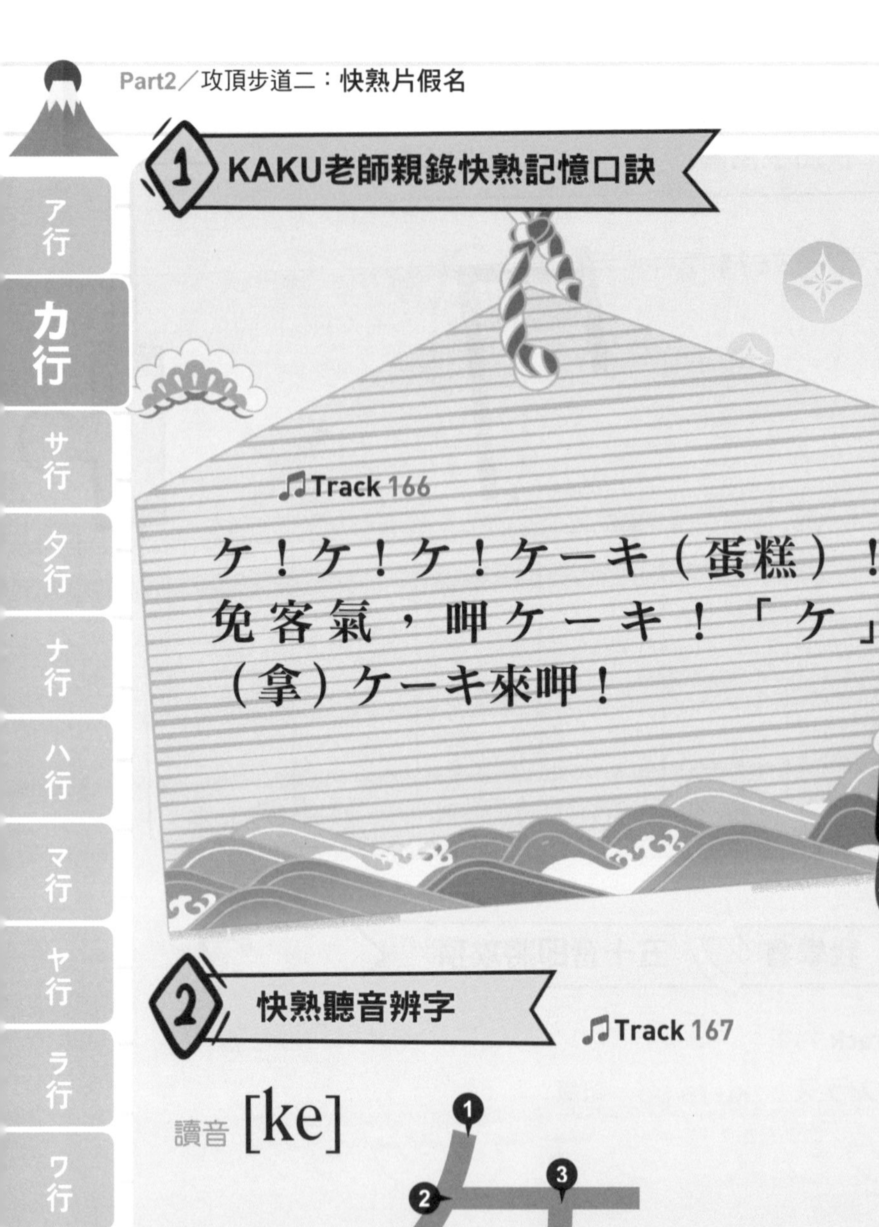

♫Track 166

ケ！ケ！ケ！ケーキ（蛋糕）！免客氣，呷ケーキ！「ケ」（拿）ケーキ來呷！

2 快熟聽音辨字

♫Track 167

讀音 [ke]

ケ

快熟字源：介▸ケ▸ケ

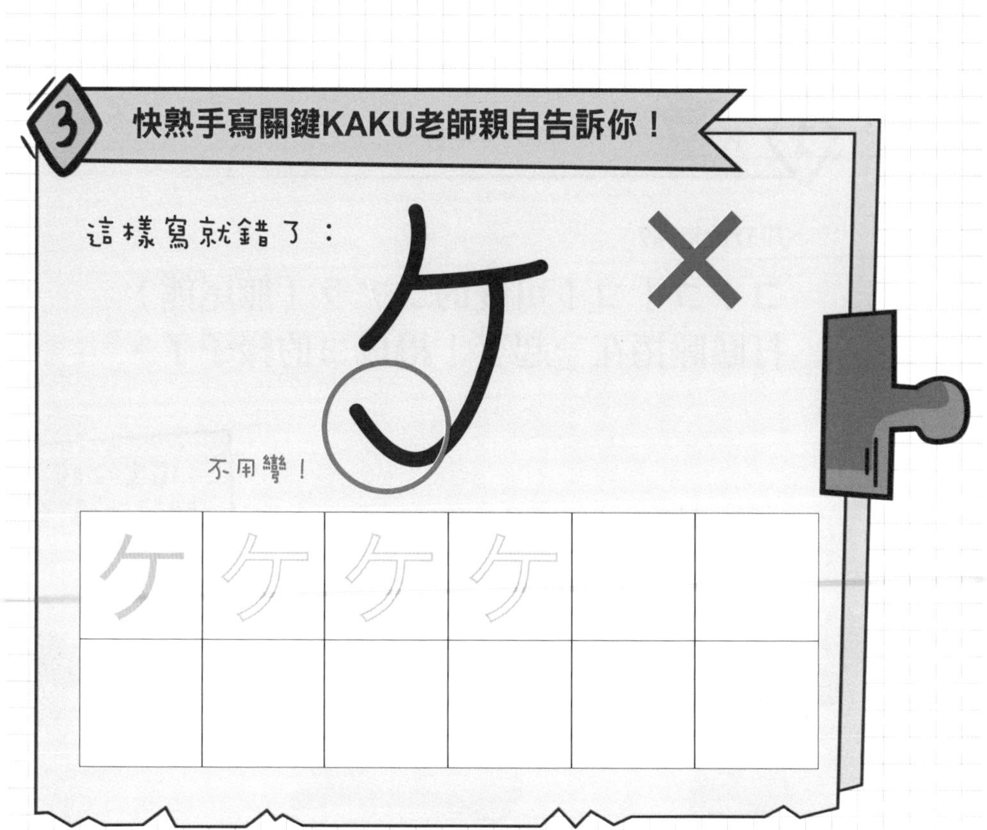

4 我學會ケ五十音即將攻頂

♫Track 168

❶ ケーキ　ke- ki　蛋糕

ケーキ　ケーキ　ケーキ

❷ ケース　ke- su　盒子

ケース　ケース　ケース

❸ ラケット　ra ke tto　球拍

ラケット　ラケット　ラケット

1 KAKU老師親錄快熟圖像記憶口訣

♫Track 169

2 快熟聽音辨字

♫Track 170

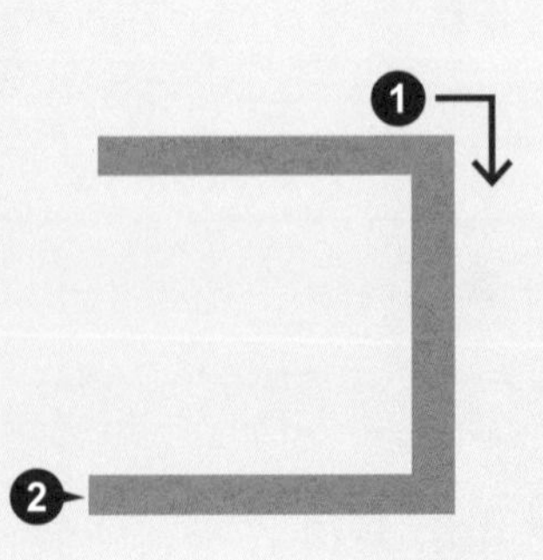

♡快熟字源：己▶コ▶コ

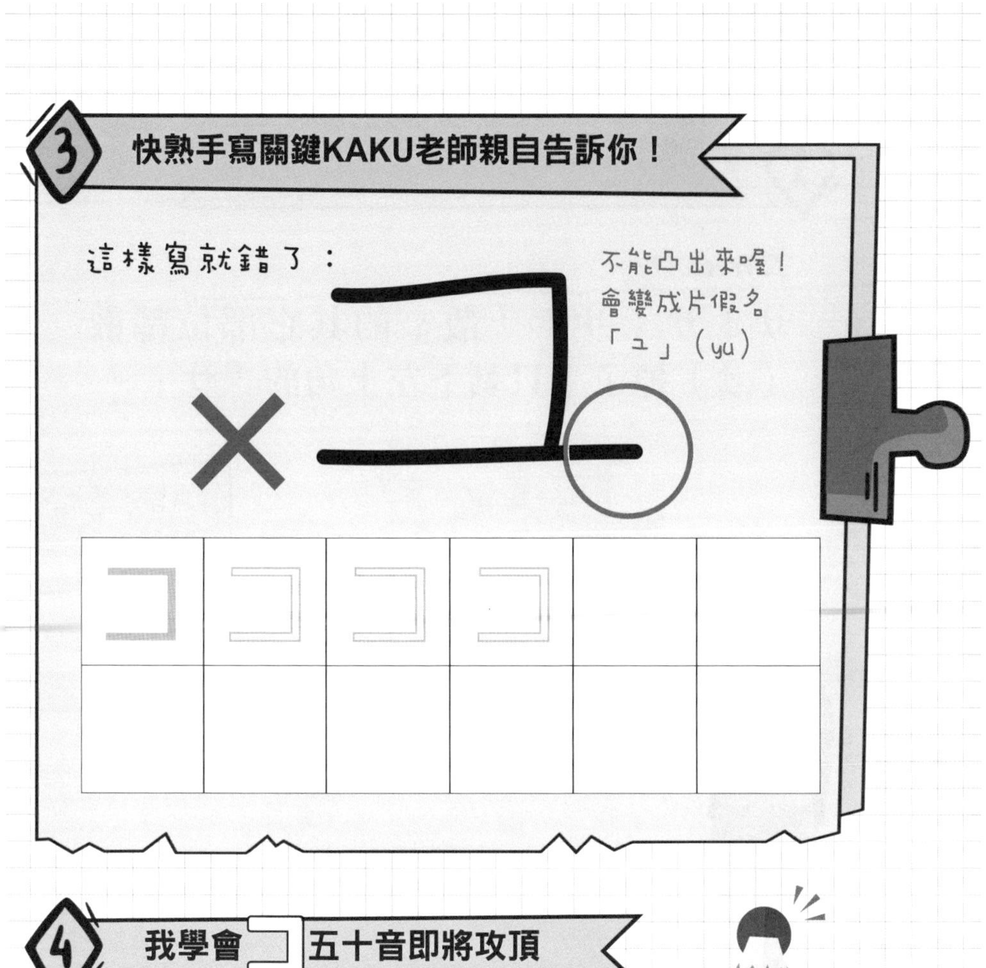

♫Track 171

❶ コアラ　ko a ra　無尾熊

❷ コイン　ko in　硬幣

コイン　コイン　コイン

❸ コネ　ko ne　關係

コネ　コネ　コネ

1 KAKU老師親錄快熟圖像記憶口訣

Track 172

サ！サ！サ！「散」的其它部位都散（サ）掉了！只剩下左上角的「サ」。

2 快熟聽音辨字

Track 173

讀音 [sa]

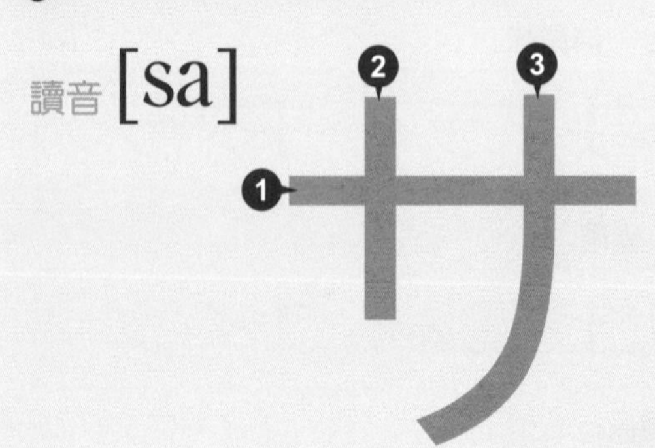

快熟字源：散▶艹▶サ

3 快熟手寫關鍵KAKU老師親自告訴你！

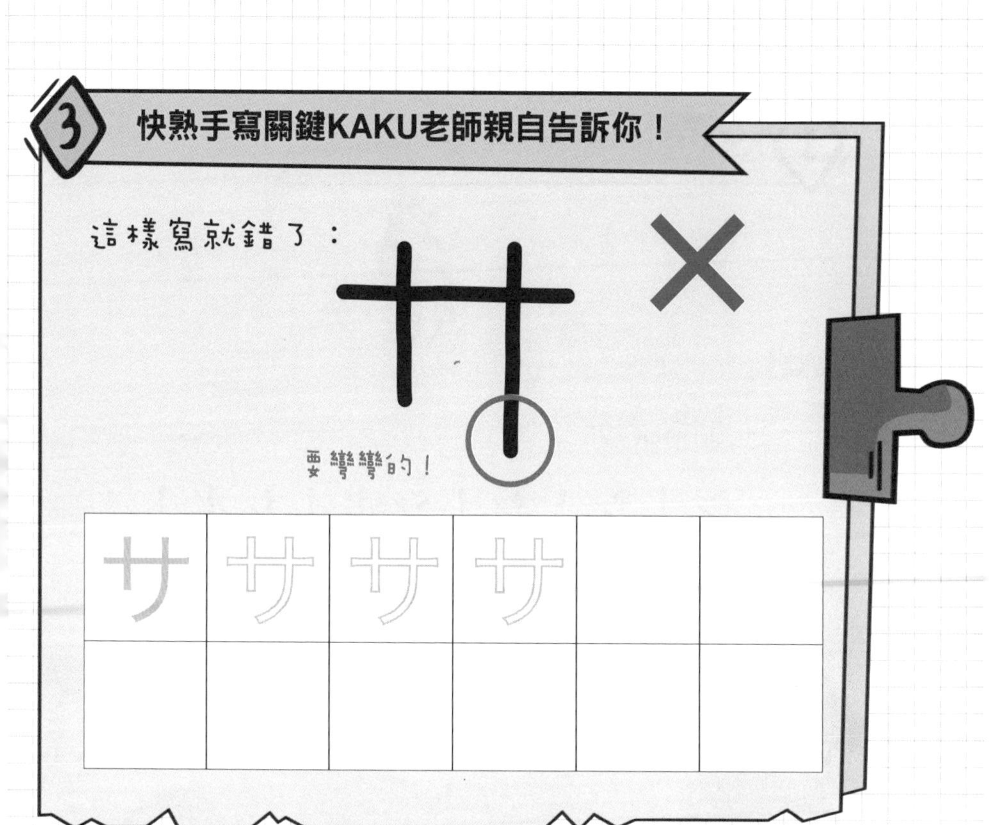

4 我學會サ五十音即將攻頂

♫Track 174

❶ サービス　sa- bi su　服務

サービス　サービス　サービス

❷ サークル　sa- ku ru　社團

サークル　サークル　サークル

❸ サーバー　sa- ba-　伺服器

サーバー　サーバー　サーバー

1 KAKU老師親錄快熟記憶口訣

♫Track 175

シ！シ！シ！シ水！シ水！「シ」就是國字的三點水部首喔（氵）！

2 快熟聽音辨字

♫Track 176

讀音 [shi]

シ

快熟字源：之▶之▶シ

3 快熟手寫關鍵KAKU老師親自告訴你！

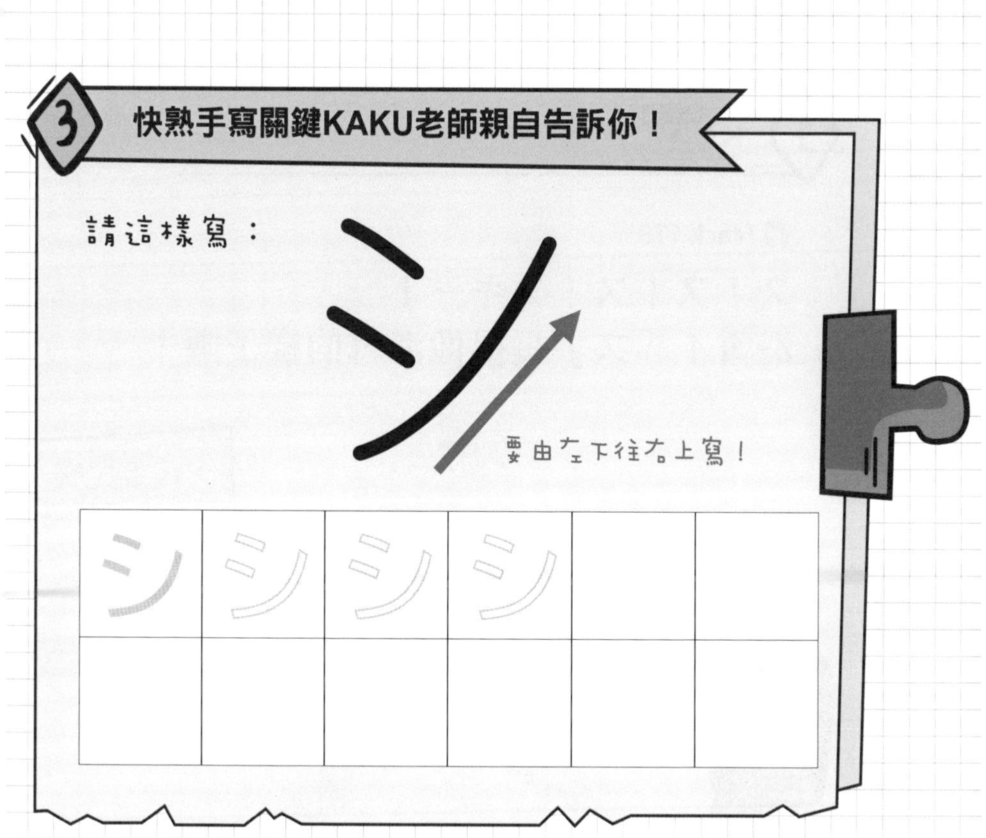

4 我學會シ五十音即將攻頂

♫ Track 177

❶ シート　shi- to　墊子

シート　シート　シート

❷ シール　shi- ru　貼紙

シール　シール　シール

❸ システム　shi su te mu　系統

システム　システム　システム

ア行
カ行
サ行
タ行
ナ行
ハ行
マ行
ヤ行
ラ行
ワ行
鼻音

1 KAKU老師親錄快熟圖像記憶口訣

♫Track 178

ス！ス！ス！スキー！
滑雪！「ス」長得像滑雪的樣子喔！

獨家全腦開發記憶法

2 快熟聽音辨字

♫Track 179

讀音 [su]

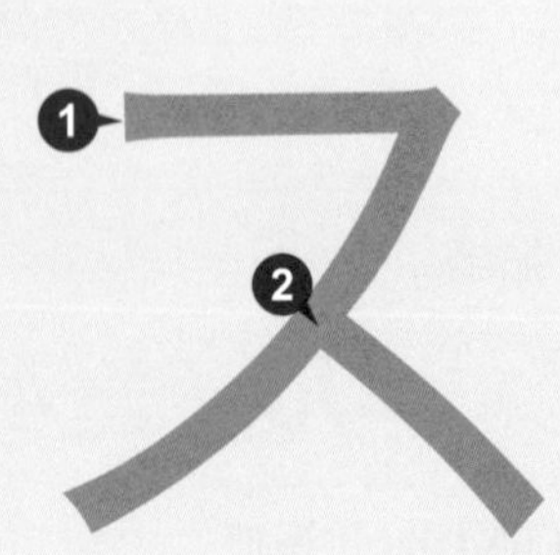

快熟字源：須▶⽕▶ス

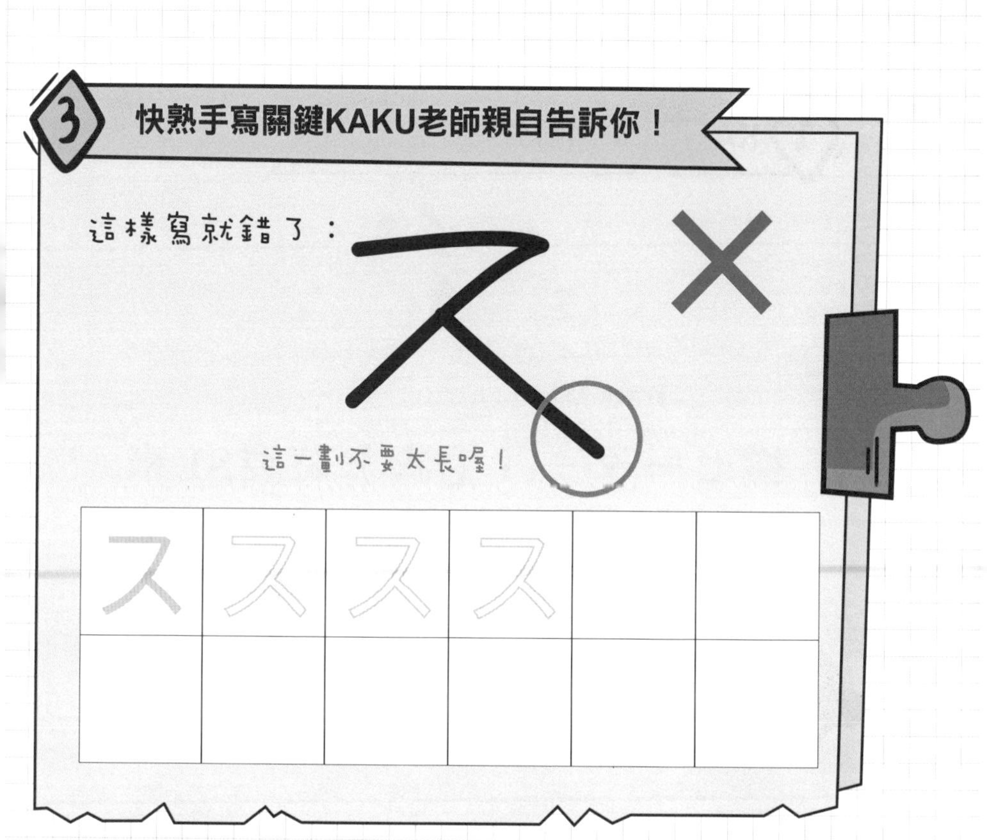

4 我學會ス五十音即將攻頂

♫Track 180

❶ スキー　su ki-　滑雪

スキー　スキー　スキー

❷ スーパー　su- pa-　超級市場

スーパー　スーパー　スーパー

❸ スリッパ　su ri ppa　拖鞋

スリッパ　スリッパ　スリッパ

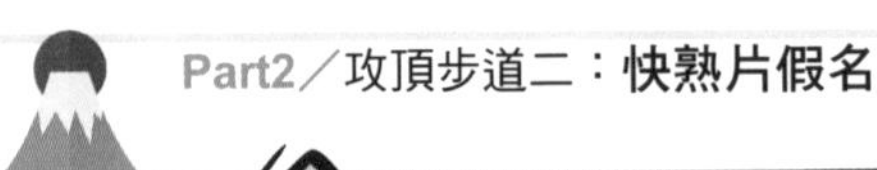

1 KAKU老師親錄快熟記憶口訣

2 快熟聽音辨字

♫Track 182

快熟字源：世▸セ▸セ

3 快熟手寫關鍵KAKU老師親自告訴你！

4 我學會セ五十音即將攻頂

♫Track 183

❶ セーター　se- ta-　毛衣

セーター　セーター　セーター

❷ センター　sen ta-　中心

センター　センター　センター

❸ リセット　ri se tto　重新設定

リセット　リセット　リセット

1 KAKU老師親錄快熟圖像記憶口訣

♫Track 184

ソ！ソ！ソ！
國字的「曾」上面二撇就是「ソ」喔！

獨家全腦
開發記憶法

2 快熟聽音辨字

♫Track 185

讀音 [SO]

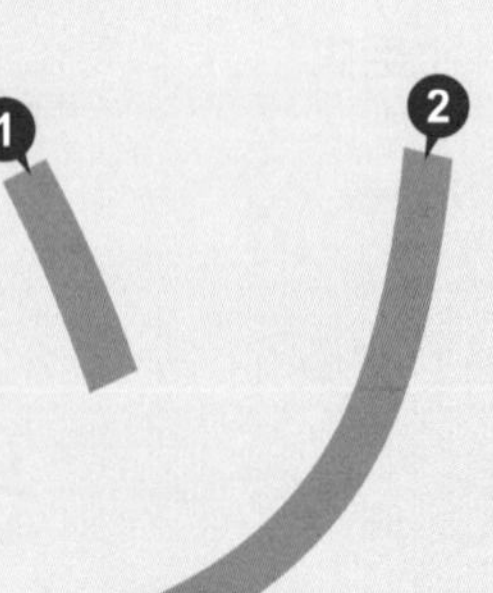

♡快熟字源：曾 ▸ ˇ ▸ ソ

3 快熟手寫關鍵KAKU老師親自告訴你！

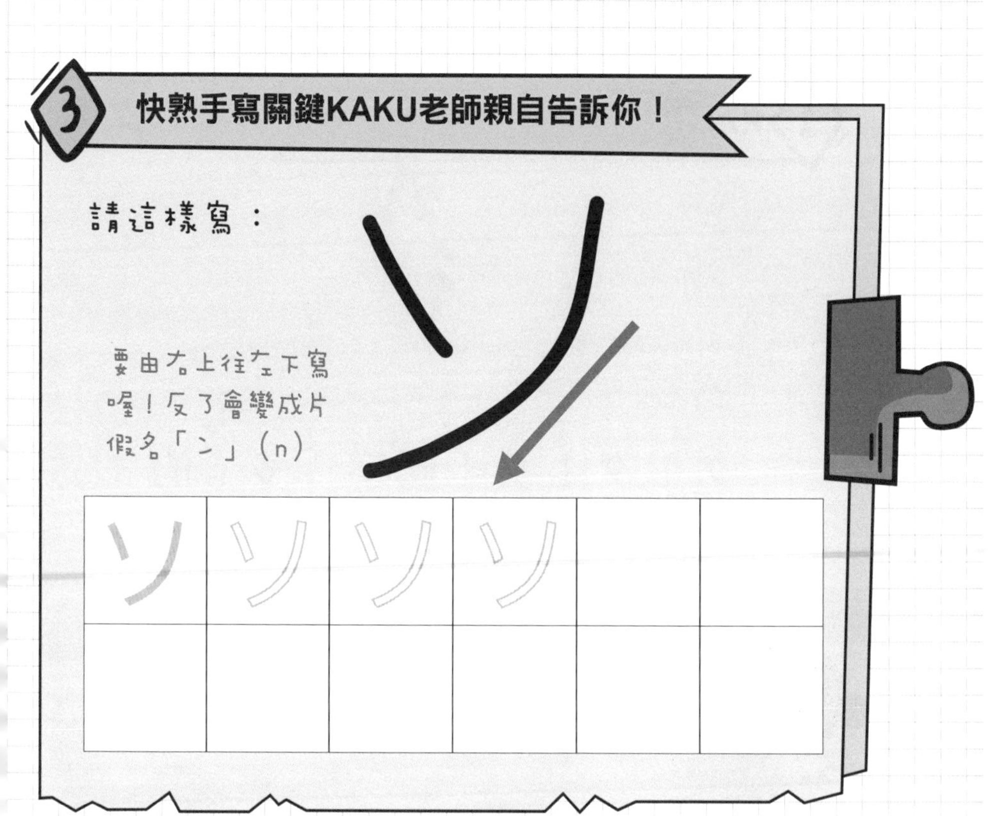

4 我學會ソ五十音即將攻頂

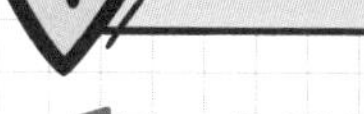

♫Track 186

❶ ソフト　so fu to　軟體

ソフト　ソフト　ソフト

❷ ソース　so- su　醬汁

ソース　ソース　ソース

❸ シーソー　shi- so-　蹺蹺板

シーソー　シーソー　シーソー

1 KAKU老師親錄快熟記憶口訣

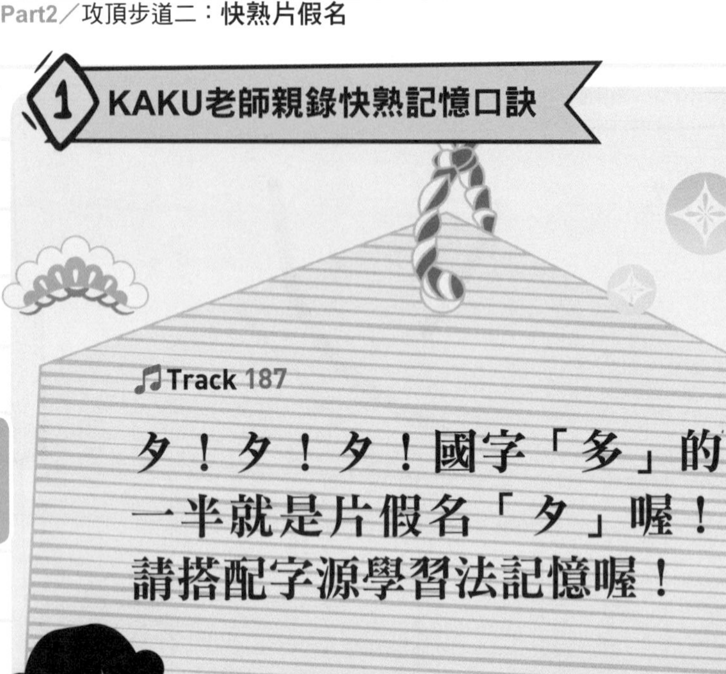

Track 187

タ！タ！タ！國字「多」的一半就是片假名「タ」喔！請搭配字源學習法記憶喔！

2 快熟聽音辨字

Track 188

讀音 [ta]

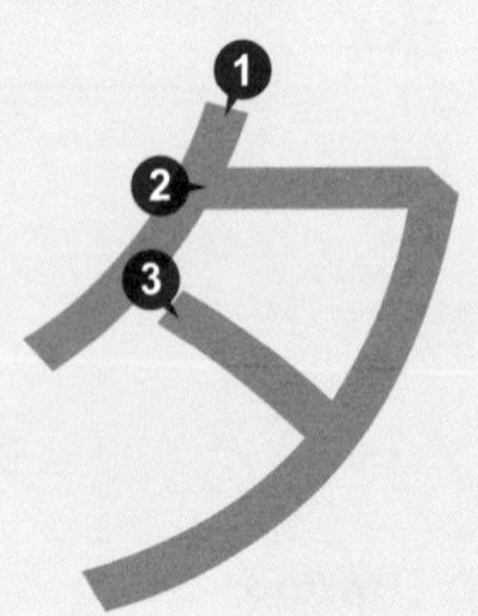

快熟字源：多 ▸ タ ▸ タ

3 快熟手寫關鍵KAKU老師親自告訴你！

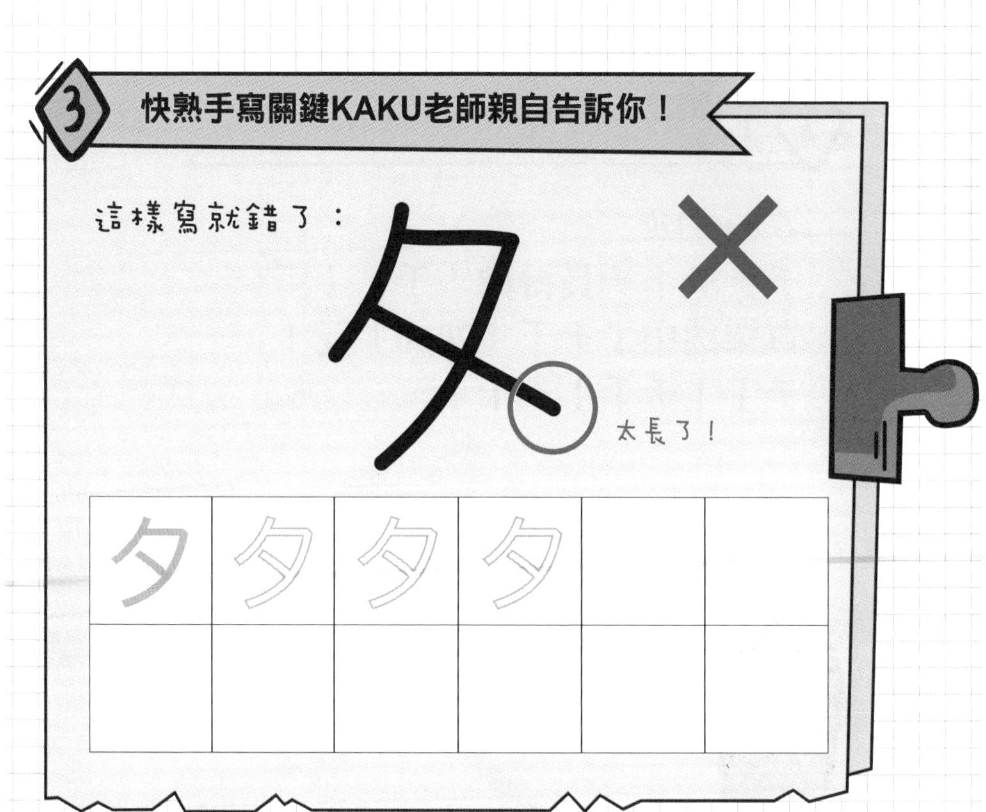

我學會タ五十音即將攻頂

♫Track 189

❶ タイ　ta i　泰國

タイ　タイ　タイ

❷ タクシー　ta ku shi-　計程車

タクシー　タクシー　タクシー

❸ ケータイ　ke- tai　手機

ケータイ　ケータイ　ケータイ

① KAKU老師親錄快熟圖像記憶口訣

♫Track 190

チチチ！チ長得像「千」！
買樂透中了チ千（7000）元！
チ千！チ千！チ千！

7000 チ千

獨家全腦
開發記憶法

7000 チ千

② 快熟聽音辨字

♫Track 191

讀音 [chi]

♡快熟字源：千 ▸ チ ▸ チ

3 快熟手寫關鍵KAKU老師親自告訴你！

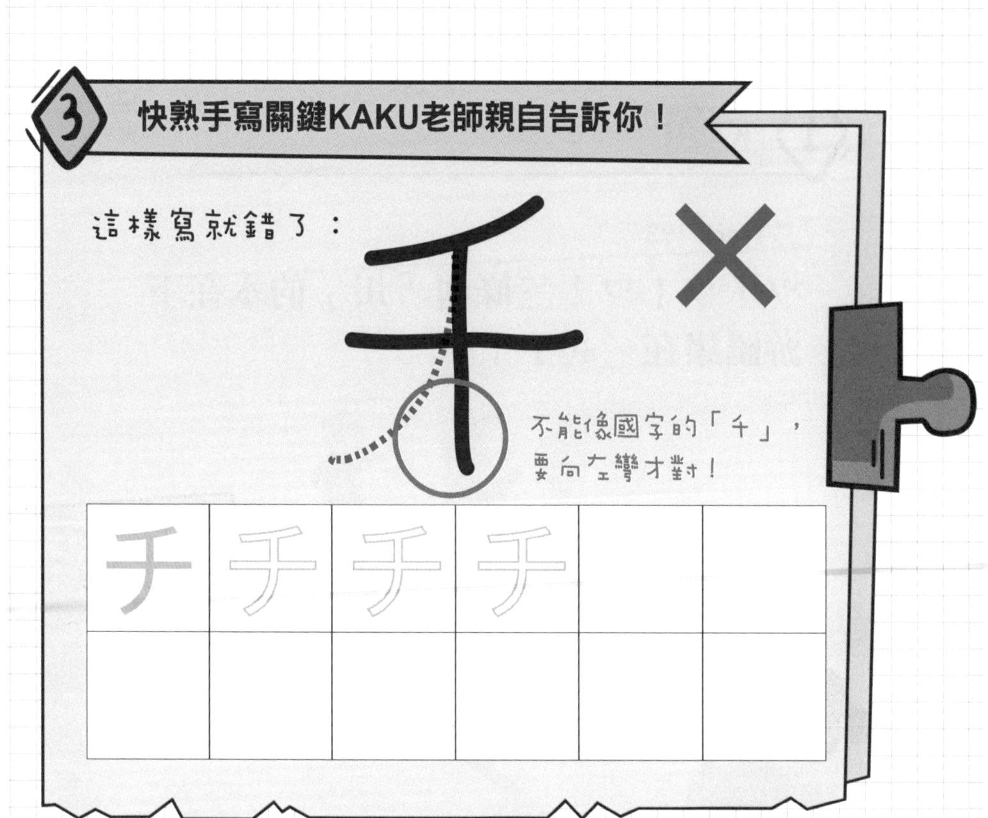

4 我學會チ五十音即將攻頂

♫Track 192

❶ チーズ　chi- zu　起司

チーズ　チーズ　チーズ

❷ チーム　chi- mu　隊伍

チーム　チーム　チーム

❸ チワワ　chi wa wa　吉娃娃（小狗）

チワワ　チワワ　チワワ

1 KAKU老師親錄快熟圖像記憶口訣

♫Track 193

ツ！ツ！ツ！三條河「川」的水在下游匯集在一起了！

獨家全腦開發記憶法

2 快熟聽音辨字

♫Track 194

讀音 [tsu]

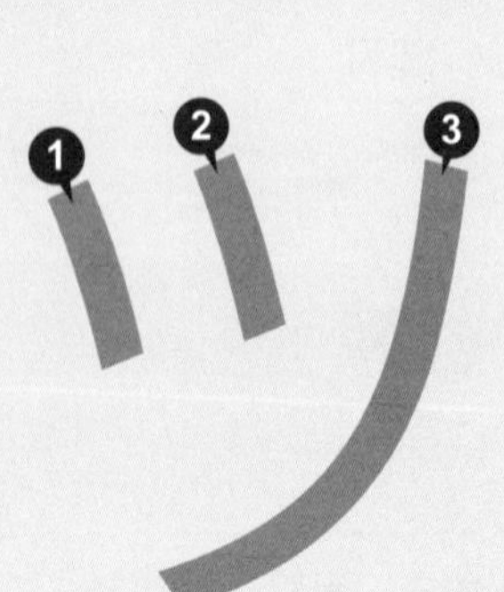

♡快熟字源：川▶ソ▶ツ

快熟手寫關鍵KAKU老師親自告訴你！

請這樣寫：

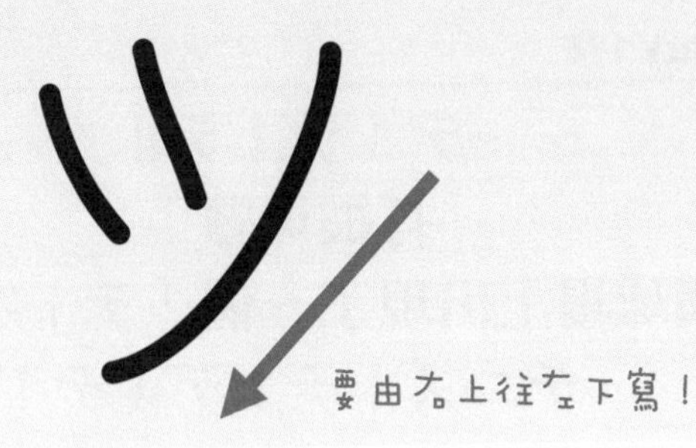

ツ	ツ	ツ	ツ		

我學會ツ五十音即將攻頂

♫Track 195

❶ スーツ　su- tsu　西裝

スーツ　スーツ　スーツ

❷ フルーツ　fu ru- tsu　水果

フルーツ　フルーツ　フルーツ

❸ シーツ　shi- tsu　床單

シーツ　シーツ　シーツ

1 KAKU老師親錄快熟圖像記憶口訣

♫Track 196

テ！テ！テ！
打網球囉！
網球場上出現了一個「テ」字喔！
テニス！テ！テ！テ！

獨家全腦
開發記憶法

2 快熟聽音辨字

♫Track 197

讀音 [te]

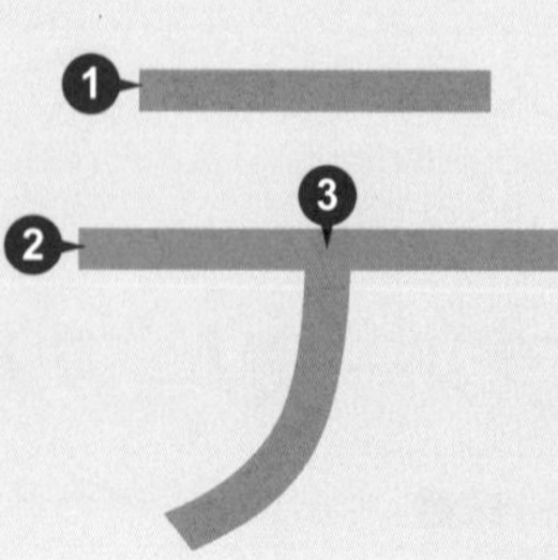

♡快熟字源：天▸テ▸テ

3 快熟手寫關鍵KAKU老師親自告訴你！

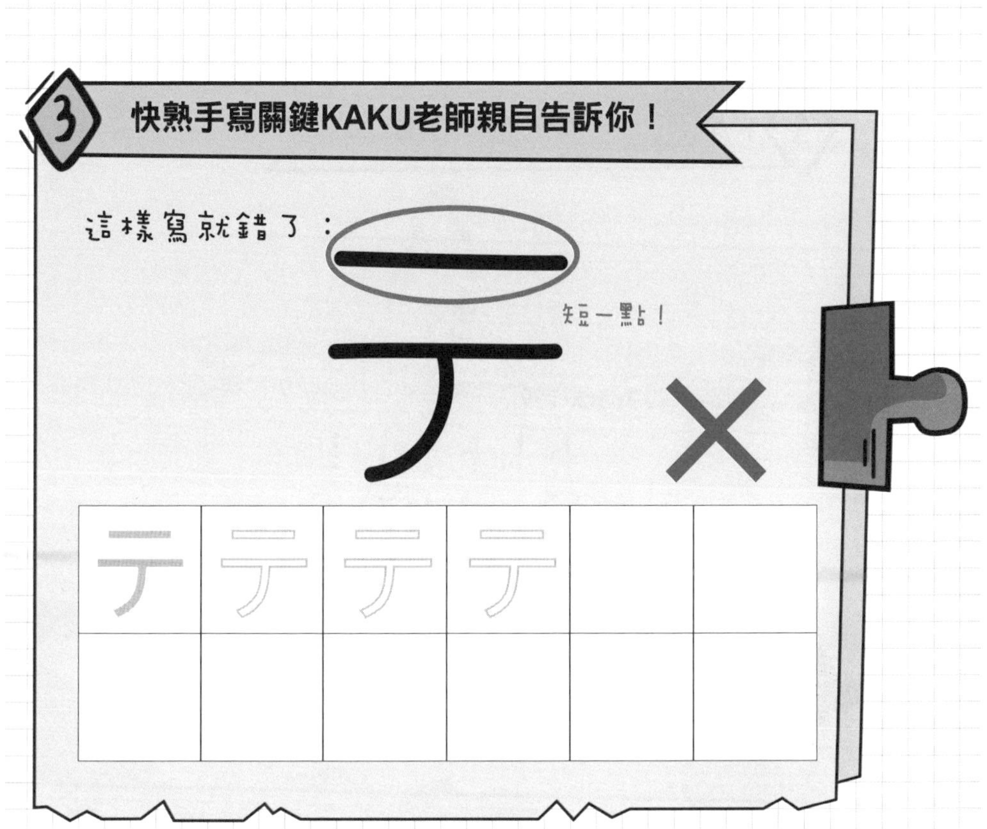

4 我學會テ五十音即將攻頂

♫Track 198

❶ テニス te ni su 網球

テニス テニス テニス

❷ ティー ti- 茶

ティー ティー ティー

❸ カテゴリ ka te go ri 種類

カテゴリ カテゴリ カテゴリ

ア行
カ行
サ行
タ行
ナ行
ハ行
マ行
ヤ行
ラ行
ワ行
鼻音

1 KAKU老師親錄快熟記憶口訣

Track 199

ト！ト！ト！
一條線，往右邊「to」
（台語）出一點，就是「ト」！
「ト」！一條線「to」
（台語）出去！

快熟聽音辨字

Track 200

讀音 [to]

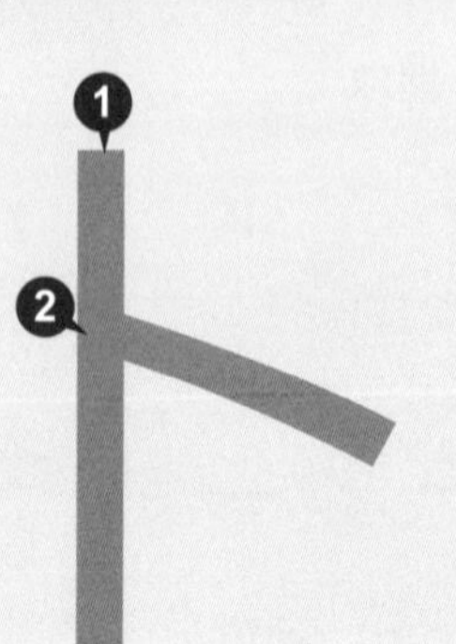

快熟字源：止▶ト▶ト

3 快熟手寫關鍵KAKU老師親自告訴你！

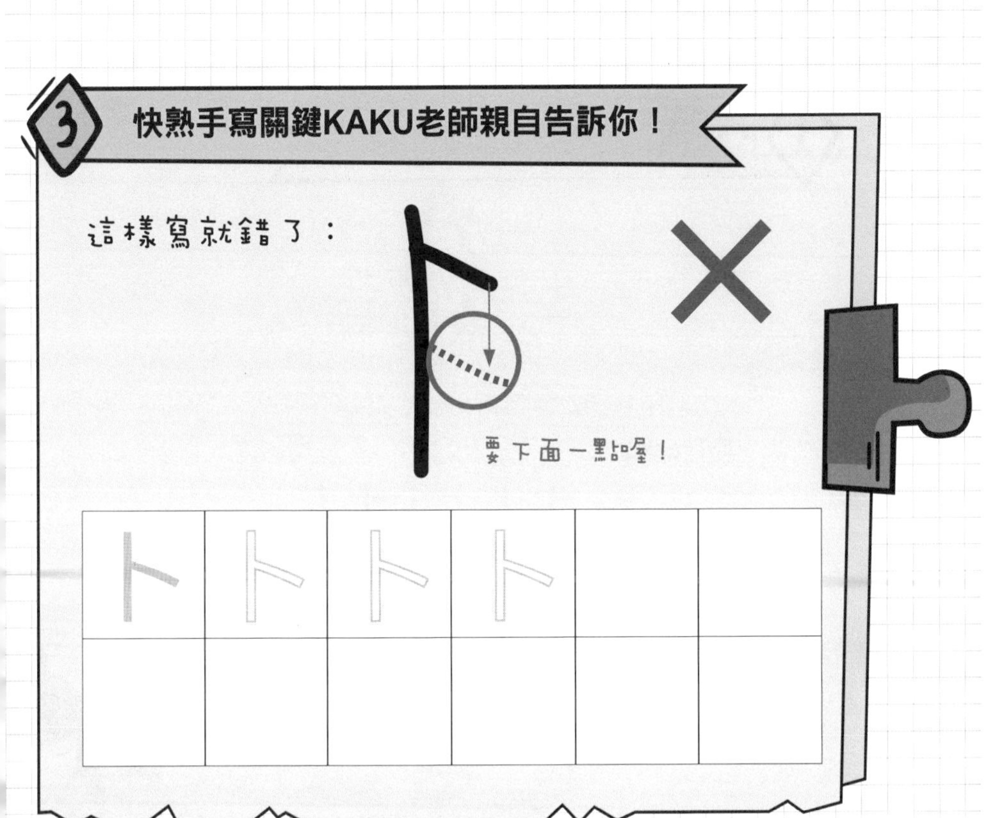

我學會ト五十音即將攻頂

♫Track 201

❶ トマト　to ma to　番茄

トマト　トマト　トマト

❷ トイレ　to i re　廁所

トイレ　トイレ　トイレ

❸ トンネル　ton ne ru　隧道

トンネル　トンネル　トンネル

1 KAKU老師親錄快熟記憶口訣

♫Track 202

ナ！ナ！ナ！
我真的對ナナ醬無可「奈」何！
只剩下左上角二招而已！（奈）
ナナ醬！ナ！ナ！ナ！

2 快熟聽音辨字

♫Track 203

讀音 [na]

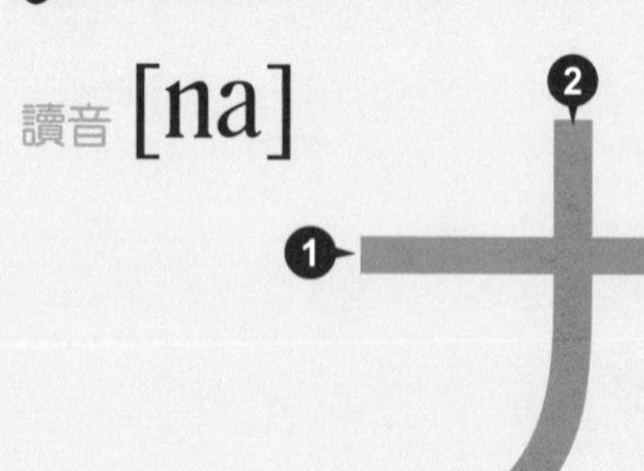

♡快熟字源：奈▸ナ▸ナ

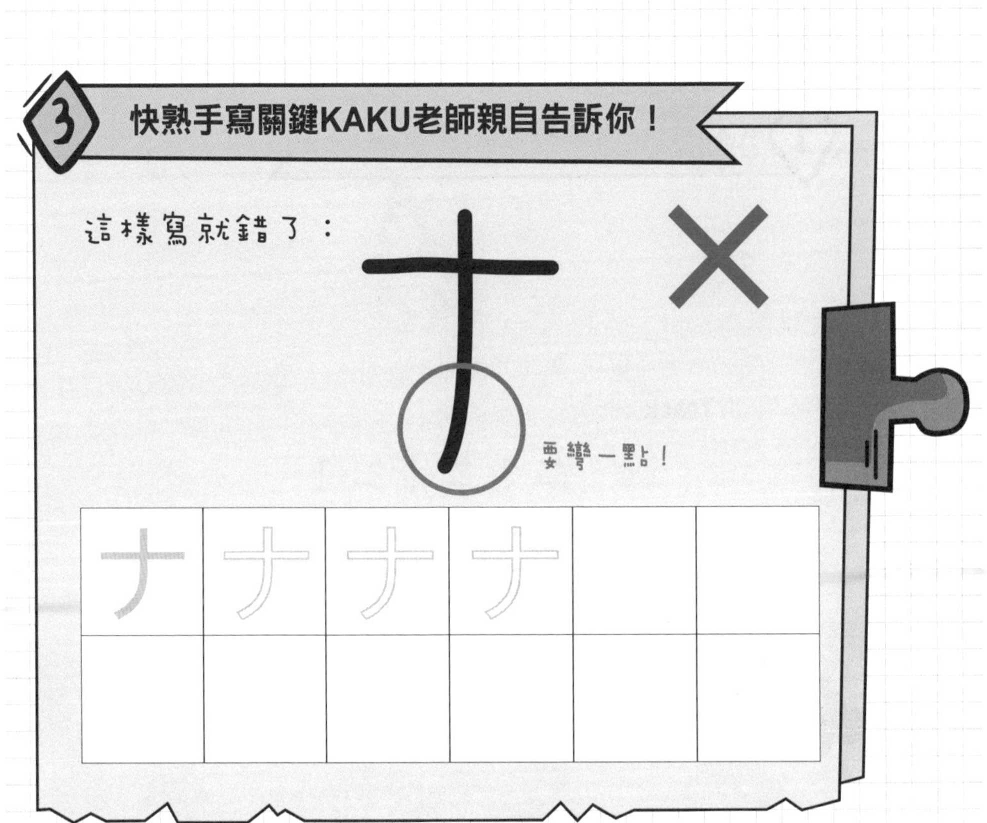

我學會ナ五十音即將攻頂

♫Track 204

❶ バナナ　ba na na　香蕉

バナナ　バナナ　バナナ

❷ ナイーブ　na i- bu　純潔的

ナイーブ　ナイーブ　ナイーブ

❸ ナース　na- su　護士

ナース　ナース　ナース

1 KAKU老師親錄快熟記憶口訣

♫Track 205

ニ！ニ！ニ！
二位仁人之士出現了！數字的「二」唸做「ni」，同字型的片假名也唸做「ni」喔！

2 快熟聽音辨字

♫Track 206

讀音 [ni]

❶ ＿＿＿＿＿＿

❷ ＿＿＿＿＿＿

♡快熟字源：仁▶二▶ニ

③ 快熟手寫關鍵KAKU老師親自告訴你！

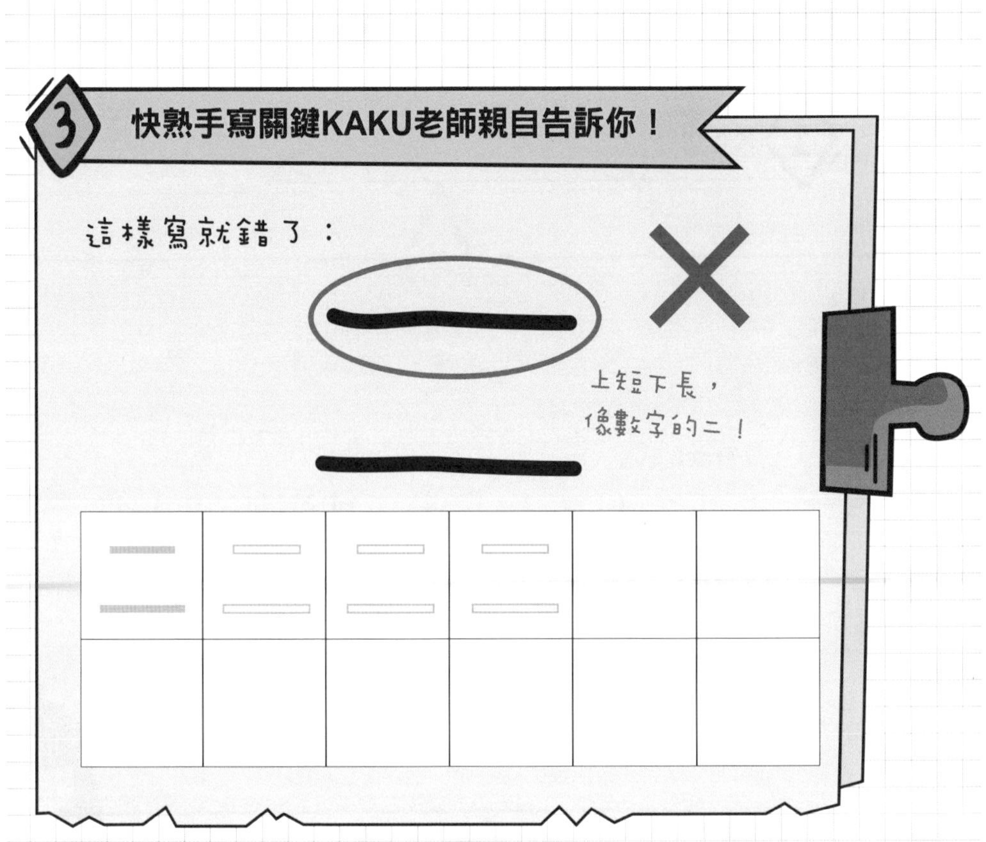

④ 我學會二五十音即將攻頂

♫Track 207

❶ ニット　ni- tto　針織

ニット　ニット　ニット

❷ ニーズ　ni- zu　需求

ニーズ　ニーズ　ニーズ

❸ カニ　ka ni　螃蟹

カニ　カニ　カニ

1 KAKU老師親錄快熟記憶口訣

Track 208

ヌ！ヌ！ヌ！「又」被姐姐叫去當「奴」僕差遣了！又！「ヌ」！奴的右邊就是片假名「ヌ」喔！「奴」的右邊唸做「nu」。

2 快熟聽音辨字

Track 209

讀音 [nu]

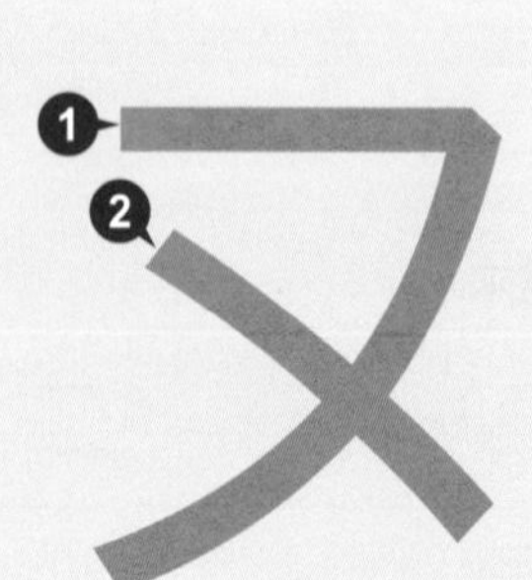

快熟字源：奴 ▸ 又 ▸ ヌ

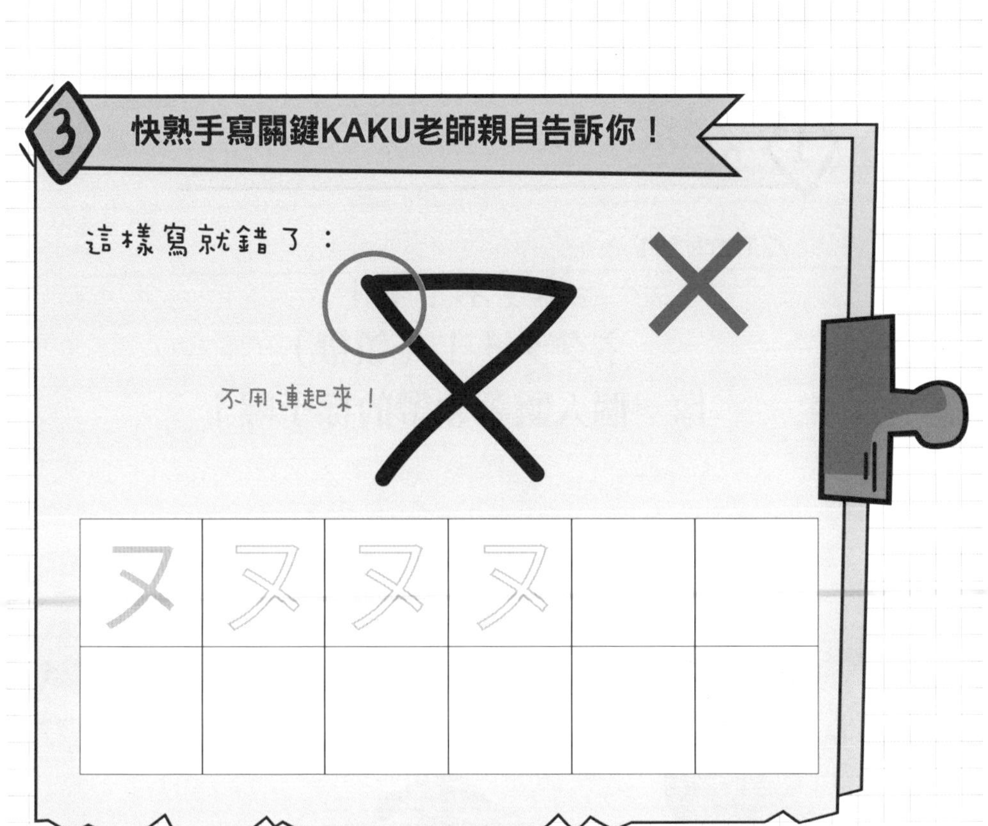

♫Track 210

❶ カヌー　ka nu-　獨木舟

カヌー　カヌー　カヌー

❷ ヌード　nu- do　裸體

ヌード　ヌード　ヌード

❸ ヌードル　nu- do ru　麵條

ヌードル　ヌードル　ヌードル

1 KAKU老師親錄快熟圖像記憶口訣

Track 211

ネ！ネ！ネ！
ネクタイ！（領帶）
像一個人繫著領帶的樣子喔！

獨家全腦
開發記憶法

2 快熟聽音辨字

Track 212

讀音 [ne]

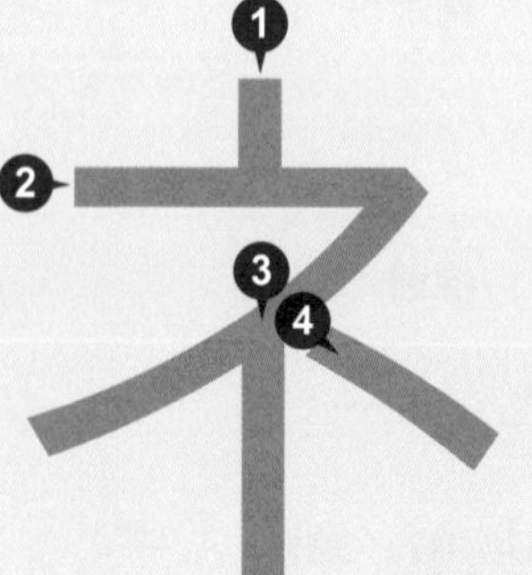

快熟字源：祢 ▸ ネ ▸ ネ

3 快熟手寫關鍵KAKU老師親自告訴你！

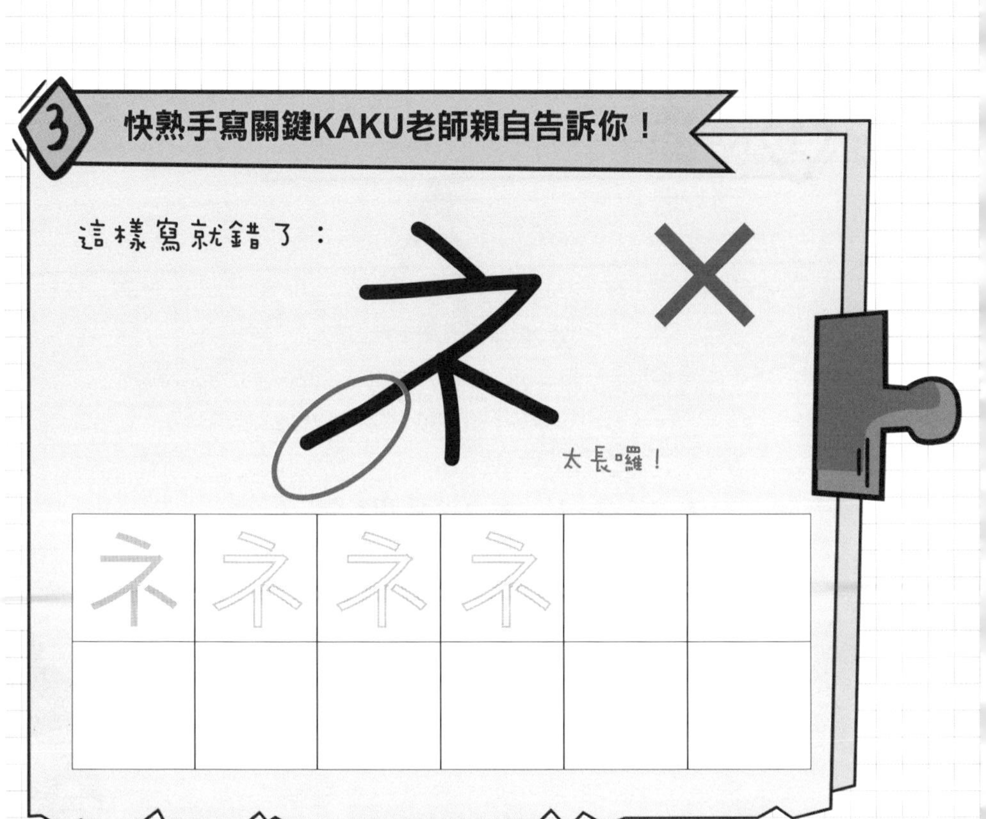

4 我學會ネ五十音即將攻頂

♫Track 213

❶ ネクタイ　ne ku tai　領帶

ネクタイ　ネクタイ　ネクタイ

❷ ネット　ne tto　網路

ネット　ネット　ネット

❸ ネイル　ne i ru　指甲

ネイル　ネイル　ネイル

ア行
カ行
サ行
タ行
ナ行
ハ行
マ行
ヤ行
ラ行
ワ行
鼻音

1 KAKU老師親錄快熟記憶口訣

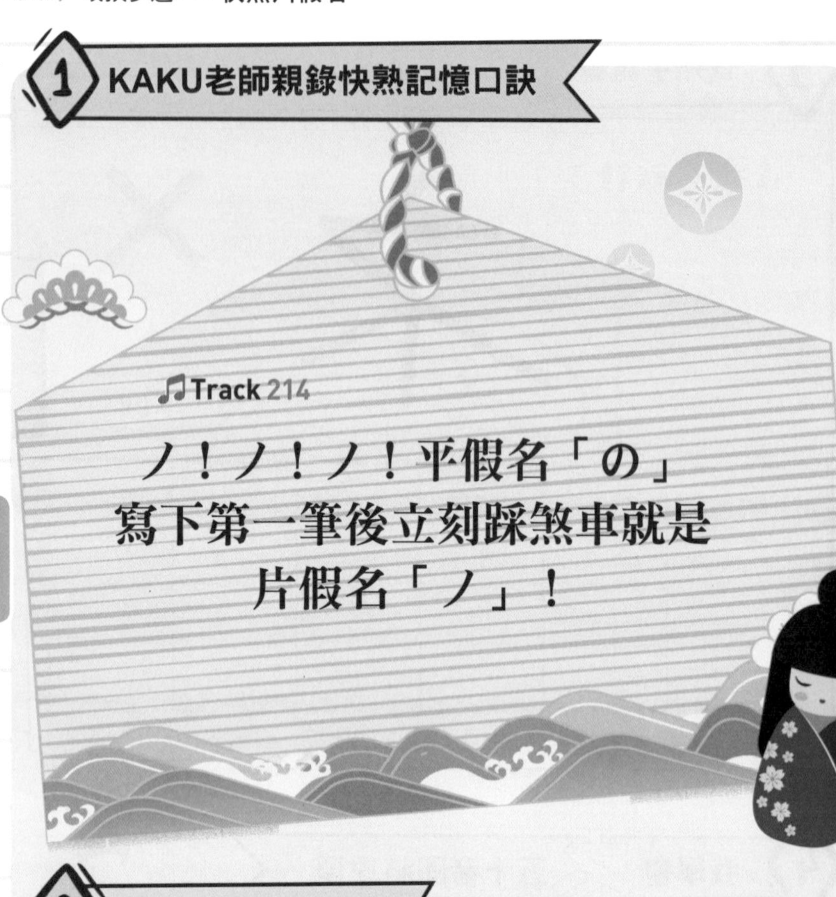

♫Track 214

ノ！ノ！ノ！平假名「の」
寫下第一筆後立刻踩煞車就是
片假名「ノ」！

2 快熟聽音辨字

♫Track 215

讀音 [no]

快熟字源：乃 ▸ ノ ▸ ノ

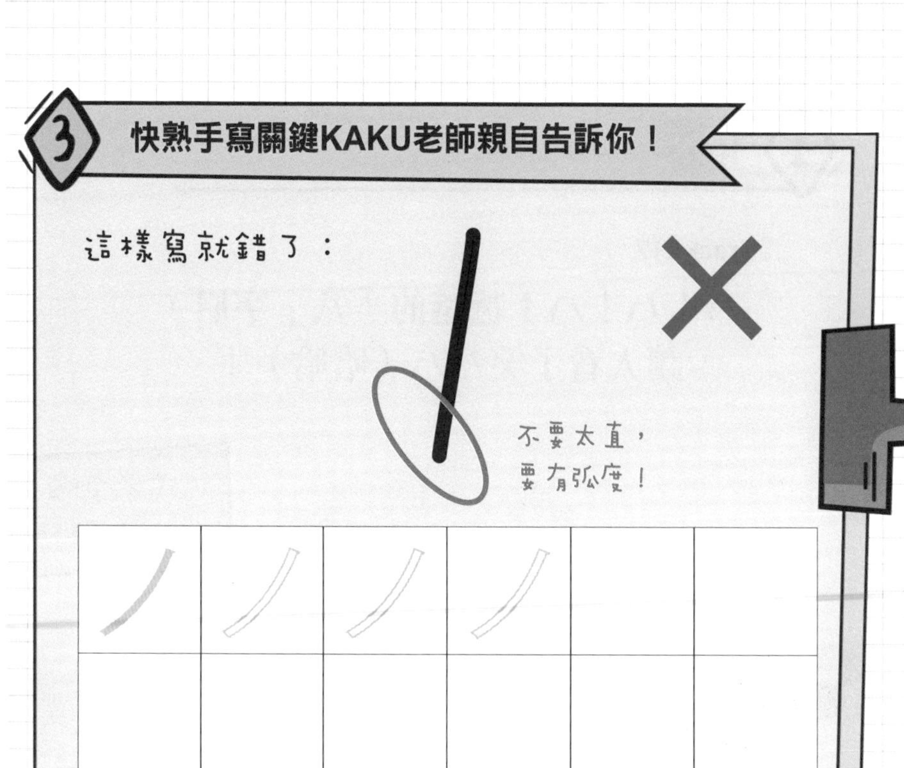

我學會ノ五十音即將攻頂

♫Track 216

❶ ノート　no- to　筆記本

ノート　ノート　ノート

❷ ノルウェー　no ru we-　挪威

ノルウェー　ノルウェー　ノルウェー

❸ ノウハウ　no- ha u　方法

ノウハウ　ノウハウ　ノウハウ

1 KAKU老師親錄快熟圖像記憶口訣

♫Track 217

ハ！ハ！ハ！爸爸的「八」字眉，
讓人看了笑ハハ（哈哈）！

獨家全腦開發記憶法

2 快熟聽音辨字

♫Track 218

讀音 [ha]

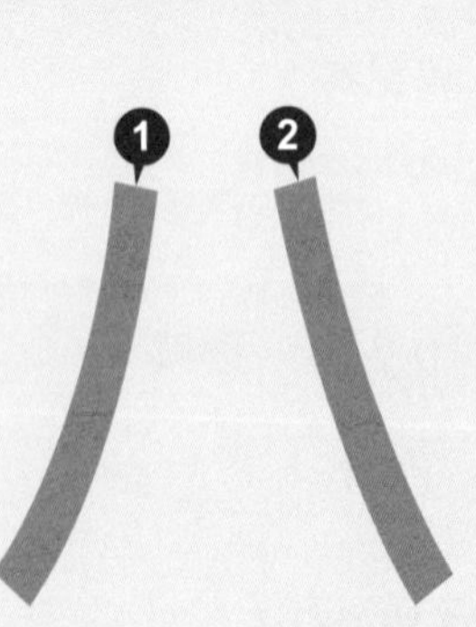

♡ 快熟字源：八▶ハ▶ハ

③ 快熟手寫關鍵KAKU老師親自告訴你！

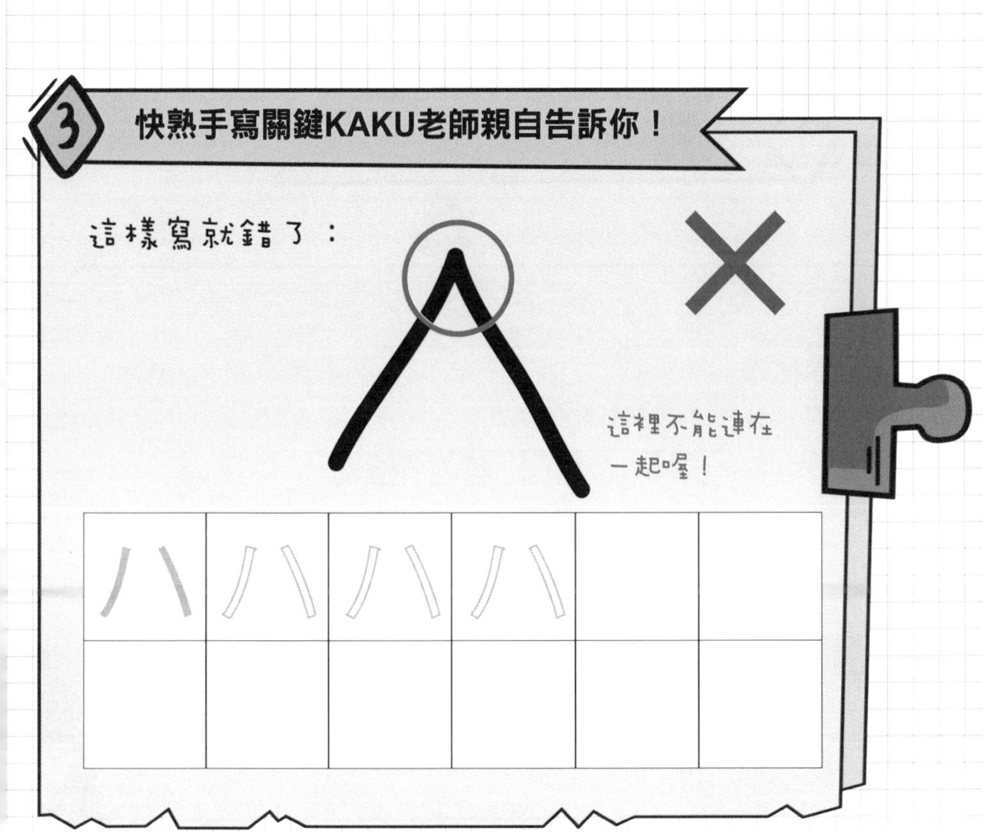

我學會ハ 五十音即將攻頂

♫Track 219

❶ ハロー　ha ro-　哈囉

ハロー　ハロー　ハロー

❷ ハイテク　ha i te ku　高科技

ハイテク　ハイテク　ハイテク

❸ ハム　ha mu　火腿

ハム　ハム　ハム

1 KAKU老師親錄快熟記憶口訣

♫Track 220

ヒ！ヒ！ヒ！
有個可愛的女孩英文名字叫
「ヒ比」。國字「比」的左邊就
是片假名「ヒ」喔！
ヒ比！ヒ比！ヒ比！

2 快熟聽音辨字

♫Track 221

讀音 [hi]

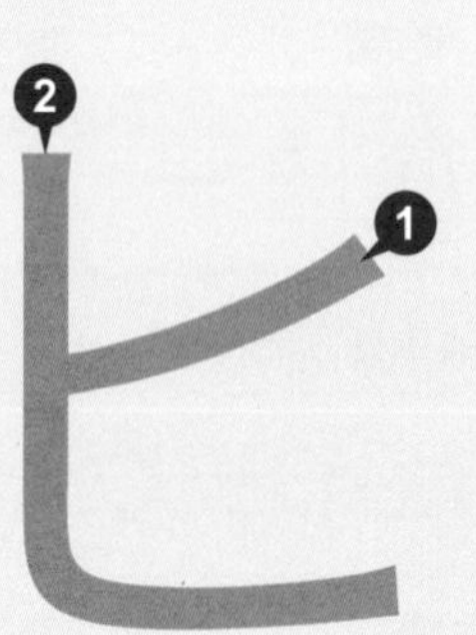

♡快熟字源：比▸ヒ▸ヒ

3 快熟手寫關鍵KAKU老師親自告訴你！

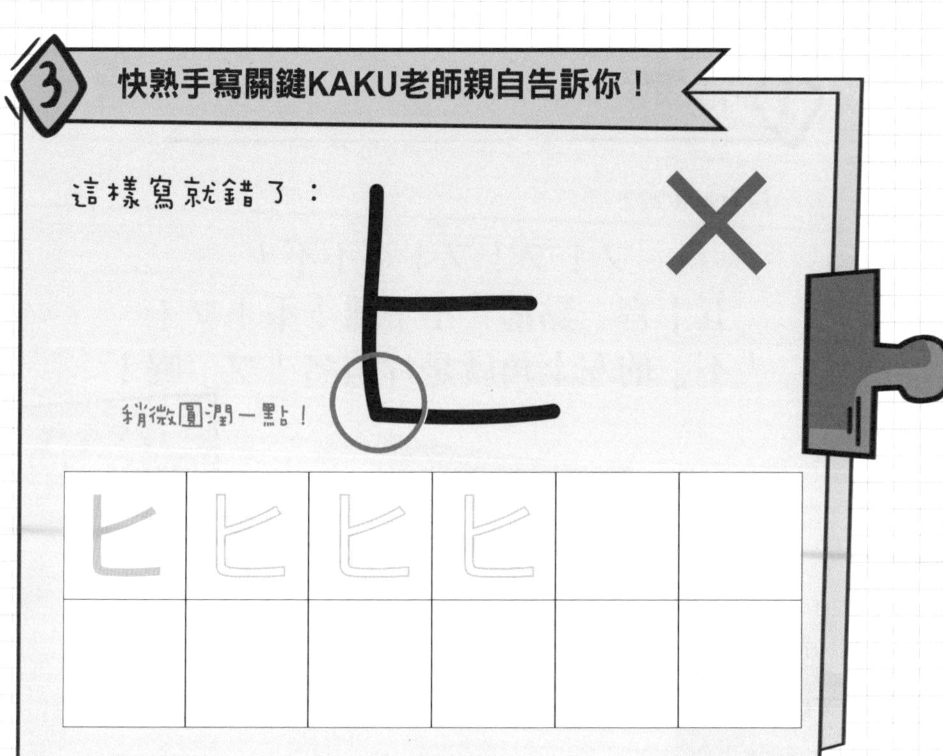

4 我學會ヒ五十音即將攻頂

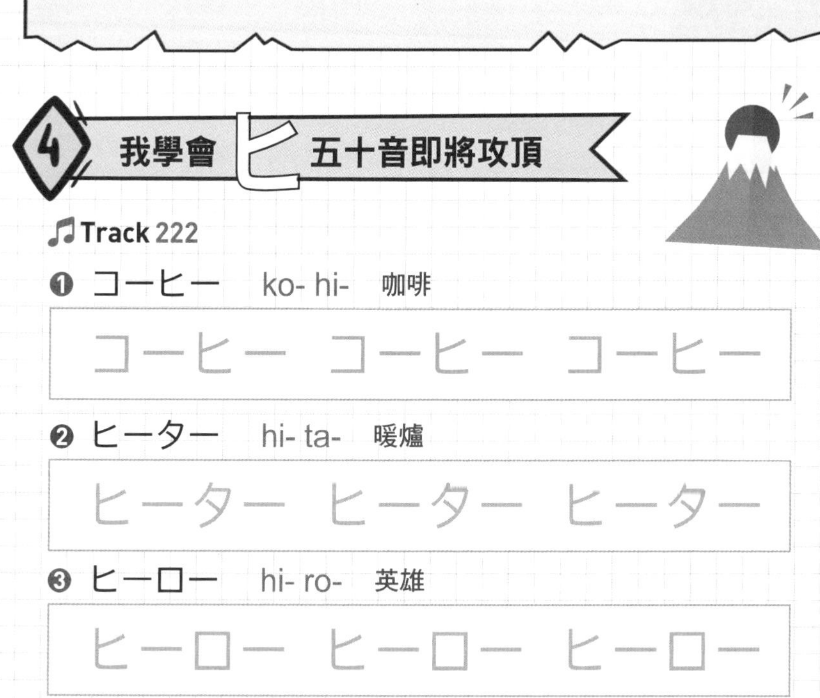

♫Track 222

❶ コーヒー　ko- hi-　咖啡

コーヒー　コーヒー　コーヒー

❷ ヒーター　hi- ta-　暖爐

ヒーター　ヒーター　ヒーター

❸ ヒーロー　hi- ro-　英雄

ヒーロー　ヒーロー　ヒーロー

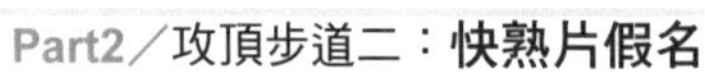

1 KAKU老師親錄快熟圖像記憶口訣

♫Track 223

フ！フ！フ！不不不！
五十音一點都「不」難！不！フ！
「不」的左上角就是片假名「フ」喔！

獨家全腦
開發記憶法

2 快熟聽音辨字

♫Track 224

讀音 [fu]

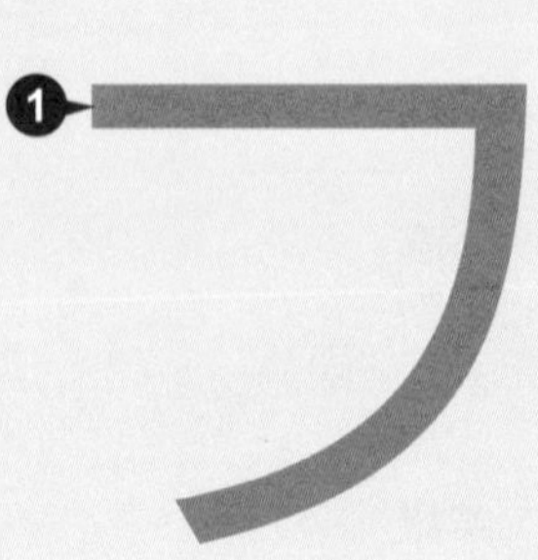

快熟字源：不▶フ▶フ

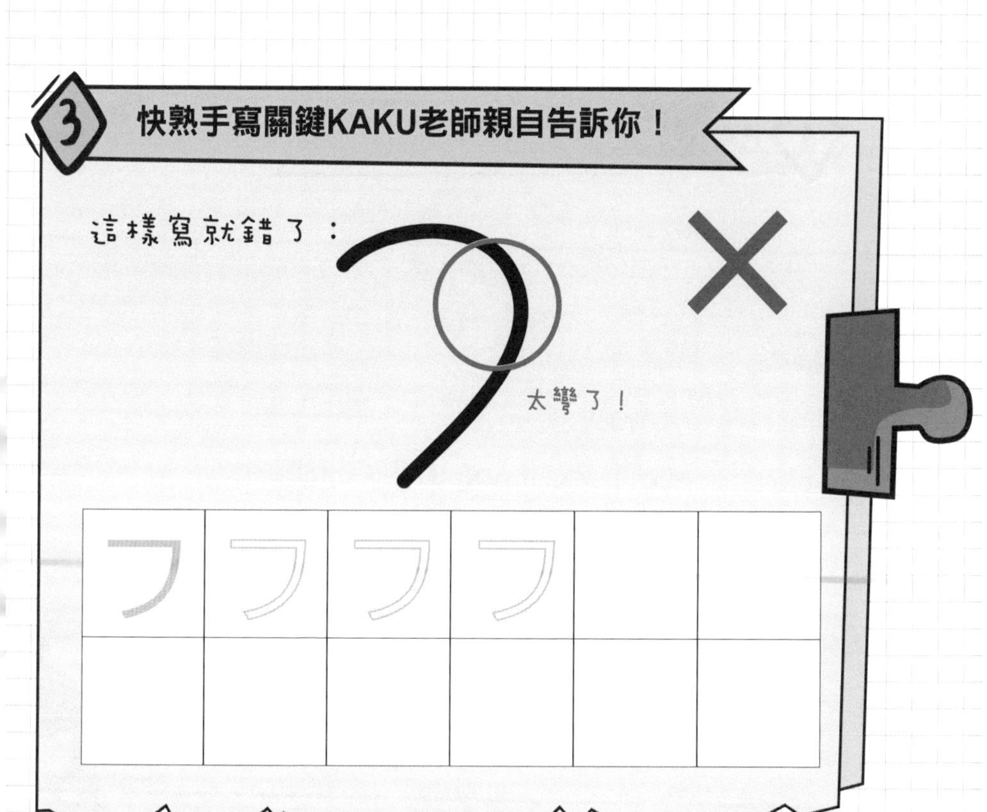

我學會フ五十音即將攻頂

♫Track 225

❶ フリー　fu ri-　自由

フリー　フリー　フリー

❷ ファイル　fa i ru　檔案

ファイル　ファイル　ファイル

❸ ファミリー　fa mi ri-　家庭

ファミリー　ファミリー　ファミリー

1 KAKU老師親錄快熟記憶口訣

2 快熟聽音辨字

Track 227

讀音 [he]

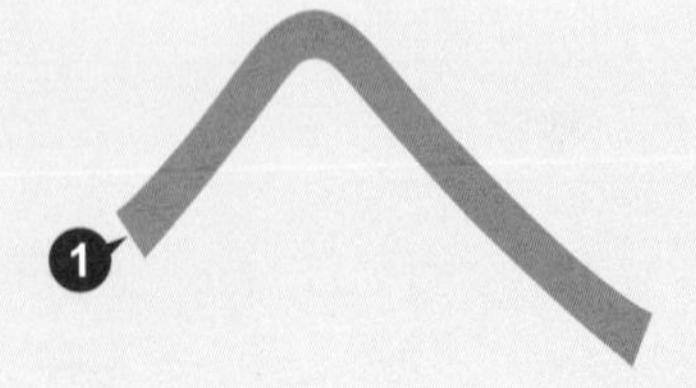

快熟字源：部▶阝▶へ

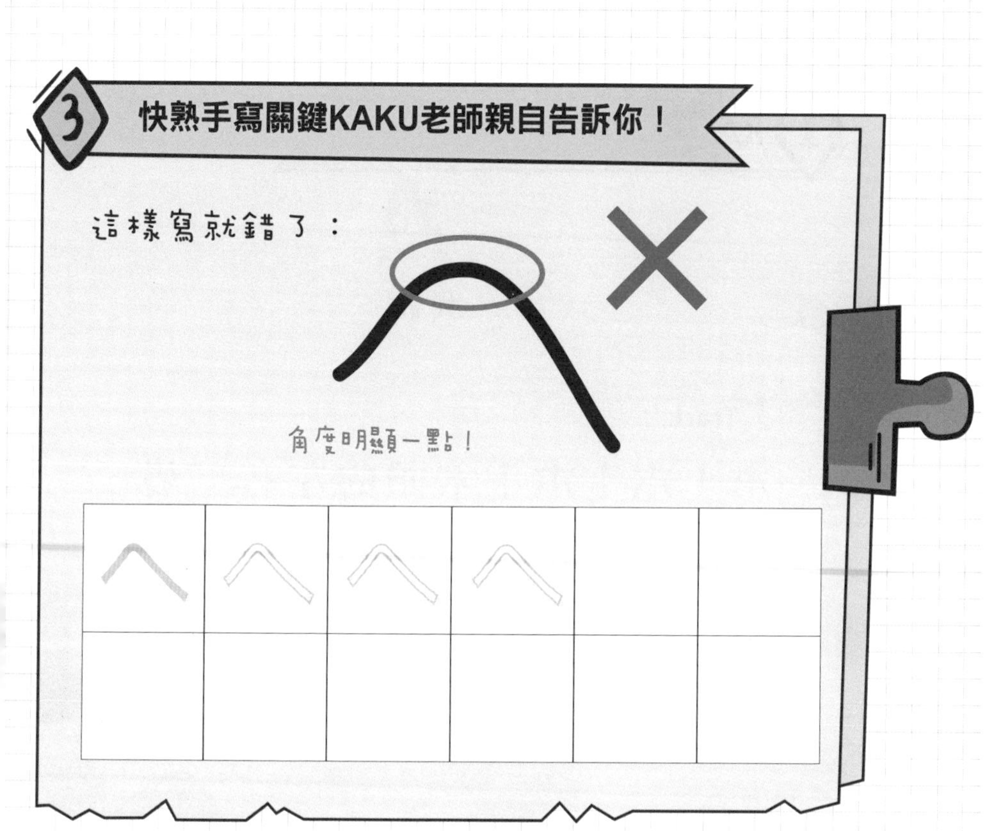

我學會 ヘ 五十音即將攻頂

♫Track 228

❶ ヘリコプター　he ri ko pu ta-　直升機

ヘリコプター　ヘリコプター　ヘリコプター

❷ ヘルシー　he ru shi-　健康

ヘルシー　ヘルシー　ヘルシー

❸ ヘルパー　ha ru pa-　助手

ヘルパー　ヘルパー　ヘルパー

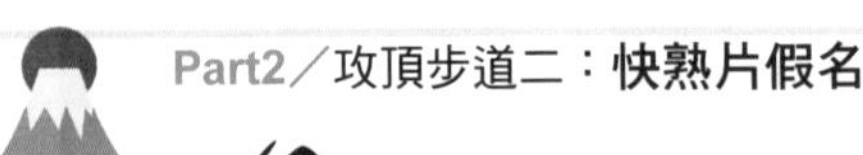

1 KAKU老師親錄快熟記憶口訣

♫Track 229

ホ！ホ！ホ！木頭的左右二隻腳沒接好就是片假名「ホ」。記得「ホ」的二隻腳不能連起來喔！

2 快熟聽音辨字

♫Track 230

讀音 [ho]

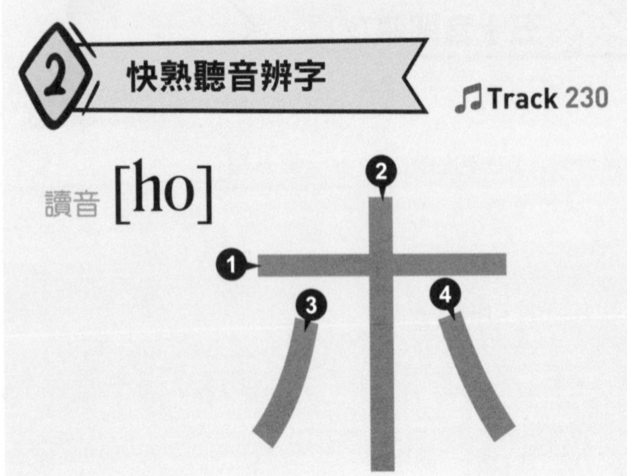

♡ 快熟字源：保▸木▸ホ

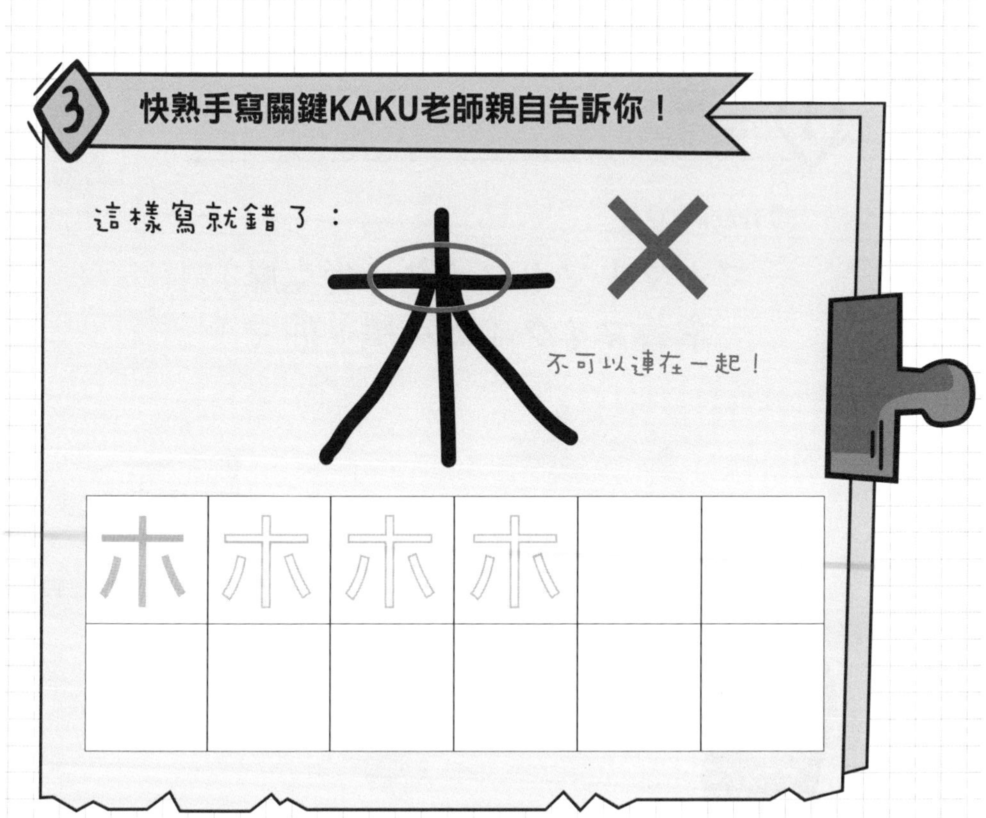

4 我學會ホ五十音即將攻頂

♫Track 231

❶ ホテル　ho te ru　飯店

ホテル　ホテル　ホテル

❷ ホーム　ho- mu　月台

ホーム　ホーム　ホーム

❸ ホームラン　ho- mu ran　全壘打

ホームラン　ホームラン　ホームラン

ア行
カ行
サ行
タ行
ナ行
ハ行
マ行
ヤ行
ラ行
ワ行
鼻音

♫Track 232

マ！マ！マ！マイク（麥克風）！
拿著マイク（麥克風）的マ！

2 快熟聽音辨字

♫Track 233

讀音 [ma]

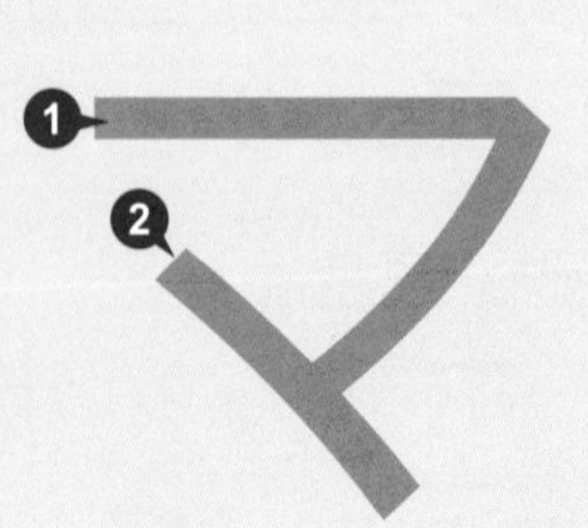

♡快熟字源：末 ▸ 𠄠 ▸ マ

3 快熟手寫關鍵KAKU老師親自告訴你！

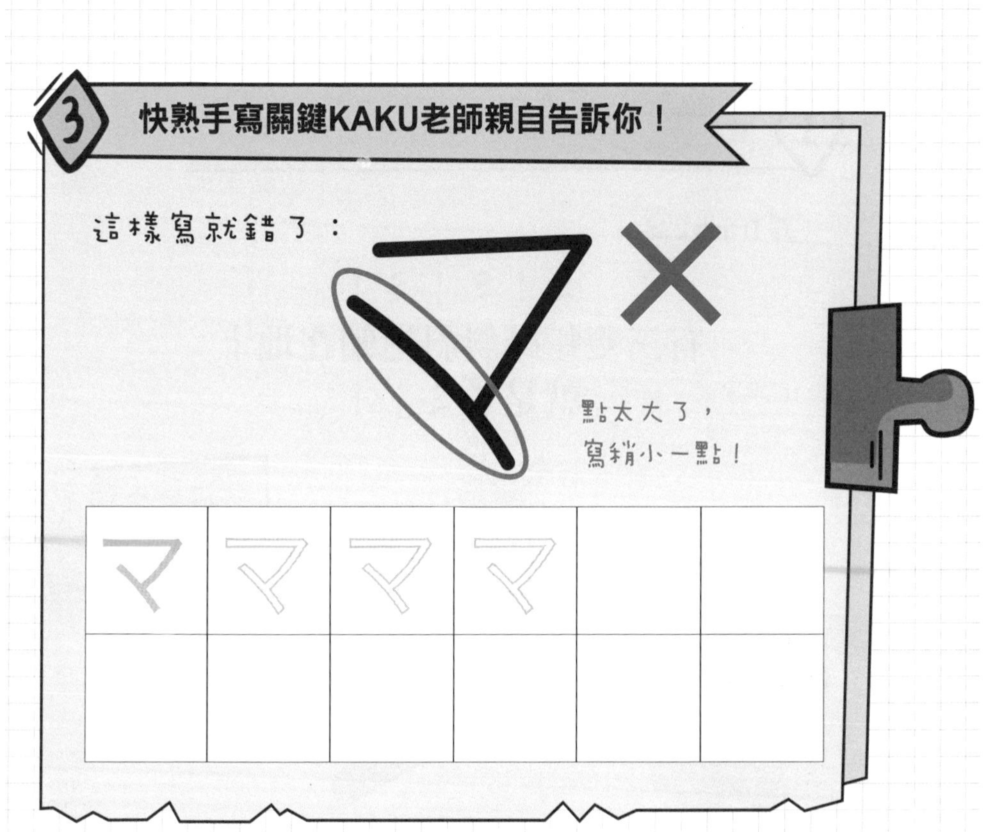

4 我學會マ五十音即將攻頂

♫ Track 234

❶ マスク　ma su ku　口罩

マスク　マスク　マスク

❷ マイク　ma i ku　麥克風

マイク　マイク　マイク

❸ クマ　ku ma　黑眼圈

クマ　クマ　クマ

ア行 カ行 サ行 タ行 ナ行 ハ行 マ行 ヤ行 ラ行 ワ行 鼻音

1 KAKU老師親錄快熟圖像記憶口訣

♫Track 235

ミ！ミ！ミ！
有三隻蚯蚓斜斜地躺在地上
就是「ミ」！

獨家全腦
開發記憶法

2 快熟聽音辨字

♫Track 236

讀音 [mi]

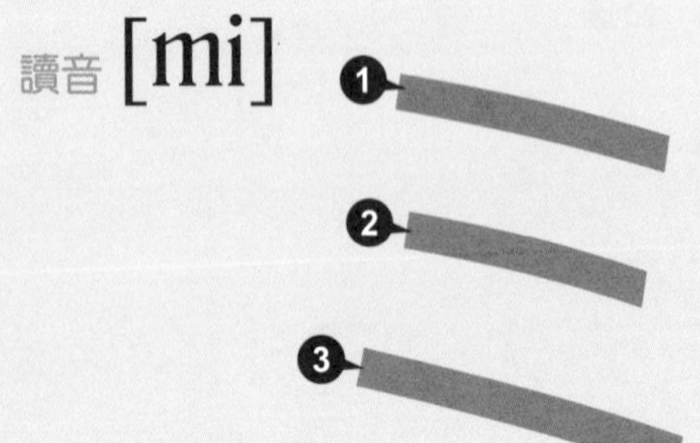

♡快熟字源：三▶三▶ミ

3 快熟手寫關鍵KAKU老師親自告訴你！

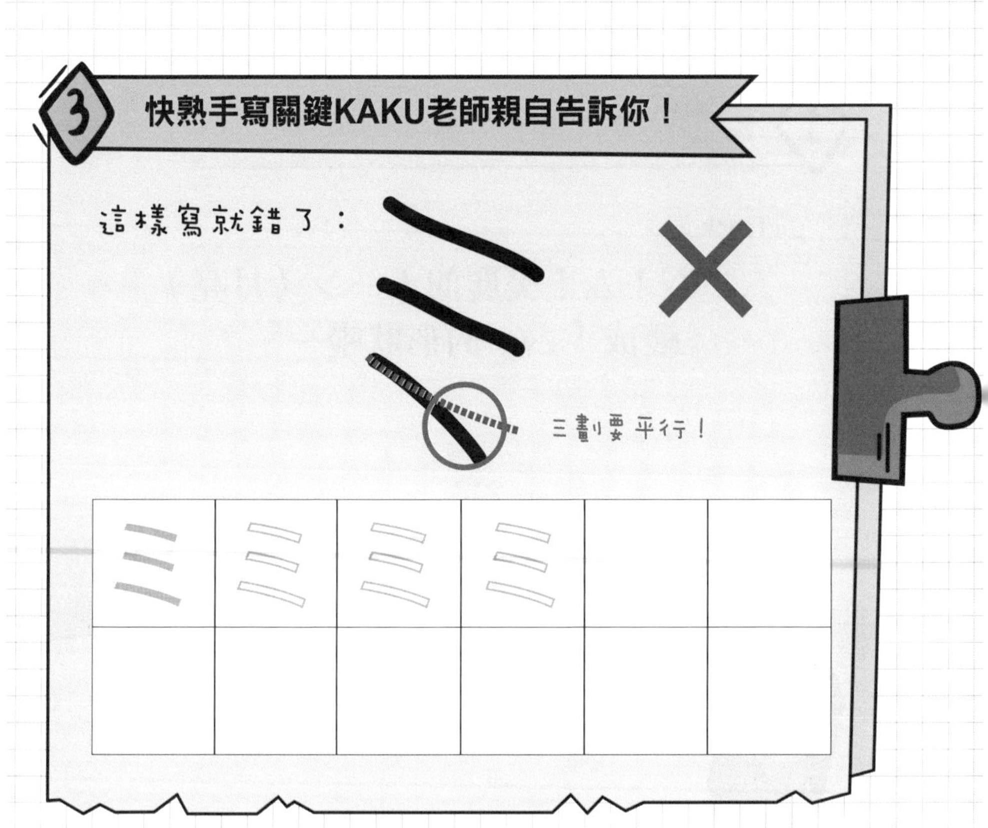

4 我學會ミ五十音即將攻頂

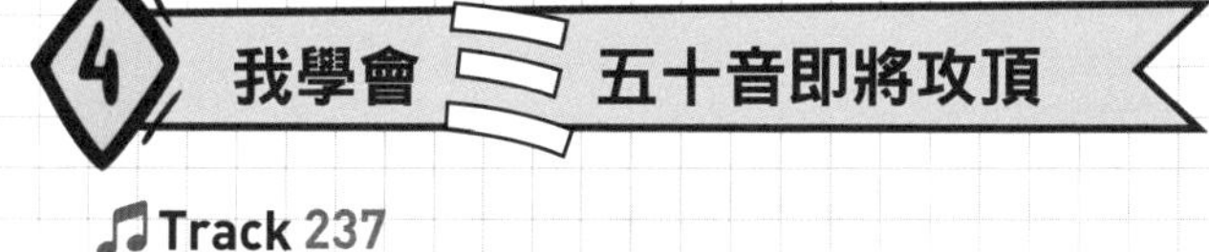

♫Track 237

❶ ミミズ　mi mi zu　蚯蚓

ミミズ　ミミズ　ミミズ

❷ ミート　mi- to　肉

ミート　ミート　ミート

❸ ミートソース　mi- to so- su　肉醬

ミートソース　ミートソース　ミートソース

1 KAKU老師親錄快熟圖像記憶口訣

Track 238

ム！ム！ム！美麗的ムーン（月亮）
變成「ム」的形狀啦～。

獨家全腦
開發記憶法

2 快熟聽音辨字

Track 239

讀音 [mu]

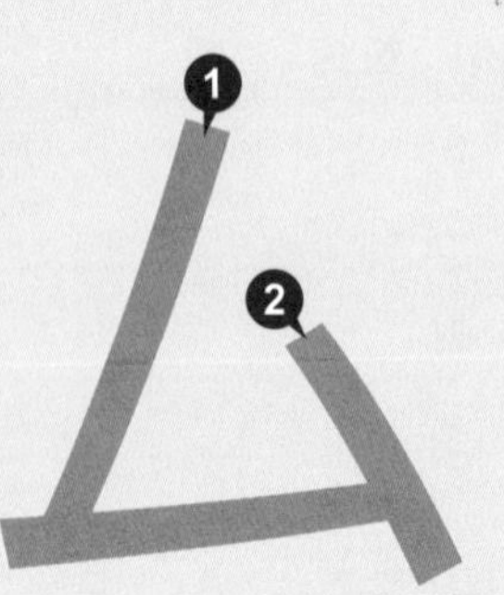

快熟字源：牟▶ム▶ム

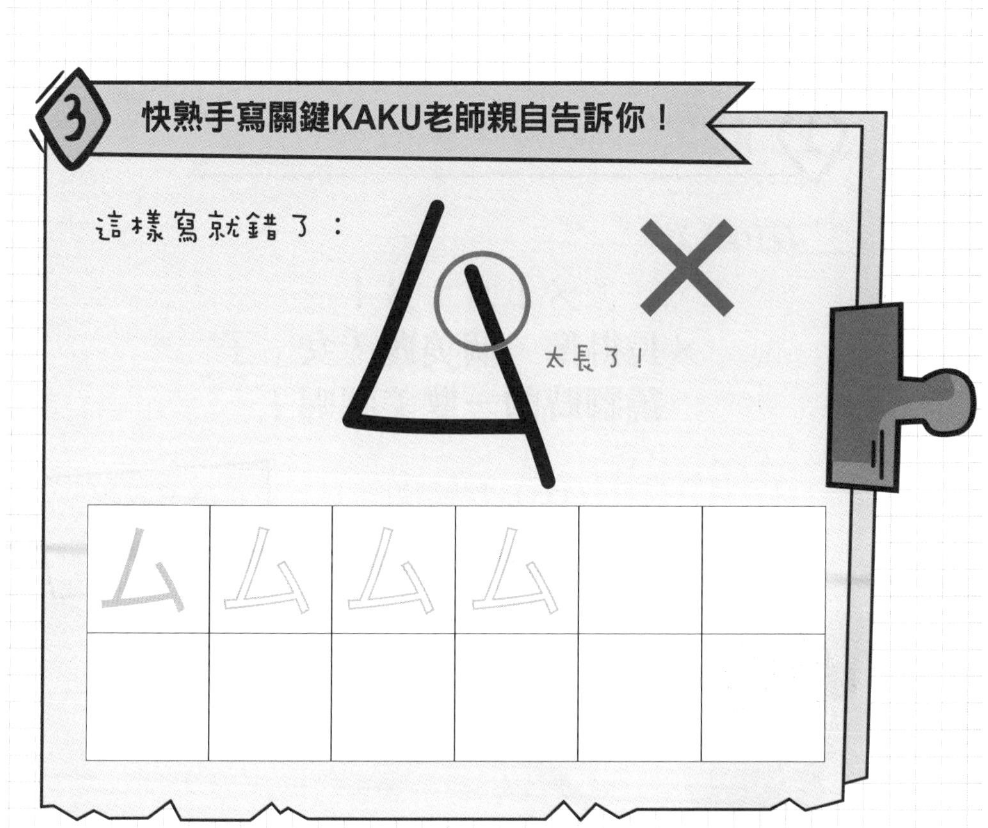

♫Track 240

❶ ムード　mu- do　心情

ムード　ムード　ムード

❷ ムーン　mu- n　月亮

ムーン　ムーン　ムーン

❸ ムービー　mu- bi-　動畫

ムービー　ムービー　ムービー

1 KAKU老師親錄快熟圖像記憶口訣

♫Track 241

メ！メ！メ！
メ長得像一個美麗「女」子
蹺腳時的一雙美腿喔！

獨家全腦
開發記憶法

2 快熟聽音辨字

♫Track 242

讀音 [me]

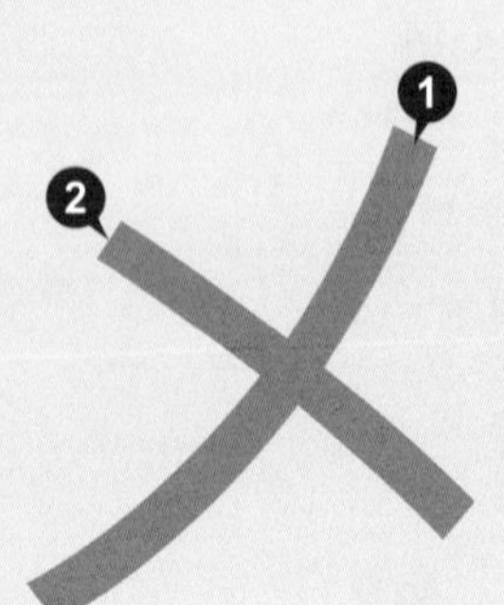

♡快熟字源：女▶メ▶メ

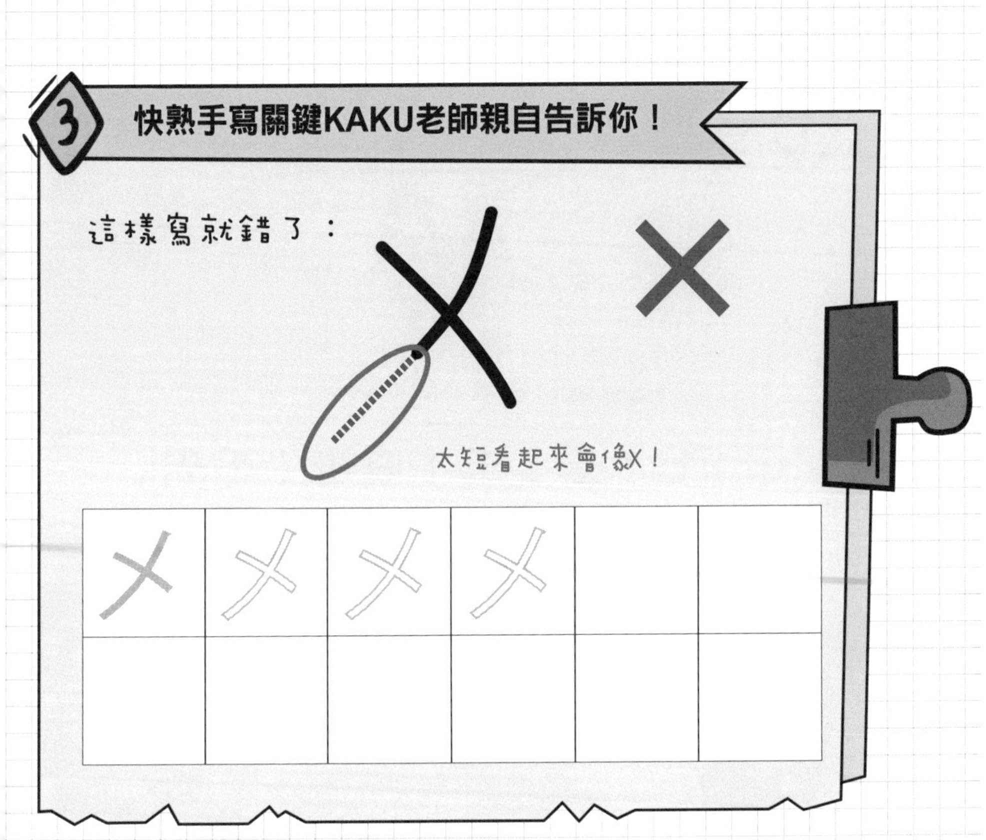

4 我學會メ五十音即將攻頂

♫Track 243

❶ メイク　mei ku　化妝

メイク　メイク　メイク

❷ メール　me- ru　電子郵件

メール　メール　メール

❸ メッセージ　me sse- ji　訊息

メッセージ　メッセージ　メッセージ

1 KAKU老師親錄快熟記憶口訣

2 快熟聽音辨字

Track 245

讀音 [mo]

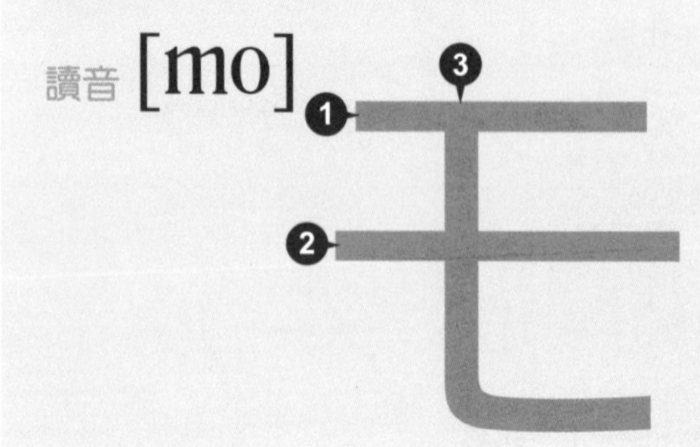

快熟字源：毛 ▸ モ ▸ モ

③ 快熟手寫關鍵KAKU老師親自告訴你！

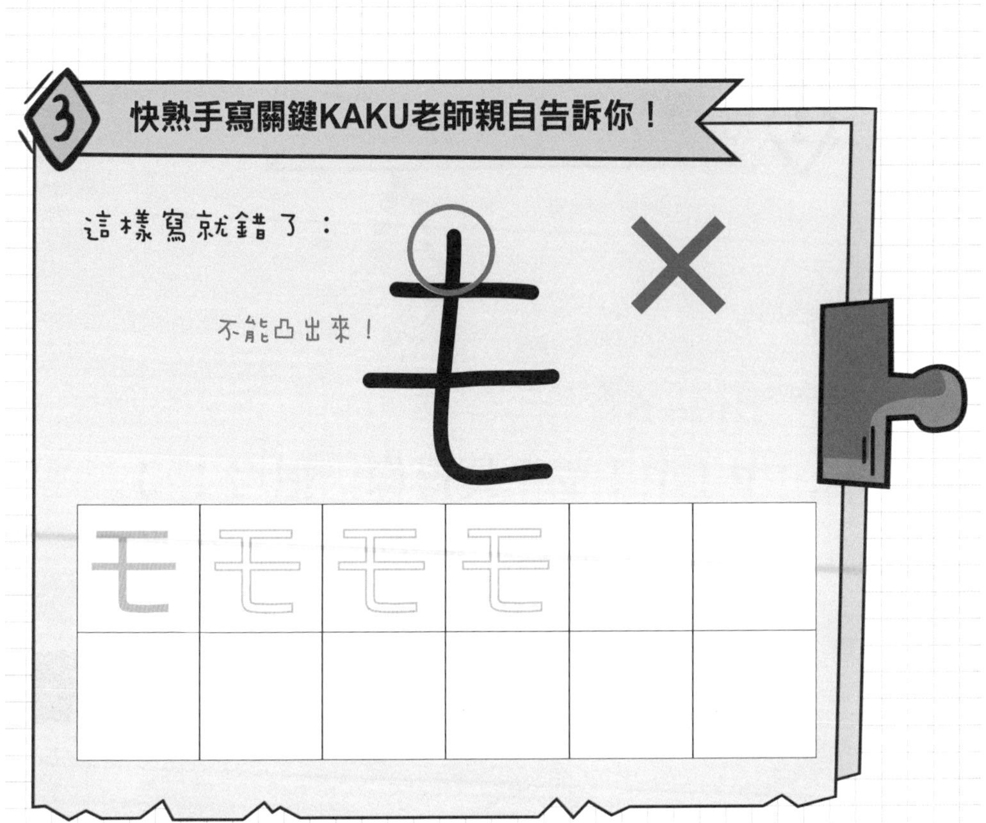

④ 我學會モ五十音即將攻頂

♫Track 246

❶ モカ　mo ka　摩卡

モカ　モカ　モカ

❷ モノレール　mo no re- ru　單軌列車

モノレール　モノレール　モノレール

❸ モスクワ　mo su ku wa　莫斯科

モスクワ　モスクワ　モスクワ

1 KAKU老師親錄快熟記憶口訣

♫Track 247

ヤ！ヤ！ヤ！長得像一把弓！弓要拉直喔！片假名「ヤ」和平假名「や」很像喔！但片假名少了一豎！

2 快熟聽音辨字

♫Track 248

讀音 [ya]

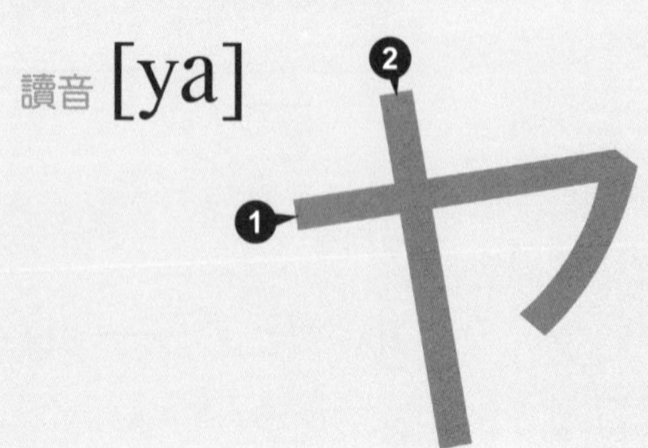

♡快熟字源：也▶ヤ▶ヤ

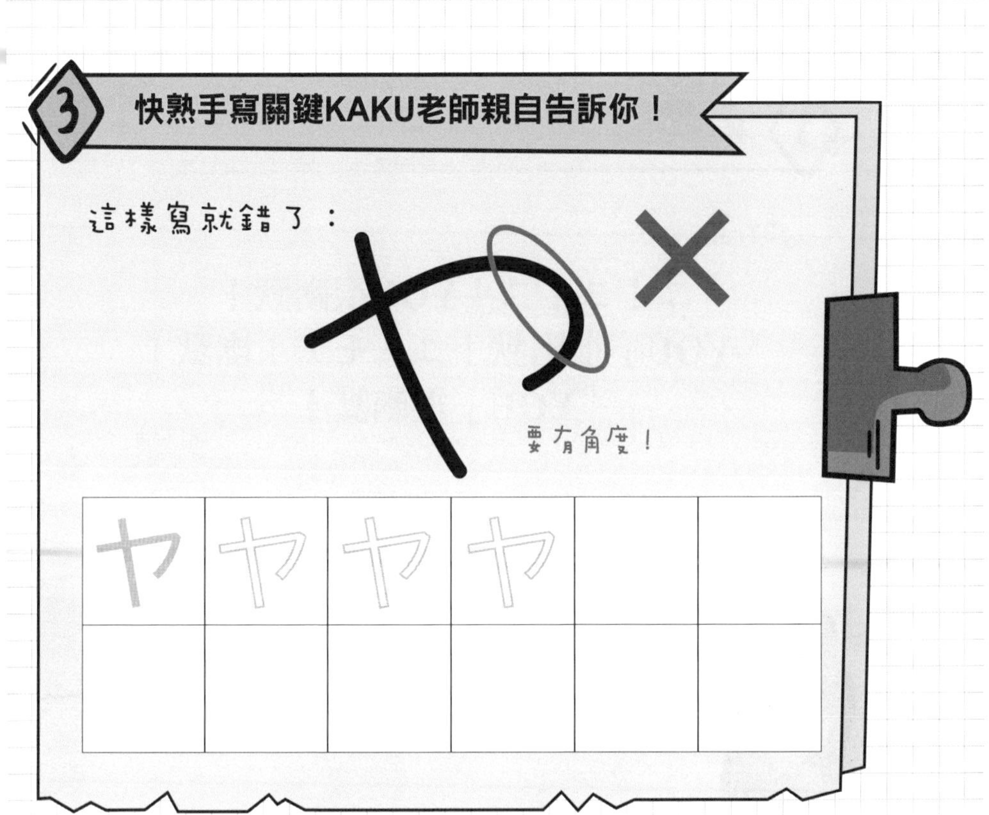

ヤ	ヤ	ヤ	ヤ		

4 我學會ヤ五十音即將攻頂

♫Track 249

❶ ヤード　ya- do　碼（單位）

ヤード　ヤード　ヤード

❷ タイヤ　ta i ya　輪胎

タイヤ　タイヤ　タイヤ

❸ ヤモリ　ya mo ri　壁虎

ヤモリ　ヤモリ　ヤモリ

KAKU老師親錄快熟圖像記憶口訣

♫Track 250

ユ！ユ！ユ！YOU很幽默！
「YOU」很幽默！ユーモア！幽默！
「YOU」很幽默！

獨家全腦
開發記憶法

快熟聽音辨字

♫Track 251

讀音 [yu]

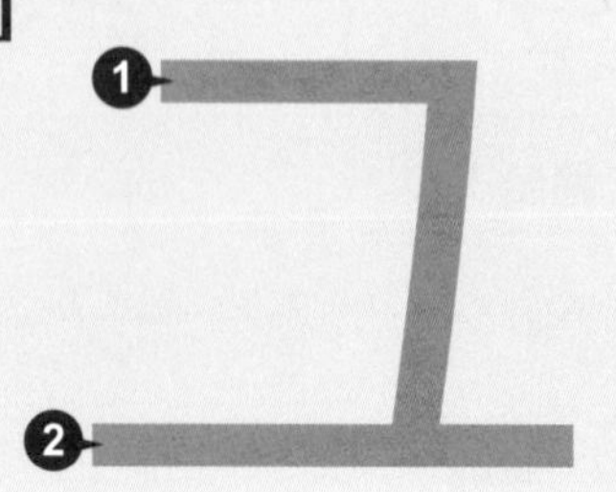

♡快熟字源：由▶ユ▶ユ

③ 快熟手寫關鍵KAKU老師親自告訴你！

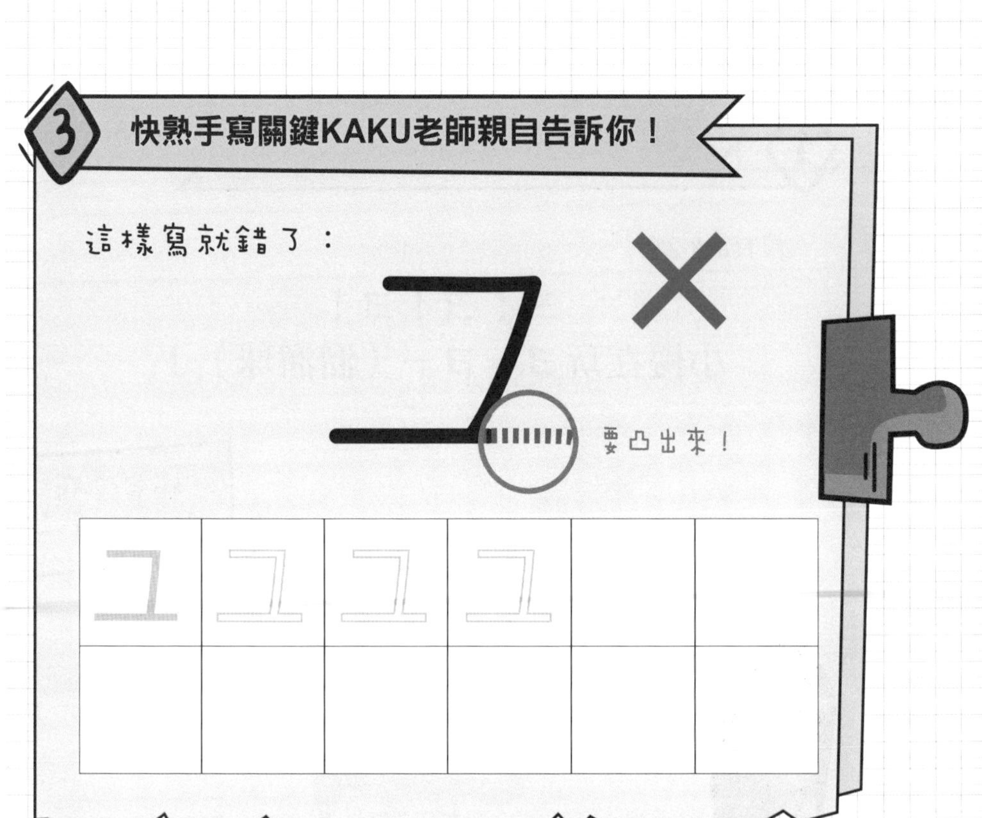

④ 我學會ユ五十音即將攻頂

♫Track 252

❶ ユーモア　yu- mo a　幽默

ユーモア　ユーモア　ユーモア

❷ ユーザー　yu- za-　使用者

ユーザー　ユーザー　ユーザー

❸ ユーチューブ　yu- chu- bu　**YouTube**

ユーチューブ　ユーチューブ　ユーチューブ

① KAKU老師親錄快熟圖像記憶口訣

♫Track 253

ヨ！ヨ！ヨ！
小優在玩ヨーヨー（溜溜球）！

獨家全腦開發記憶法

② 快熟聽音辨字

♫Track 254

讀音 [yo]

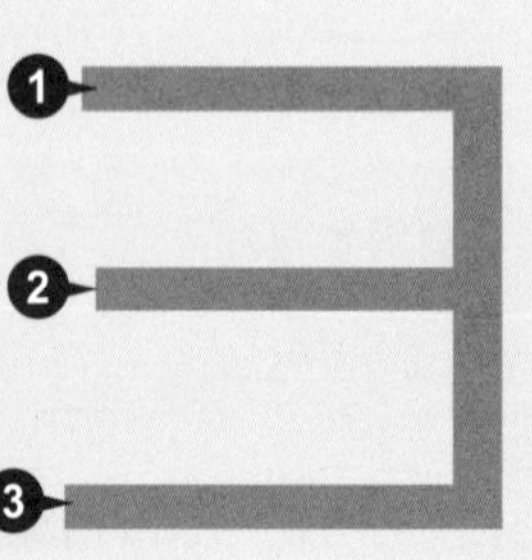

♡快熟字源：與 ▸ ヨ ▸ ヨ

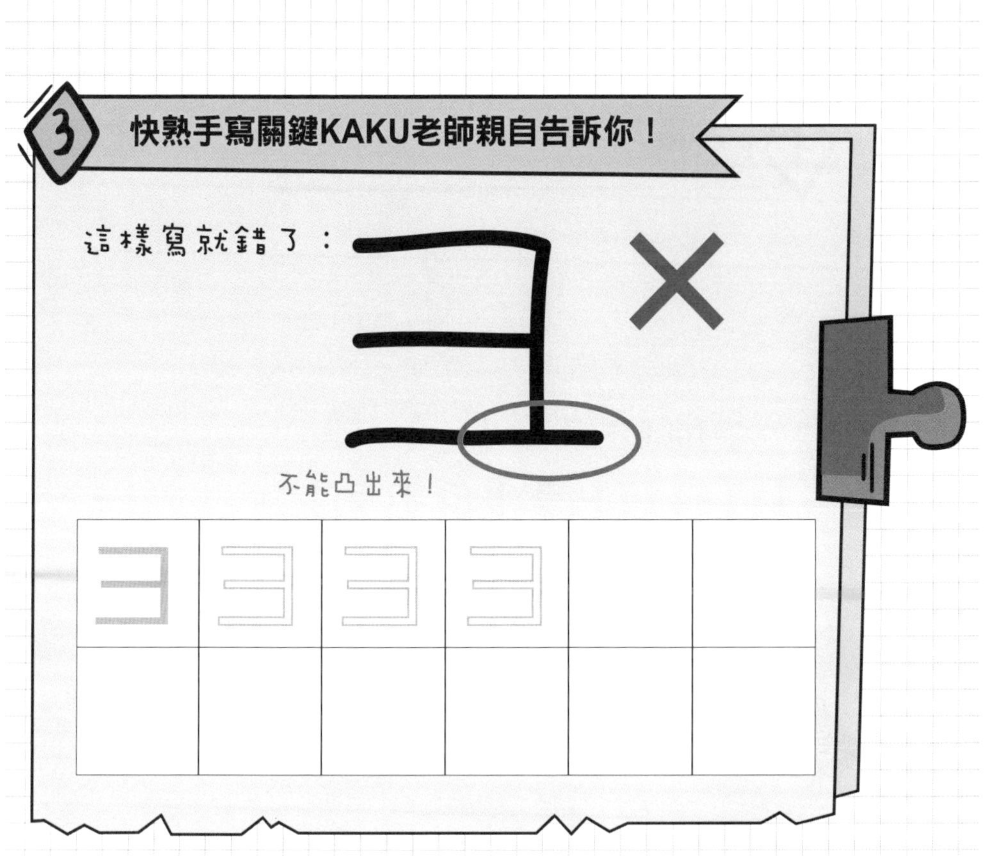

♫ Track 255

❶ ヨガ　yo ga　瑜珈

ヨガ　ヨガ　ヨガ

❷ ヨーヨー　yo- yo-　溜溜球

ヨーヨー　ヨーヨー　ヨーヨー

❸ ヨーロッパ　yo- ro ppa　歐洲

ヨーロッパ　ヨーロッパ　ヨーロッパ

① KAKU老師親錄快熟記憶口訣

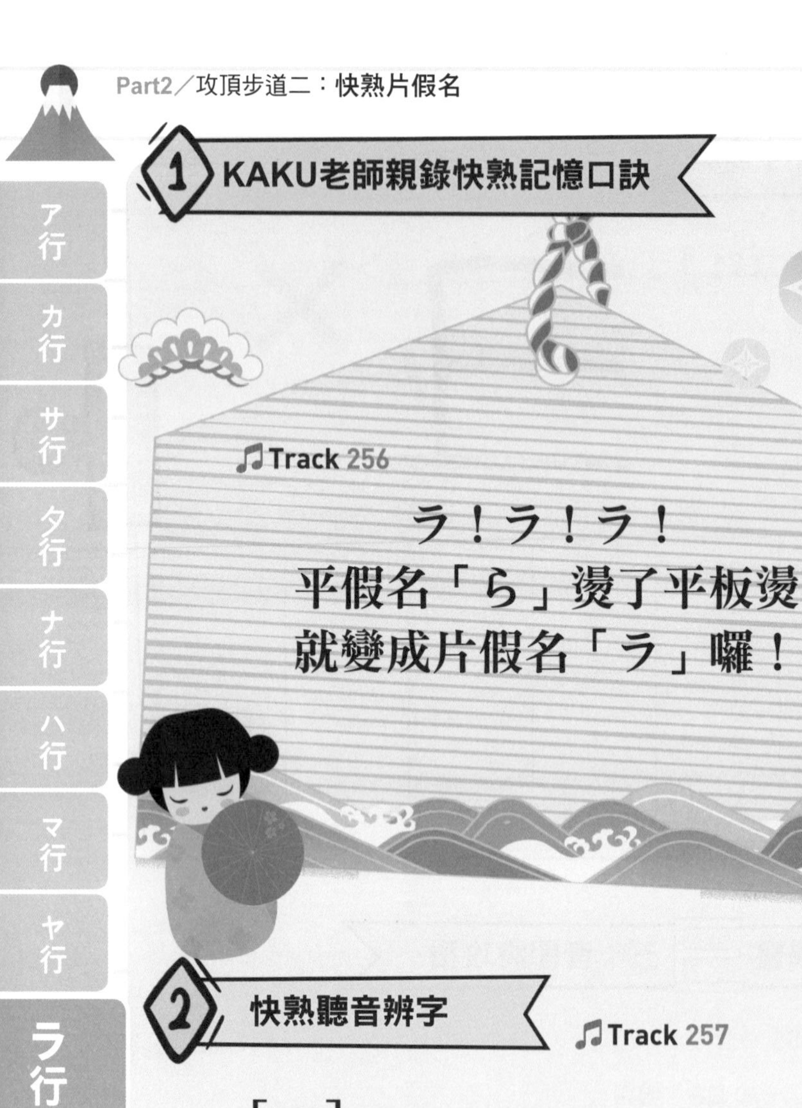

♫Track 256

ラ！ラ！ラ！
平假名「ら」燙了平板燙
就變成片假名「ラ」囉！

② 快熟聽音辨字

♫Track 257

讀音 [ra]

ラ

♡快熟字源：良▸ㇻ▸ラ

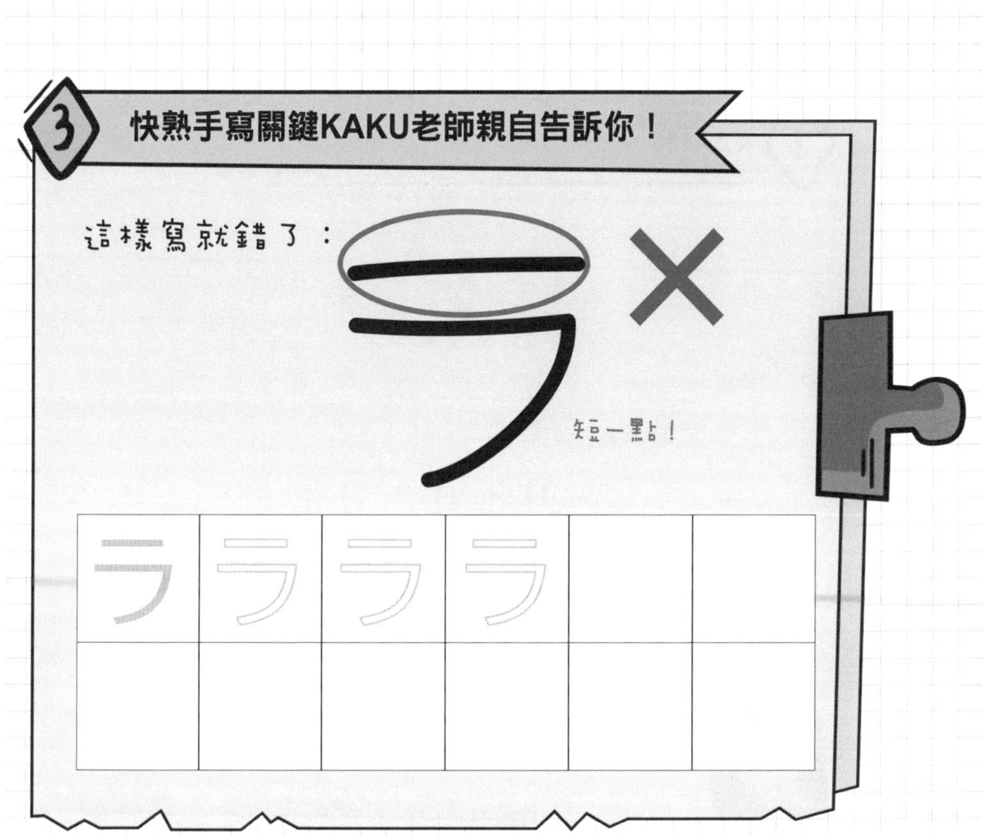

我學會ラ五十音即將攻頂

♫Track 258

❶ ラーメン　ra- men　拉麵

ラーメン　ラーメン　ラーメン

❷ クラブ　ku ra bu　俱樂部

クラブ　クラブ　クラブ

❸ クライアント　ku rai an to　顧客

クライアント　クライアント　クライアント

1 KAKU老師親錄快熟記憶口訣

2 快熟聽音辨字

Track 260

讀音 [ri]

リ

快熟字源：利 ▸刂 ▸リ

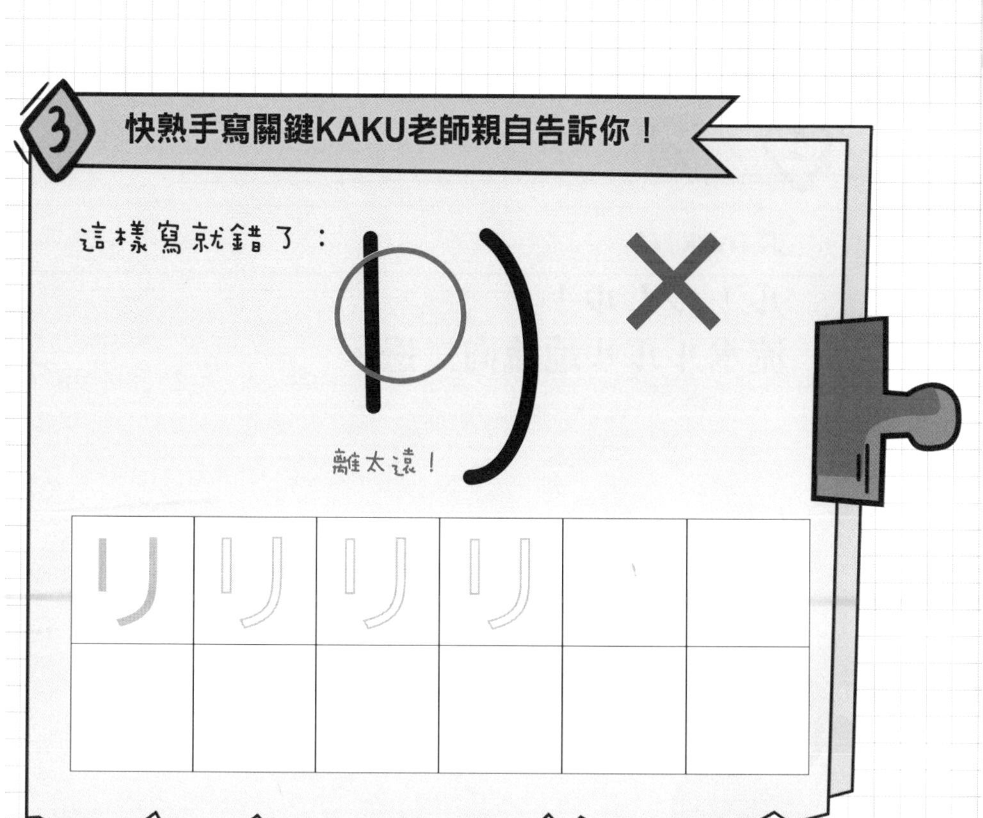

我學會リ五十音即將攻頂

♫Track 261

❶ カリスマ　ka ri su ma　女神（喻該領域的領袖人物）

カリスマ　カリスマ　カリスマ

❷ リンク　rin ku　連結

リンク　リンク　リンク

❸ リリース　ri ri- su　解放

リリース　リリース　リリース

1 KAKU老師親錄快熟圖像記憶口訣

Track 262

ル！ル！ル！
流水ルルル地流向二邊。

獨家全腦開發記憶法

2 快熟聽音辨字

Track 263

讀音 [ru]

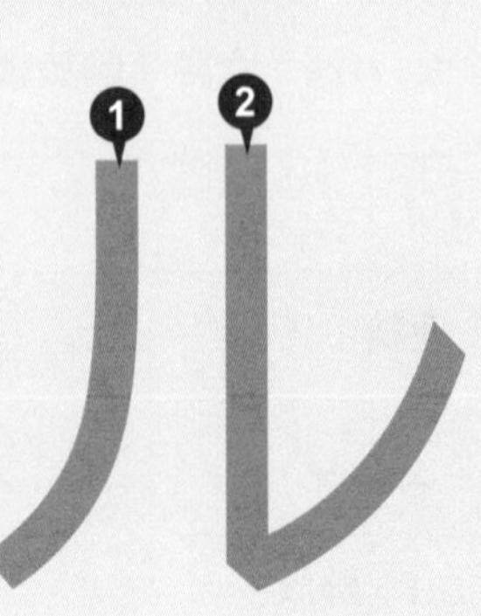

快熟字源：流 ▶ 儿 ▶ ル

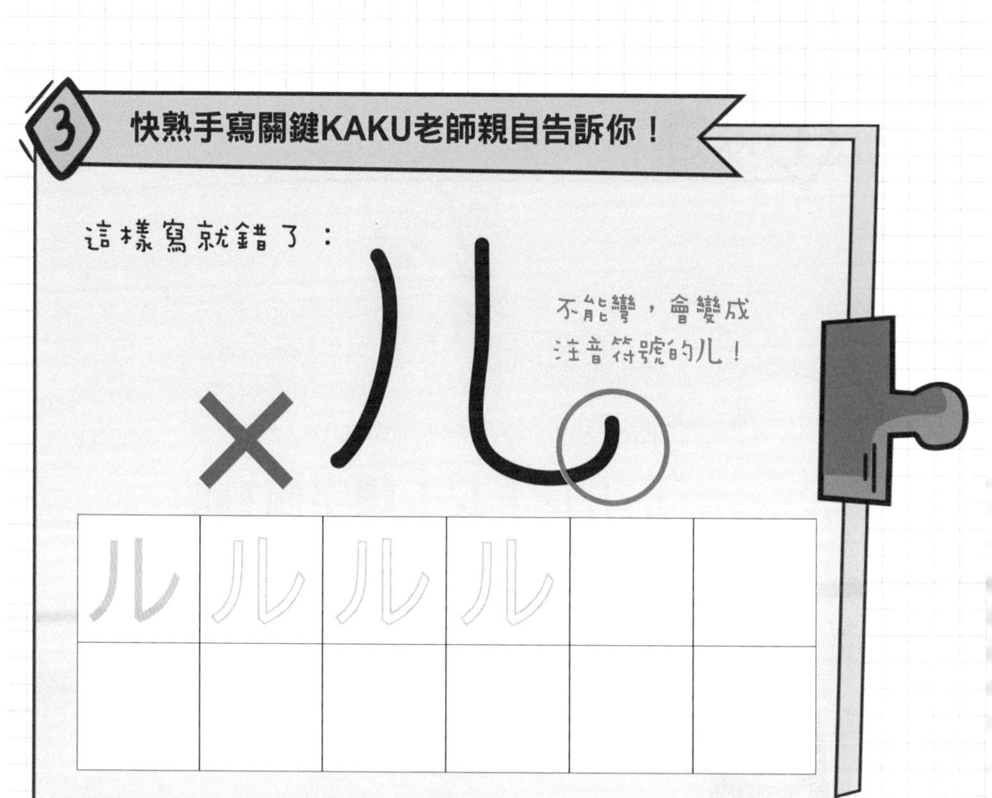

我學會ル五十音即將攻頂

♫Track 264

❶ ルール　ru- ru　規則

ルール　ルール　ルール

❷ ルーム　ru- mu　房間

ルーム　ルーム　ルーム

❸ セルフ　se ru fu　自助

セルフ　セルフ　セルフ

1 KAKU老師親錄快熟記憶口訣

2 快熟聽音辨字

Track 266

讀音 [re]

レ

快熟字源：礼▸し▸レ

3 快熟手寫關鍵KAKU老師親自告訴你！

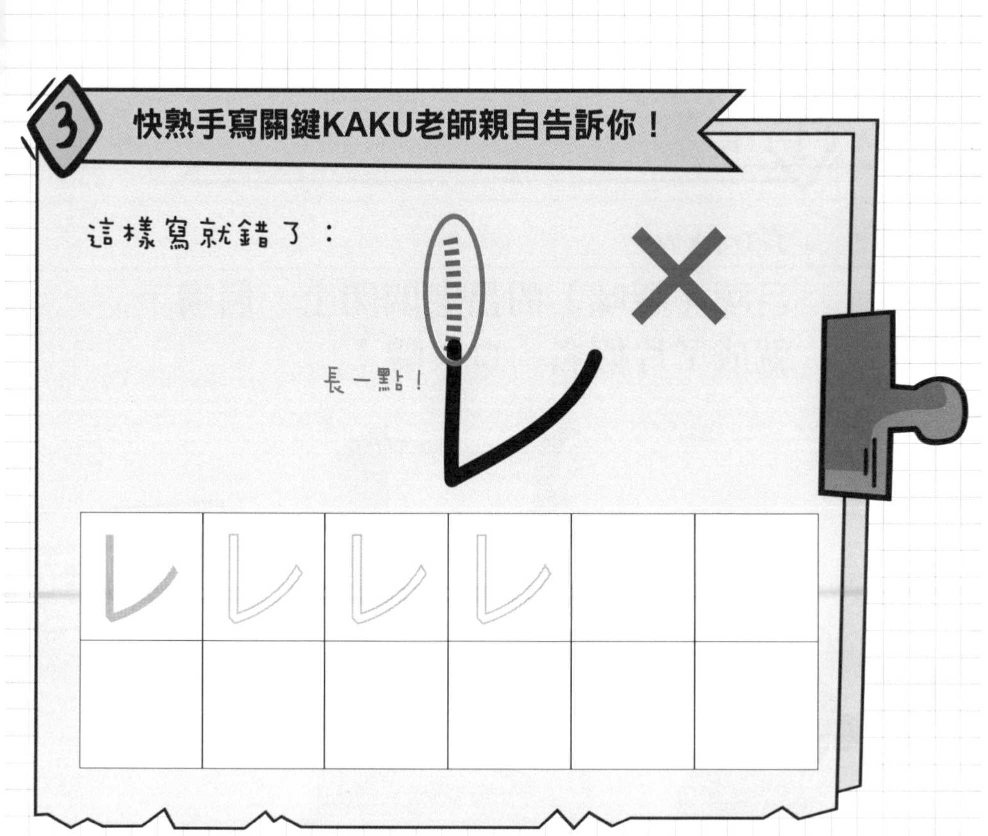

我學會レ五十音即將攻頂

♫Track 267

❶ レーザー　re- za-　雷射

レーザー　レーザー　レーザー

❷ カレー　ka re-　咖哩

カレー　カレー　カレー

❸ レース　re-su　賽程

レース　レース　レース

1 KAKU老師親錄快熟圖像記憶口訣

Track 268

呂嗦（囉嗦）的呂老闆閉上一個嘴，就成了片假名「ロ」囉！

獨家全腦開發記憶法

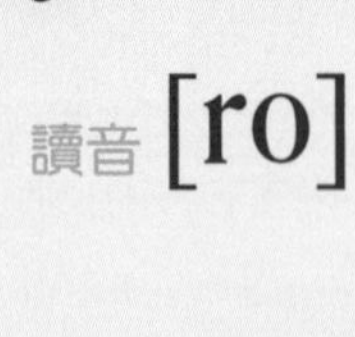

2 快熟聽音辨字

Track 269

讀音 [ro]

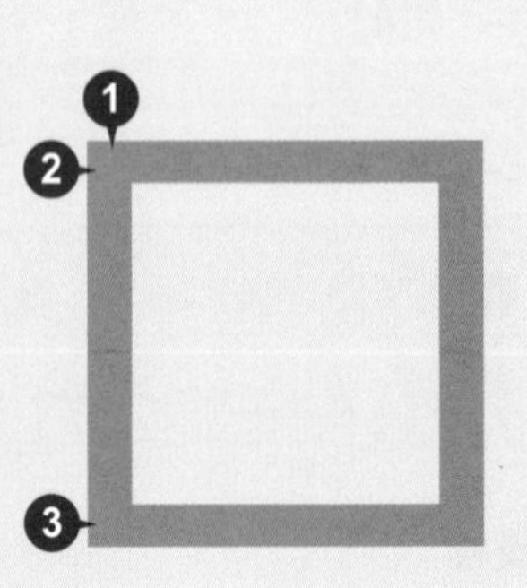

快熟字源：呂 ▸ ロ ▸ ロ

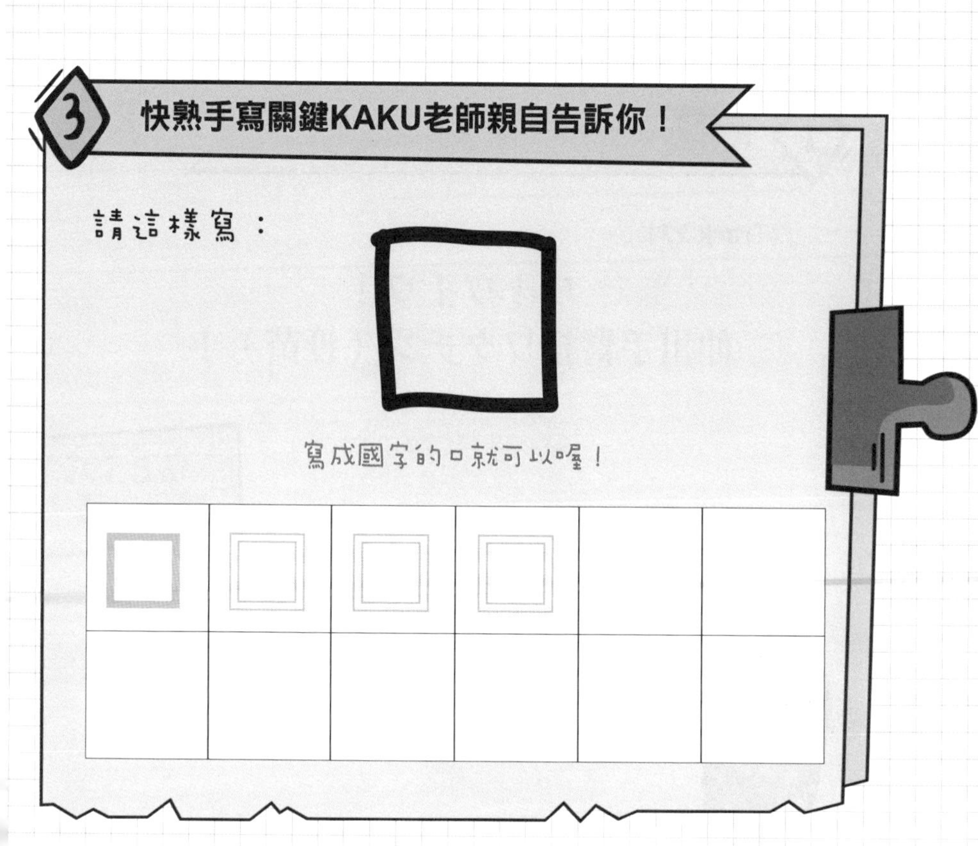

4 我學會 ロ 五十音即將攻頂

♫Track 270

❶ フロント　fu ron to　櫃台

フロント　フロント　フロント

❷ カロリー　ka ro ri-　卡路里

カロリー　カロリー　カロリー

❸ カタログ　ka ta ro gu　目錄

カタログ　カタログ　カタログ

1 KAKU老師親錄快熟圖像記憶口訣

♫Track 271

ワ！ワ！ワ！
伸出手臂打ワクチン（疫苗）！

獨家全腦
開發記憶法

ア行
カ行
サ行
タ行
ナ行
ハ行
マ行
ヤ行
ラ行
ワ行
鼻音

2 快熟聽音辨字

♫Track 272

讀音 [wa]

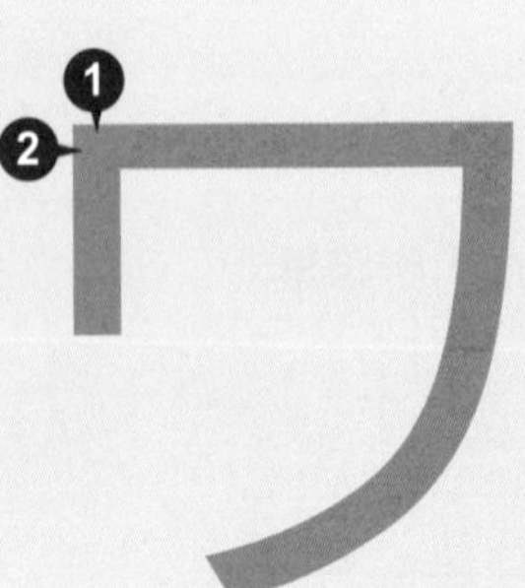

♡快熟字源：和▶ロ▶ワ

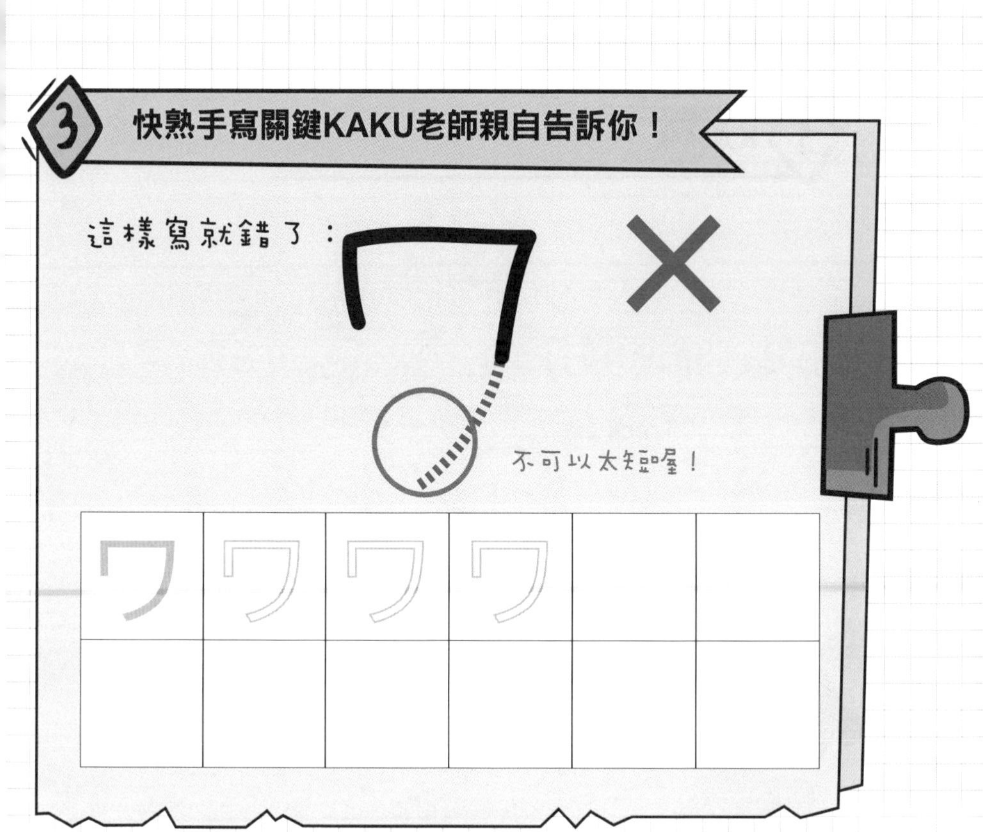

♫Track 273

❶ ワクワク　wa ku wa ku　興奮

ワクワク　ワクワク　ワクワク

❷ ワクチン　wa ku chin　疫苗

ワクチン　ワクチン　ワクチン

❸ ワイロ　wa i ro　賄賂

ワイロ　ワイロ　ワイロ

ア行
カ行
サ行
タ行
ナ行
ハ行
マ行
ヤ行
ラ行
ワ行
鼻音

1 KAKU老師親錄快熟記憶口訣

♫Track 274

ン！ン！ン！
「ン」長得像國語部首的
二點「冫」（冰部）喔！

2 快熟聽音辨字

♫Track 275

讀音 [n]

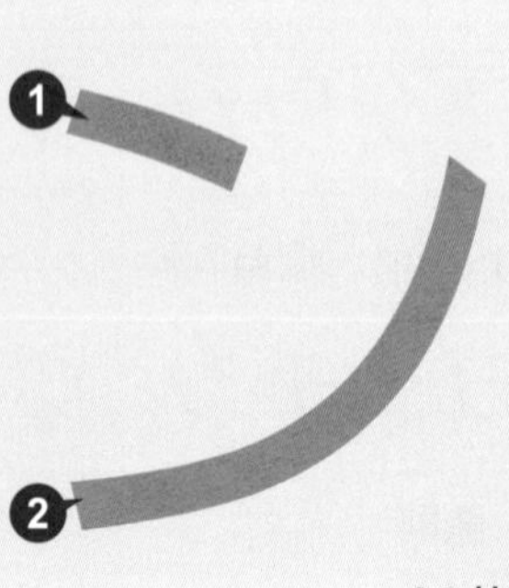

♡快熟字源：尔▸ム▸ン

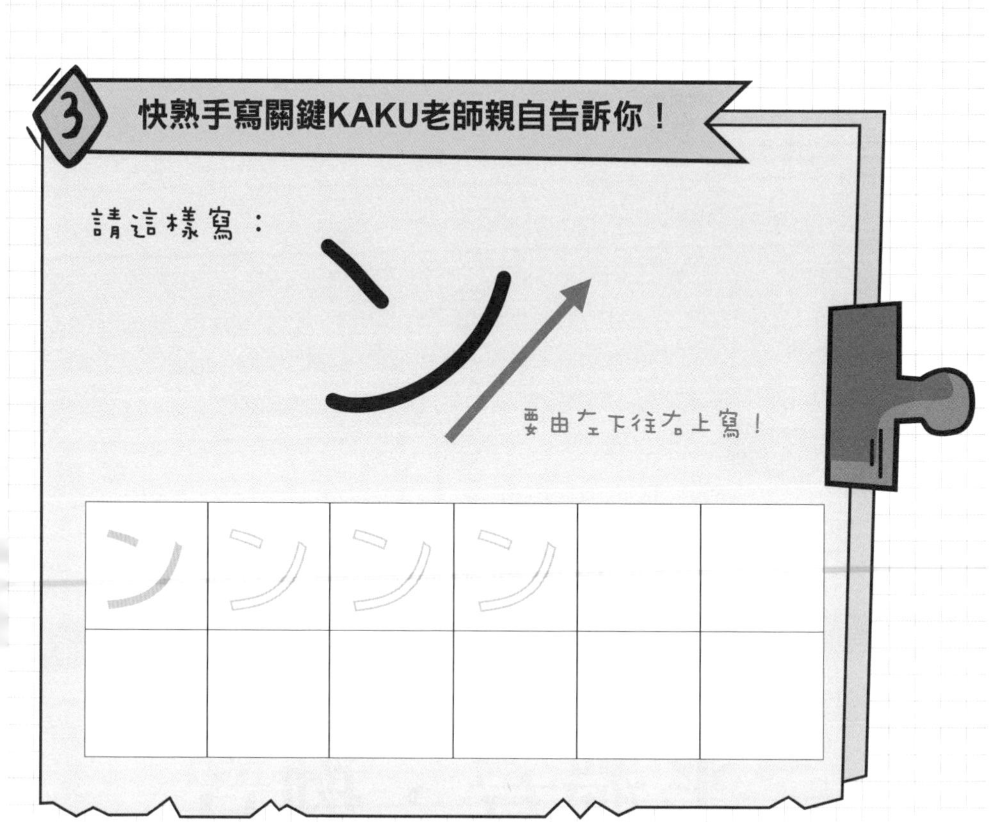

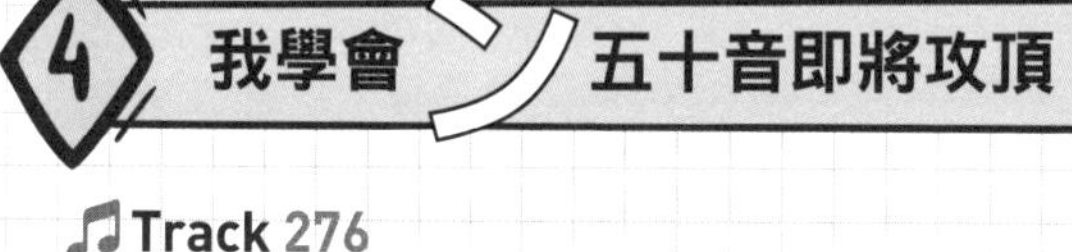

♫Track 276

❶ ワイン　wa in　紅酒

ワイン　ワイン　ワイン

❷ ゾンビ　zon bi　僵屍

ゾンビ　ゾンビ　ゾンビ

❸ コントロール　kon to ro- ru　控制

コントロール　コントロール　コントロール

Part3／攻頂補給站之一

快熟濁音、半濁音、拗音

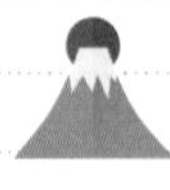

快熟濁音、半濁音、拗音

濁音只有か、さ、た、は行有，半濁音由は行構成！

【濁音】

	平假名	片假名	平假名	片假名	平假名	片假名	平假名	片假名	平假名	片假名
が行	が	ガ	ぎ	ギ	ぐ	グ	げ	ゲ	ご	ゴ
	ga		gi		gu		ge		go	
ざ行	ざ	ザ	じ	ジ	ず	ズ	ぜ	ゼ	ぞ	ゾ
	za		ji		zu		ze		zo	
だ行	だ	ダ	ぢ	ヂ	づ	ヅ	で	デ	ど	ド
	da		ji		zu		de		do	
ば行	ば	バ	び	ビ	ぶ	ブ	べ	ベ	ぼ	ボ
	ba		bi		bu		be		bo	

【半濁音】

	平假名	片假名	平假名	片假名	平假名	片假名	平假名	片假名	平假名	片假名
ぱ行	ぱ	パ	ぴ	ピ	ぷ	プ	ぺ	ペ	ぽ	ポ
	pa		pi		pu		pe		po	

【拗音】

平假名	片假名	羅馬拼音
きゃ	キャ	kya
きゅ	キュ	kyu
きょ	キョ	kyo
しゃ	シャ	sha
しゅ	シュ	shu
しょ	ショ	sho
ちゃ	チャ	cha
ちゅ	チュ	chu
ちょ	チョ	cho
にゃ	ニャ	nya
にゅ	ニュ	nyu
にょ	ニョ	nyo
ひゃ	ヒャ	hya
ひゅ	ヒュ	hyu
ひょ	ヒョ	hyo
みゃ	ミャ	mya
みゅ	ミュ	myu
みょ	ミョ	myo

平假名	片假名	羅馬拼音
りゃ	リャ	rya
りゅ	リュ	ryu
りょ	リョ	ryo
ぎゃ	ギャ	gya
ぎゅ	ギュ	gyu
ぎょ	ギョ	gyo
じゃ	ジャ	ja
じゅ	ジュ	ju
じょ	ジョ	jo
ぢゃ	ヂャ	ja
ぢゅ	ヂュ	ju
ぢょ	ヂョ	jo
びゃ	ビャ	bya
びゅ	ビュ	byu
びょ	ビョ	byo
ぴゃ	ピャ	pya
ぴゅ	ピュ	pyu
ぴょ	ピョ	pyo

快熟濁音

前面我們所學的平假名和片假名都是清音，而濁音是由か、さ、た、は行構成，書寫時在清音的右上角加上「〃」，就變成了濁音。發音和清音很不一樣，濁音的喉音會比較重！

♫Track 277 手耳並用，啟動雙腦，邊寫邊記濁音即將攻頂！

が／ガ ga

が					
ガ					

ぎ／ギ gi

ぎ					
ギ					

ぐ／グ gu

ぐ					
グ					

げ／ゲ ge

げ					
ゲ					

ご／ゴ go

ご					
ゴ					

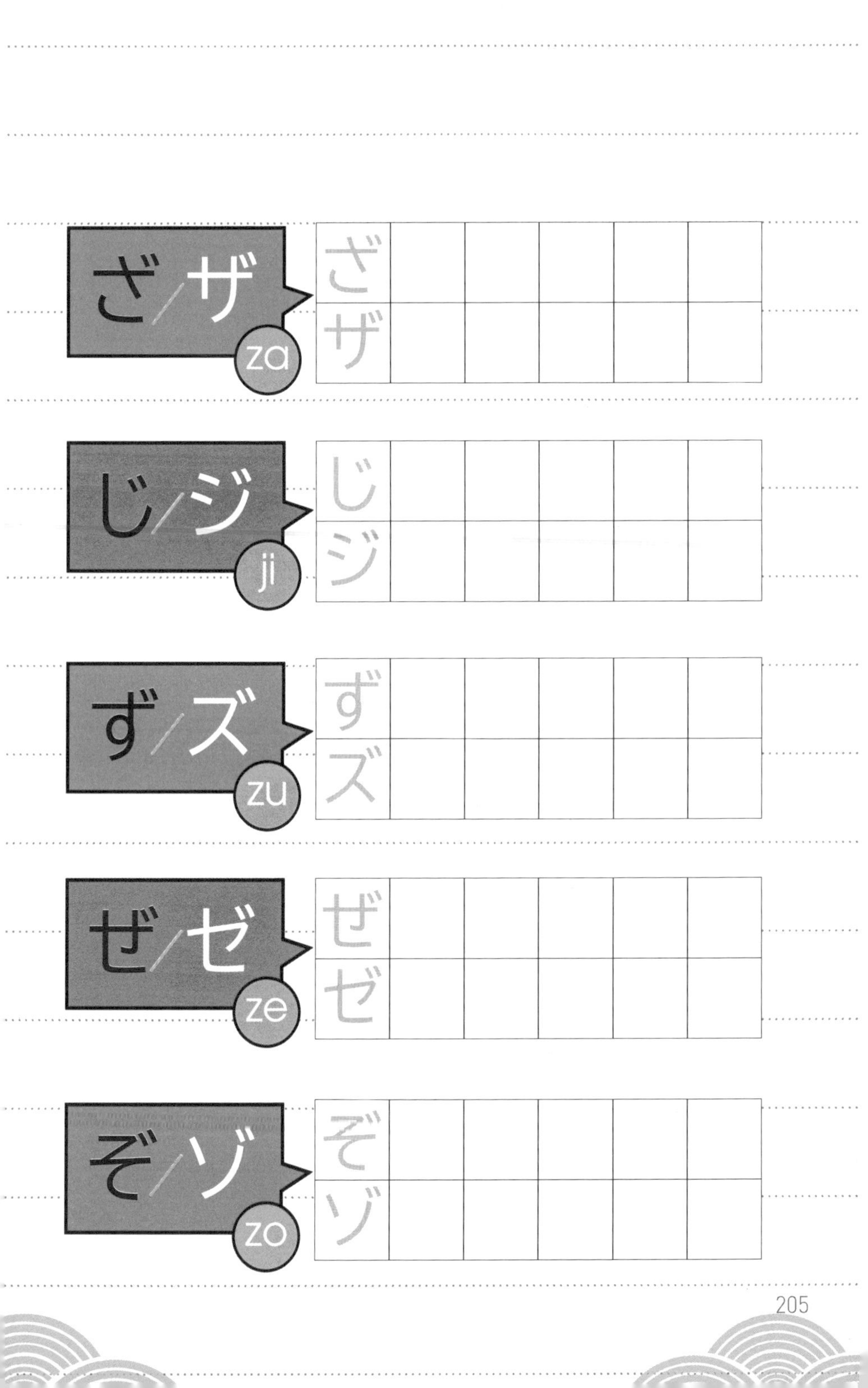
ざ/ザ
za
ざ
ザ
じ/ジ
ji
じ
ジ
ず/ズ
zu
ず
ズ
ぜ/ゼ
ze
ぜ
ゼ
ぞ/ゾ
zo
ぞ
ゾ

♫Track 278

だ/ダ
da

だ					
ダ					

ぢ/ヂ
ji

ぢ					
ヂ					

づ/ヅ
zu

づ					
ヅ					

で/デ
de

で					
デ					

ど/ド
do

ど					
ド					

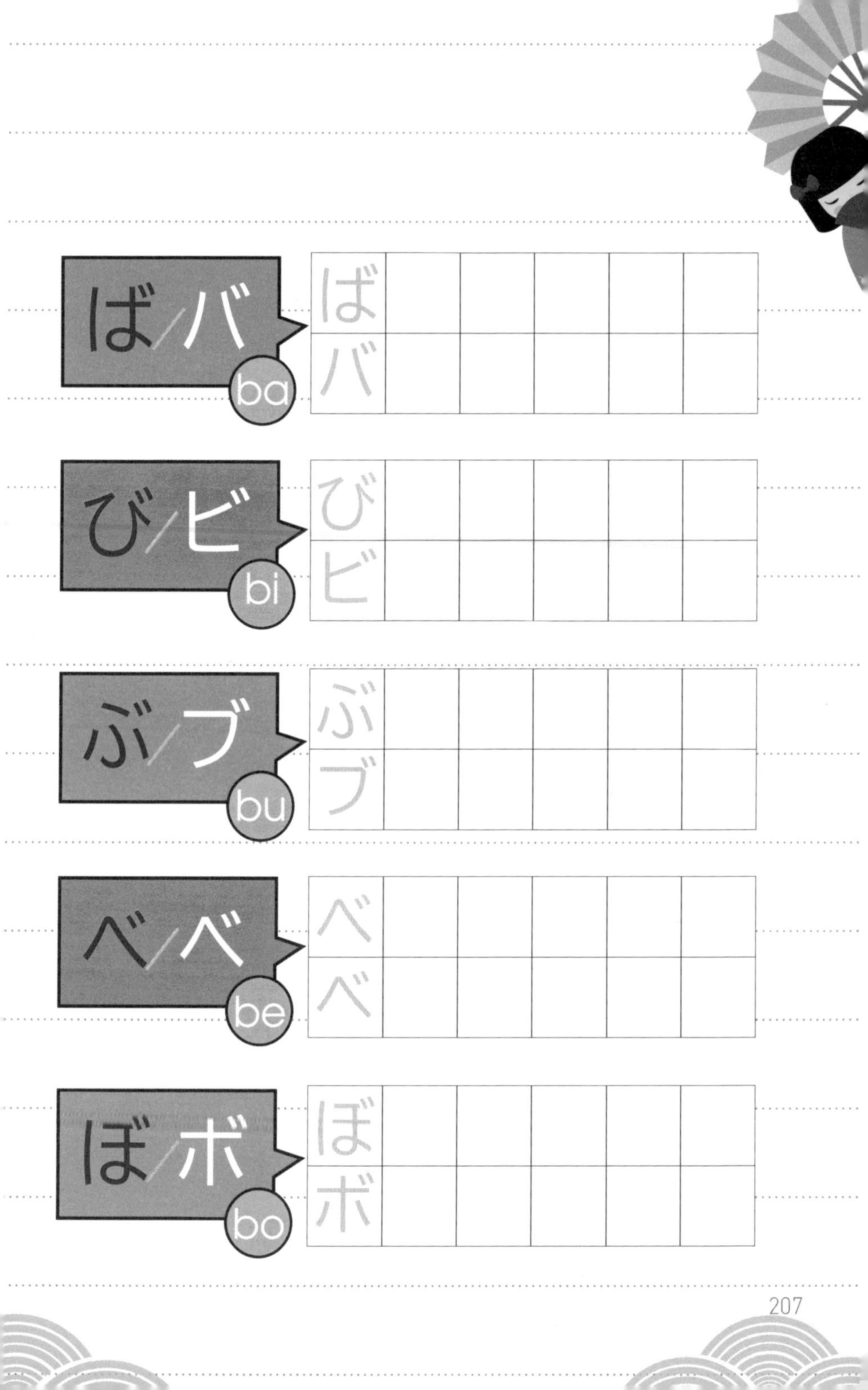
ば/バ
ba
ば
バ
び/ビ
bi
び
ビ
ぶ/ブ
bu
ぶ
ブ
べ/ベ
be
べ
ベ
ぼ/ボ
bo
ぼ
ボ

快熟半濁音

只有は行能構成半濁音，書寫時在清音的右上角加上「゜」，就是半濁音。

♫Track 279 手耳並用，啟動雙腦，邊寫邊記半濁音即將攻頂！

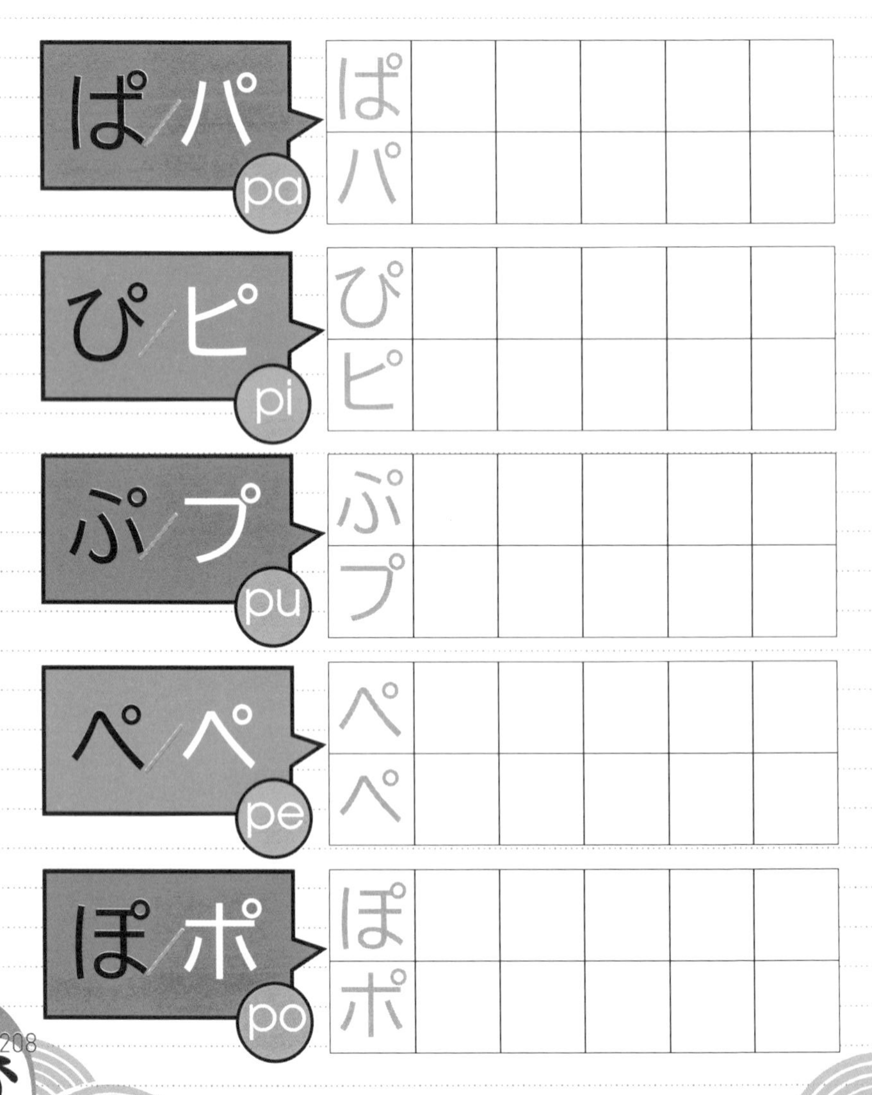

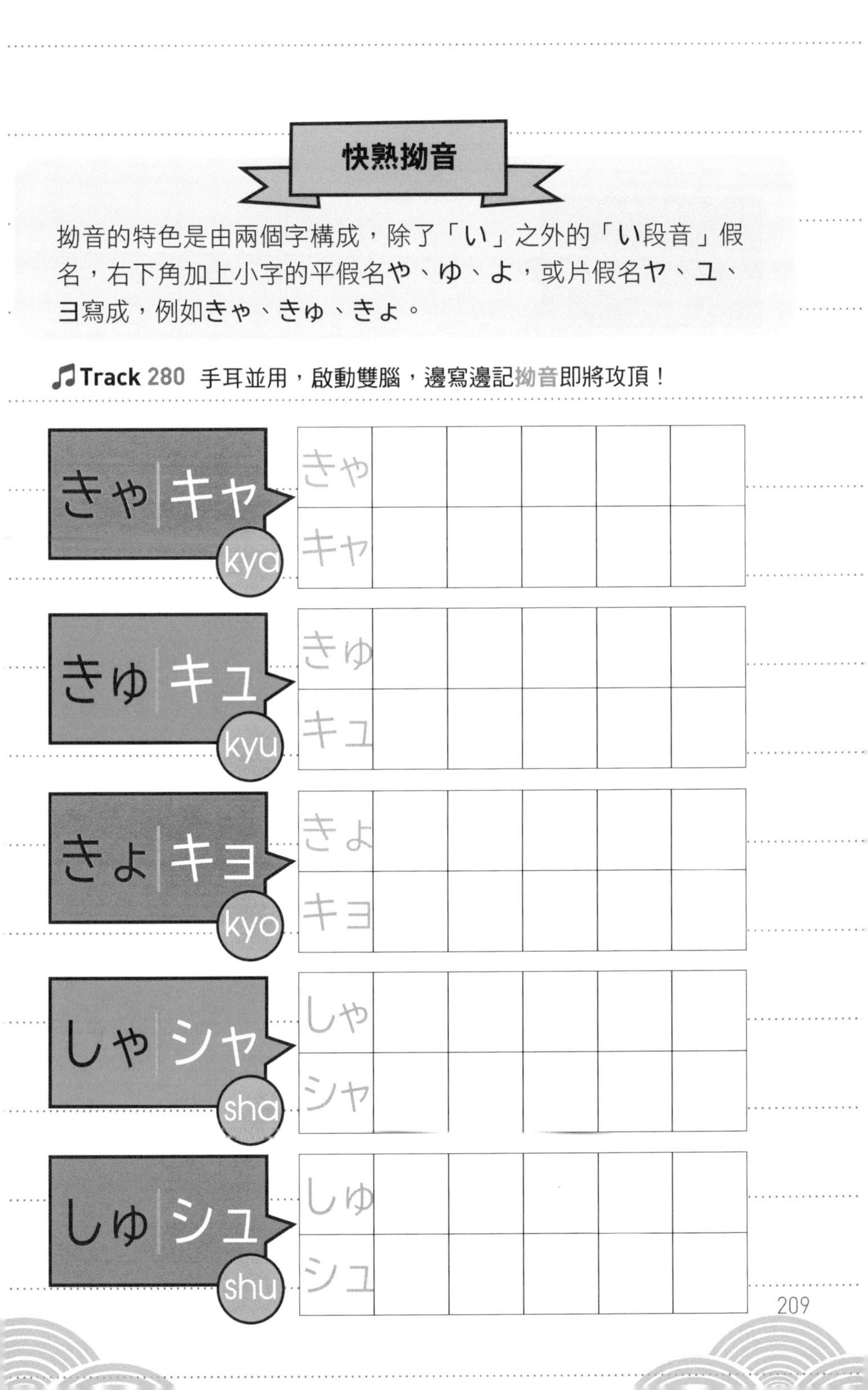

快熟拗音

拗音的特色是由兩個字構成，除了「い」之外的「い段音」假名，右下角加上小字的平假名**や**、**ゆ**、**よ**，或片假名**ヤ**、**ユ**、**ヨ**寫成，例如きゃ、きゅ、きょ。

♫ **Track 280** 手耳並用，啟動雙腦，邊寫邊記**拗音**即將攻頂！

しょ｜ショ sho

しょ					
ショ					

ちゃ｜チャ cha

ちゃ					
チャ					

ちゅ｜チュ chu

ちゅ					
チュ					

ちょ｜チョ cho

ちょ					
チョ					

にゃ｜ニャ nya

にゃ					
ニャ					

にゅ｜ニュ nyu

にゅ					
ニュ					

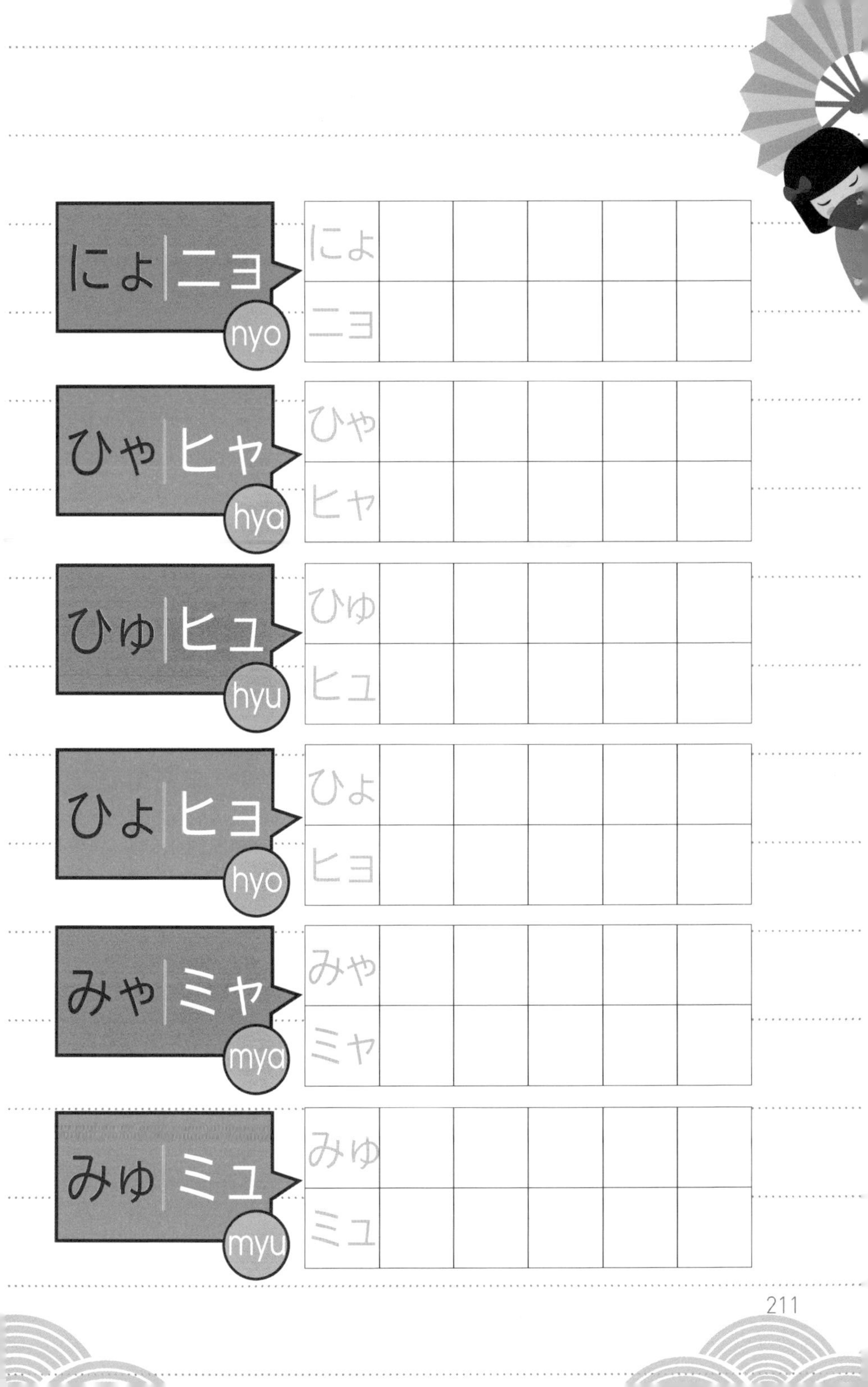
にょ ニョ
nyo
ひゃ ヒャ
hya
ひゅ ヒュ
hyu
ひょ ヒョ
hyo
みゃ ミャ
mya
みゅ ミュ
myu

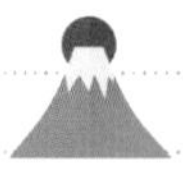

みょ | ミョ
myo

みょ					
ミョ					

♫Track 281

りゃ | リャ
rya

りゃ					
リャ					

りゅ | リュ
ryu

りゅ					
リュ					

りょ | リョ
ryo

りょ					
リョ					

ぎゃ | ギャ
gya

ぎゃ					
ギャ					

ぎゅ | ギュ
gyu

ぎゅ					
ギュ					

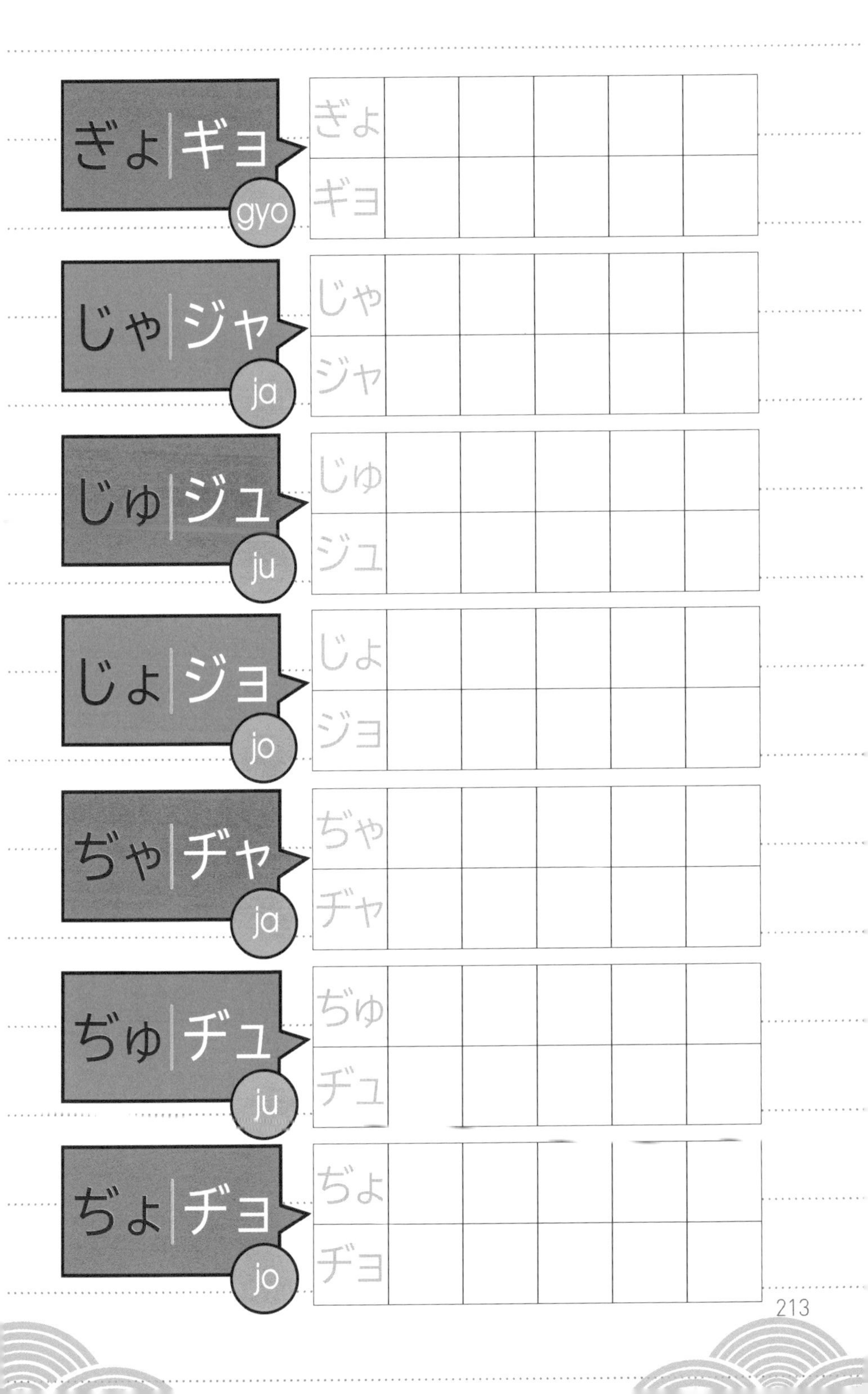
ぎょ ギョ
gyo
ぎょ
ギョ
じゃ ジャ
ja
じゃ
ジャ
じゅ ジュ
ju
じゅ
ジュ
じょ ジョ
jo
じょ
ジョ
ぢゃ ヂャ
ja
ぢゃ
ヂャ
ぢゅ ヂュ
ju
ぢゅ
ヂュ
ぢょ ヂョ
jo
ぢょ
ヂョ

びゃ｜ビャ
bya

びゃ
ビャ

びゅ｜ビュ
byu

びゅ
ビュ

びょ｜ビョ
byo

びょ
ビョ

ぴゃ｜ピャ
pya

ぴゃ
ピャ

ぴゅ｜ピュ
pyu

ぴゅ
ピュ

ぴょ｜ピョ
pyo

ぴょ
ピョ

Part4／攻頂補給站之二

快熟發音規則

【片假名特殊拗音介紹】

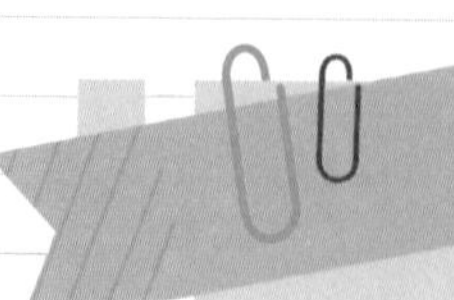

片假名的單字多來自於外來語，為了發出接近原本單字的音，除了小寫的「ャ、ュ、ョ」構成的拗音外，會出現一些特殊拗音。下面列出幾個比較常見的特殊拗音，一起來試著唸唸看吧！

♫Track 282

- ソファー
  so fa- [sofa] 沙發

- ティーシャツ
  ti- sha tsu [T-shirt] T恤

- フォーク
  fo- ku [folk] 叉子

【重音發音規則】

重音是一個詞或句子當中，各個音節發音之高低及強弱變化。日語的重音大多為「高低」之分別，每一個發音代表一個音節（一拍）。

日語的重音可分為「**平板型**」、「**頭高型**」、「**中高型**」、「**尾高型**」等四種，在重音的標記方面，一般字典及書籍通常採用「數字」（如1234等）或以劃線的方式來標記（例如かお、えき、ひこうき、ゆき）。

先聽一遍老師發音，再試著自己發音喔！ ♫Track 283

❶ 平板型

沒有高音核，第一個音節發略低音，其餘音節發同高音。

・さけ　漢字：〔酒〕

sa ke 0 **清酒、日本酒**

・すいか　漢字：〔西瓜〕

su i ka 0 **西瓜**

❷頭高型

高音核在第一個音節，也就是說，第一個音節要發較高的聲音，第二個音節之後發較低的音。

・ふね　漢字：〔船（ふね）〕

fu ne 1 船

・わに　漢字：〔鰐（わに）〕

wa ni 1 鱷魚

❸中高型

高音核在中間音節，發音時高音核前後音節要發較低的聲音，中間音節發高音。

・おかし　漢字：〔お菓子（かし）〕

O ka shi 2 點心、甜點

・ひこうき　漢字：〔飛行機（ひこうき）〕

hi ko- ki ③ 飛機

❹尾高型

發音時第一個音節低，其餘音節發同高音，當後面接助詞（如は、が）時，助詞需發較低的音。

・きく　漢字：〔菊（きく）〕

ki ku ② 菊花

加上助詞時→きくは…、きくが…

・ゆき　漢字：〔雪（ゆき）〕

yu ki ② 雪

加上助詞時→ゆきは…、ゆきが…

♫Track 284

「重音」是非常重要的喲！同樣的假名要是唸錯的話，單字的意思可就差了十萬八千里囉！

尾高型 はし② 〔橋（はし）〕橋	頭高型 はし① 〔箸（はし）〕筷子
頭高型 あめ① 〔雨（あめ）〕下雨	平板型 あめ⓪ 〔飴（あめ）〕糖果

【長音發音規則】

兩個母音同時出現時，將前一音節的音，拉長一倍發音。「片假名」中遇長音時，只需要用「ー」符號表示即可，例如「ケーキ（蛋糕）」。下面列出幾個比較常見的長音規則，一起來學習長音吧！

♫Track 285

❶ あ段音＋あ

・おかあさん（媽媽）

・おばあさん（奶奶）

❷ い段音＋い

・おにいさん（哥哥）

・おじいさん（爺爺）

❸ う段音＋う

・くうき（空氣）

・つうがく（通學）

❷ え段音＋え、い

・おねえさん（姐姐）

・えいご（英語）

❸ お段音＋お、う

・ぞう（大象）

・おとうさん（爸爸）

・こおり（冰）

【促音發音規則】

發音時暫時停頓一拍，再繼續發下個音節，因為停頓的時間是短促性的，所以叫做「促音」，而促音通常出現在「か、さ、た、ぱ」等四行假名之前，唸的時候要停頓一拍。促音的標記方法為「っ/ッ」，寫的時候將小寫的「っ/ッ」寫在前一個假名的右下側即可。例如：「かっぱ（河童）」、「きって（郵票）」等。

先聽一遍老師發音，再試著自己發音喔！ ♫Track 286

・せっけん
se kken 〔石鹸（せっけん）〕肥皂

•ざっし

za sshi 〔雑誌〕雜誌

•スリッパ

su ri ppa 〔**slipper**〕拖鞋

•コップ

ko ppu 〔**cup**〕杯子

當單字裡有促音時，不需寫出「っ」的羅馬拼音，只需要重複寫出下一個假名的第一個子音即可。例如，為せつけん時，以「se tsu ken」表記；當為促音時，せっけん則表記為「se kken」，將原本的「tsu」去掉，重複「け（ke）」的第一個子音「k」即可。

KAKU老師的快熟50音

熟悉 50 音就是那麼快速又簡單！

作　　者　郭欣怡
顧　　問　曾文旭
社　　長　王毓芳
主　　編　吳靜宜
執行編輯　廖婉婷、黃韻璇、潘妍潔
日文編輯　費長琳
美術編輯　王桂芳
法律顧問　北辰著作權事務所　蕭雄淋律師、幸秋妙律師
封面設計　阿作
內頁設計、口訣插畫　張嘉容

初　　版　2021年04月
出　　版　捷徑文化出版事業有限公司
電　　話　（02）2752-5618
傳　　真　（02）2752-5619

定　　價　新台幣360元／港幣120元
產品內容　1書

總 經 銷　采舍國際有限公司
地　　址　235 新北市中和區中山路二段366巷10號3樓
電　　話　（02）8245-8786
傳　　真　（02）8245-8718

港澳地區總經銷　和平圖書有限公司
地　　址　香港柴灣嘉業街12號百樂門大廈17樓
電　　話　（852）2804-6687
傳　　真　（852）2804-6409

▶本書部分圖片由 freepik 圖庫提供。

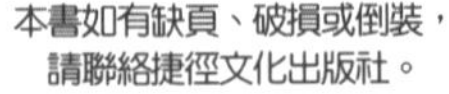

現在就上臉書（FACEBOOK）「捷徑BOOK站」並按讚加入粉絲團，
就可享每月不定期新書資訊和粉絲專享小禮物喔！

http://www.facebook.com/royalroadbooks
讀者來函：royalroadbooks@gmail.com

本書如有缺頁、破損或倒裝，
請聯絡捷徑文化出版社。

【版權所有　翻印必究】

國家圖書館出版品預行編目資料

KAKU老師的快熟50音／郭欣怡著. -- 初版. -- [臺北市]：捷徑文化出版事業有限公司—資料夾文化出版, 2021.04
面；　公分. --（原來如此：J048）
ISBN 978-986-5507-61-9（平裝）
1.日語 2.語音 3.假名

803.1134　　110001558